ラストレシピ
麒麟の舌の記憶

田 中 経 一

幻冬舎文庫

ラストレシピ

麒麟の舌の
記憶

The Last Recipe

包丁は父
鍋は母
食材は友
レシピーは哲学
湯気は生きる喜び
香りは生きる誇り
できた料理は、君そのもの
それを食すは、君想《おも》う人

【レシピとは】

料理用語として使われ出したのは、
十八世紀頃といわれている
それまでは、医者が薬剤師に渡す、
「処方箋」をレシピと呼んでいた
料理の作り方を記録した最古のものは、
紀元前一六〇〇年頃の南バビロニアで、
粘土板の上にアッカド語で記されたものとされる

二〇一四年（平成二十六年）、四月

華僑《かきょう》の大物ともなると、その葬儀はここまで大袈裟《おおげさ》になるのか……。

佐々木充《ささききみつる》は、そんな感想を持ちながら記帳を済ませた。

今年は、四月に入ってから雨空の日が続いている。この日も、横浜郊外にある斎場にはしとしとと雨が降り注いでいた。

通夜には数千人を数える参列者が押しかけている。供花の名札を見ると、ほぼ半数が中国人や中華レストランからのものだったが、政治家からスポーツ選手、芸能人に至るまで、佐々木の記憶にある名前もずらりと並んでいた。

「この中だと、きっと俺が一番新参者だな」

佐々木と故人の周蔡宜《しゅうさいぎ》との付き合いは、亡くなるまでのほぼ一か月しかなかった。しかも、顔を合わせたのはたった一度きりだった。

しかし、そんな周との出会い、そしてこの葬儀が佐々木の人生のターニングポイントになろうとは、いまの時点で予想できるはずもなかった。

佐々木は、ここのところ一年に何度も葬儀に参列している。そういう意味では、数珠《じゅず》や喪服は頻繁に使う仕事上の必須アイテムになっていた。しかし、決して故人の冥福を祈りに、ここを訪れていたわけではない。

その本来の目的のために、佐々木は自分の焼香を終えても、会場の一番後ろの方で通夜が終わるのをじっと待ち続けた。

焼香は六人ずつで行われていた。それでも祭壇の前には長い行列ができている。焼香を済ませた参列者にいちいちお辞儀をする、周の親族は三十名余りいる。みんな華僑なのだろう。中にはもう九十を過ぎていると思われる老人も数名いた。

あまりに退屈なので、佐々木はいつもの暇潰しを始めた。

周の親族の中から、ランダムに人を選び出す。

まず沈痛な面持ちの七十歳くらいの大柄な女性を選んでみた。ブランド物だろう高価な喪服に身を包み、目鼻立ちのしっかりした顔に濃い化粧を施した女性。体型は気持ちふくよかだった。

「あの婆《ばあ》さんは、ずっと味が濃くて油の多い食事をしていたな。それほど美食家でもない。酒の宛てになりさえすれば何でもいい、そんな感じだ。

前菜にはピータンとか油淋鶏《ユーリンチー》、中盤に東坡肉《トンポーロウ》でも出しておけば間違いない。スープは塩分きつめ。締めの炒飯《チャーハン》も具だくさんにしなきゃならないな」

続いては、いかにも大陸育ちといった顔立ちで、色黒で丸眼鏡をかけた小柄で痩せ型の男性。年齢はもう九十近いと思われる。

「あの爺《じい》さんは、生まれは中国の北の方か？　野菜を好む薄味派だな。いや、そもそも料理人かもしれない。腕に筋肉の名残がある。

もしプロでなくても味にはうるさいな。餃子《ギョーザ》の皮の厚さひとつにもケチをつけてきそうだ。もちろん、スープに化学調味料は禁物だな」

こんな風に佐々木は、老い先短そうな老人を見かけると、その人物がこれまでどんなものを食べてきたのか、食の好みはどんな感じなのか、それを想像する。これは職業病のようなものだが、こんな通夜の暇な待ち時間を潰すには有難い癖だった。

「佐々木さん、お世話になったわね」

参列者が会場からいなくなり、親族だけが残った時、佐々木に声をかけてくる者がいた。周蔡宜の妻・美子《よしこ》だった。これもどこかのブランド物だろうか、細かい刺繡《ししゅう》の入ったエレガントな喪服をまとっている。

周は八十二歳で他界したが、美子はまだ五十代の後半。佐々木よりも十五ほど上だが色気も感じられた。最初に会った時には「英雄、色を好む」ってやつだなと心の中でニヤニヤと笑ってしまった。

美子は目で自分についてくるように合図をすると、佐々木を会場の外の通路に連れ出した。

「あれで、主人もずいぶん気持ちが落ち着いたようで、その後はとっても穏やかに旅立っていきました」

そう言うと美子は、黒いハンドバッグの中から茶封筒を取り出し、佐々木に手渡した。

佐々木は、封筒の厚さからその金額に間違いがないことを確認した。一、二万足らないなどというせこいことをする相手ではない。佐々木は喪服の内側の胸ポケットに報酬を仕舞い込んだ。


美子が佐々木充のことを知ったのは、この葬儀のひと月半ほど前。

周蔡宣の担当医から教えてもらったのだった。美子は初め、そんな「職業」がこの世の中にあるのかと信じられなかった。

メモで渡された連絡先に電話を入れてみると、一週間ほど経《た》って佐々木は美子が指定した病院近くの喫茶店に姿を現した。

黒いコートを羽織り、手には黒革の角ばったカバンを持っていた。コートを脱ぐと、アイロンもろくにかかっていない白いワイシャツを着ている。ひょろっとした体型で太めの眉と彫りの深い顔の奥にあるくっきりとした目は、頑固な性格を匂わせている。そして、頭の後ろで長く束ねられた髪は、美子に人種の違いを印象づけた。

その胡散臭い男は、財布の中から少し折れ曲がった名刺を取り出すと美子の方に差し出した。

《最期の料理請負人　佐々木充》

そこには、担当医の話が間違っていないことを証明する肩書が書かれてあった。テレビの番組では「人生最期に何を食べたいですか？」といったインタビューシーンを美子も何度か見たことはある。しかし、それを現実社会で生業《なりわい》にしている料理人がいるとは思えなかった。

美子は、テーブルの上にその名刺を置いたまま、正面に座る奇妙な料理人に尋ねた。

「佐々木さんは、思い出の料理を再現できると聞いたのですけど」

「ええ、まあ、そんなことをしていますね」

佐々木は目線も合わせずにそう答えた。運ばれてきたコーヒーに口をつけると、その味が気にくわなかったのか、眉間に皺《しわ》を寄せ、以後、手を出そうとはしない。美子はそのことに不愉快な気分を抱いたが、気を取り直して本題に入ることにした。

「うちの主人のために、オムライスを作っていただきたいのです」

「中華料理ではないのですか？」

「ええ」

「ご主人、華僑ですよね？」

美子はその言葉で、佐々木はこの一週間、自分の夫のことを色々と調査していたのだと思った。

周蔡宜は、中国食材を日本に輸入する貿易商だったが、横浜の中華街に何軒も巨大なレストランを持っている。顧客には芸能人や政治家、スポーツ選手などの有名人も多い。

「ええ、私も意外だったのですが。主人が子供の頃、父親に連れていってもらった日比谷の『島津亭』のオムライスがどうしても食べたいと言いまして」

それを聞いた佐々木は、ちょっと難しそうな顔をして頭の後ろで束ねた髪をいじり始める。

「『島津亭』は、もう十年以上も前になくなりましたよね」

「ええ。島津さんが亡くなると後を継ぐ人もなく、お店は閉店することになったと聞いています」

「それで、僕にその料理を再現しろと……」

面倒臭そうな態度をとる佐々木に美子はイライラしたが、もうしばらくの間、自分を抑えることにした。

「実は、『島津亭』のオムライスは、私にとっても思い出の味で……主人が初めて私にご馳《ち》走《そう》してくれた料理なんです」

「初デートってことですか？」

「ええ……」

恥ずかしそうな顔をする美子に一切興味はないといった感じで、佐々木はぶっきら棒に質問した。

「で、ご主人はあとどれくらいもちますか？」

この質問にも、美子は自分を抑えた。

「お医者様からは、頑張ってもあと三週間と言われています」

佐々木は一つ大きなため息をつく。そして……

「うーん……じゃあ、百でどうですか？」

「えっ？」

「報酬は、百万でどうですか？」

「はっ？」

決して美子はとぼけてみせたわけではなかった。百万円の意味が本当にわからなかったのだ。オムライスを出張で作っても、せいぜい十万も渡せば十二分だろうと思っていた。ところが、佐々木の要求はその十倍。

「これはリサーチや食材の手配が並大抵じゃないんですよ。それに……奥さん、こんな僕でもご主人を感動させる自信はありますよ」

しかし、美子は簡単には納得できなかった。

「あのー、佐々木さんは『島津亭』のオムライスを召し上がったことは？」

「ありませんが」

「それでも再現できるんですか？」

「いままでの仕事も、そんなものばっかりでしたからね」

「過去のレシピを探すのですか？」

「昔の料理人はね、そんなものは残しちゃいませんよ」

百万円のオムライス……美子がまだその要求額に対して返答もしていないのに、佐々木は二週間後に病室を訪れると言って、さっさと喫茶店を後にした。


それから三週間後。

佐々木が周蔡宜のいる病室に、大きなジュラルミン製のトランクをガラガラと引っ張って入ってきた。

　実は約束の二週間が過ぎても、佐々木からは一切連絡が入ってこなかった。美子は、何の音沙汰もないことに腹を立てていたのだが、佐々木はそんなことは全く意に介さないといった様子で手早く準備に取り掛かる。

　部屋の中にある机を選ぶと、その上に携帯コンロや下ごしらえした野菜類などを置いていった。その様子を見て、美子は慌てて病室に鍵をかけた。

　てっきり料理の完成品を持ってくるだけで、ここで調理が始まるとは思ってもいなかった。医師や看護師がやってこないことを祈り続ける美子の前で、佐々木はラップで覆われた銅鍋などをトランクから次々と取り出すと、自らもコックコートに身を包んだ。

　そして、ベッドに横たわる周蔡宜に近づいた。

「周さん、今日、料理を作ります、佐々木充です。よろしく」

　末期の肝臓がんである周は、痩せ衰え黒ずんだ顔で無表情に佐々木を見つめた。すでに医師が告げた余命のラインぎりぎりのところにいるはずだ。しかし、そこまで周を頑張らせたのは、間違いなく佐々木の出張料理を待っていたからだった。

　佐々木は、周に向かって言葉を続けた。

「大変お待たせしましたね。最も肝心な『島津亭』のドミグラスソースに、ちょっと手を焼いちゃいましてね」

その言葉を聞いた瞬間、美子は周の死んだような目が一瞬光を取り戻したような気がした。そして、周はほっとしたかのようにまたゆっくりと目をつぶった。

「じゃあ、始めさせてもらいます」

美子に向かってそう言うと、さながらオペのように佐々木は料理を開始した。

周の個室は、料理をするには十分な広さがあった。佐々木はトランクの中からビニール袋に入った丸のままの鶏を取り出す。

「この鶏と出会うのも、ひと苦労だったんですよ。島津さんは故郷の食材をよく使っていたそうで、これも薩摩《さつま》軍鶏《シャモ》なんですけど、ただの薩摩軍鶏じゃなかった。餌にえらい手間がかかってましてね、国産の穀物だけでなく、芋焼酎の酒粕《さけかす》とか食べさせていたんですよ。で、その農家のご主人て人が運よく島津さんの料理を、一番知っている人物だったんで、色々と教わって今日この日を迎えたわけです」

話を聞きながら、美子は佐々木の薩摩軍鶏を捌《さば》く見事な手つきにうっとりしていた。佐々木は、捌いた軍鶏の身に芋焼酎を揉《も》み込むと、その一方で、携帯コンロに載せたソースの入った銅鍋に火を入れ始めた。

「さあ、問題のソース。島津さんは、焼いたトマトとベーコンをスモークしてからミキシングして、それをワインと煮込んでいきました。そこまでは普通ですが、そこに少量の紫蘇《しそ》や生姜《しょうが》、みかんの皮などで複雑な風味を足し、最後に八丁味噌《みそ》を加えました。どうやら開店した当時、西洋で使うハーブ類が手に入らず、島津さんはいろんなものを代用品として試したようです。その結果、とっても個性的な他所《よそ》では真似のできないソースが完成したというわけです」

熱の加わったソースからは、何ともいえない濃厚な香りが漂い始めた。

すると、突然ベッドの中で周が身体《からだ》を起こした。

「この匂いだ。確かにこの匂いだ。実に懐かしい」

「あなた……」

美子も周の反応に驚いている。これほど生気に満ちた言葉は、もう何か月も聞いたことがなかった。ただひたすら死への秒読みを続けていた部屋に、生の空気が一瞬にして広がった。

佐々木は、二つ持ってきた携帯コンロのもう一方にフライパンを置くと、刻んだ野菜類と先ほどの軍鶏肉を炒《いた》め始める。そして、香ばしく炒められた具材に軍鶏の出汁《だし》をかけていくと、ジュワッと美味《おい》しそうな湯気が立ち上った。

「さあ、ここからが見せ場ですよ」

そう言いながら佐々木は、ちょうど炊き上がったご飯を炊飯器からボウルに移す。そして、そこに卵を割って混ぜていった。

「この卵も、薩摩軍鶏です」

と言うと、その卵ご飯を具材の入ったフライパンの中に入れて、オムライスなのに混ぜ始める。米の一粒一粒に卵をコーティングしているようだった。

フライパンの中で踊るご飯を見ていると、看病で疲れきっていた美子も自分の心が穏やかになっていくのがわかった。

佐々木は仕上げに入る。炒め終わったご飯と具材を皿に盛ると、フライパンに溶き卵だけをさっと流し入れた。ホークを使いながら軽く火を通すと、流線形にし、ご飯の上に丁寧に盛り付ける。それは、手の込んだタンポポオムライスだった。

「周さん、オムライス出来上がりましたよ」

佐々木がベッドの脇に歩を進めると、その匂いにつられるように周は目を開けた。佐々木はサイドテーブルの上にオムライスを置くと、流線形のオムレツにさっとナイフを入れる。半熟の卵はご飯の傾斜に従い、二つにゆっくりとその羽を広げた。佐々木は仕上げに、あの『島津亭』を支えてきたドミグラスソースを張っていく。

周蔡宜の最期の料理「『島津亭』のオムライス」の完成。

佐々木は、美子にスプーンを手渡した。

「さあ、ご主人に」

美子は、ソースのかかったとろとろの卵とご飯をスプーンでひと掬《すく》いし、夫の口へと運んだ。最近は点滴だけで何も口にしていなかった周の口に、オムライスが流れ込んでいく。周はゆっくりと口を動かした。

「うん、旨《うま》い……」

佐々木はそのやり取りを見ようともせず、もうフライパンをナプキンで拭いている。美子は涙ぐんでいた。

「お前も……やれ」

美子は流れる涙を抑えもせずに、自分の口にもオムライスを運んだ。

「本当に、美味しい」

味は人の記憶を甦《よみがえ》らせる。美子の心の中に、出会った頃の二人のことが浮かんできた。この時、美子は初めて夫が「最期の料理」にこのオムライスを選んだ理由が理解できた。この料理は、最後に二人で食べるためのものだったのだ。涙の止まらない妻を、周は穏やかに見つめている。

気づくと、佐々木の姿は病室になかった。調理に使っていたテーブルには、小皿が一つだけ残されている。その小皿の横にはメモが添えられていた。
《口取り菓子　丸柚餅子《まるゆべし》》
さらに、《召し上がると、少しは疲れが取れますよ》。
それから三日後。周蔡宜は息を引き取った。

百万円の報酬を胸ポケットに仕舞い込むと、佐々木は美子に別れを告げた。斎場を後にする頃にはもう雨はやんでいた。佐々木は、ずいぶんと古い型の国産車に乗り込むと乱暴に走り出した。

その一部始終を斎場の玄関先で見守る男性がいた。その男は、佐々木が通夜の間に、食の好みを想像していた老人だった。

「あの爺さんは、生まれは中国の北の方か？　野菜を好む薄味派だな」と心の中で思い描いた、いかにも大陸育ちといった男。

その男が今度は逆に、丸眼鏡の奥の細い目で佐々木の様子を観察していたのだ。


周の葬儀から、ほぼ二か月後……

二〇一四年、六月二十七日。午前十時。

佐々木の枕元で、非通知の着信を表示する携帯がブルブルと震えた。

「もしもし」

佐々木は、寝起きとは思えないようなちゃんとした口調で電話に出た。

「ええ、そうです」

しばらく相手の話が続く。仕事の依頼だった。

部屋は、カーテンの隙間から差し込む太陽光だけで、薄暗い状態だった。話を聞きながら、佐々木はシングルベッドの上で身体を起こし、サイドテーブルに置いてある照明のスイッチを探した。明かりが点《つ》くと、数本並んだビールの空き缶の隙間からメモ用紙とペンを見つけ出そうとする。

相手は話し続けていた。結局ペンは探し当てたがメモ用紙は見つからない。佐々木はTシャツとトランクス姿のままベッドから抜け出し、隣のダイニングへ向かう。そのテーブルの上も空き缶や郵便物や書類で埋め尽くされていた。

佐々木は、「はい」とか「ええ」とか相槌《あいづち》だけを繰り返し、メモができそうな用紙を探す。そして、手にしたのはサラ金からの督促状の封筒だった。それをひっくり返しペンを走らせる。

書かれたのは、《中国人》という文字。

仕事の依頼の場合、佐々木は極めて冷静に受け答えし、なるべく相手にしゃべる時間を与える。今の仕事を始めてから、相手の話し方からその素性や性格などをできるだけ読み解く癖がついていた。しかし……

「ええっ、明日ですか？　冗談でしょ？」

冷静に聞き役を続けなくてはいけないのに、佐々木は少し感情的になった。相手の中国人は、佐々木の反応など全く気にすることもなく、一方的に話し続けている。

「ごめん。今のもう一度」

佐々木は、《２００》という数字をメモした。

「あなた、本気で言ってます？」

相手の声が大きすぎるのか、佐々木は携帯を少し耳から離した。

「いや、信用しないわけじゃないですけど、無理なものは無理ですよ」

佐々木は頭を掻《か》きむしりながら、テーブルの周りをうろうろと歩く。

「考えさせてもらいます」

そう言うと、佐々木は携帯を切った。

そして一つため息をついた。督促状の封筒の裏には、《羽田９：25　ＮＨ１２５５》という文字が残っていた。

その翌日。

結局、佐々木は黒いカバンだけを手に、冴えない表情で羽田空港の新国際線ターミナルの出発ロビーに立っていた。

『最期の料理請負人』という商売は、慎重さが欠かせない仕事だった。当然、ほとんどの客が一見《いちげん》さんで、中には右翼ややくざ、聞いたこともない宗教関係者など危険な相手も依頼の連絡を入れてくる。

そうした相手をかわしながら続けるリスクの高い仕事。普段なら依頼の電話を受けてから、一、二週間ほどは相手の身辺調査を続け、仕事として受けるかどうかを慎重に決めていた。依頼人と会うのはそれからだ。

しかし、ろくな確認手続きも踏まず、いま佐々木は中国に向かおうとしていた。海外からの依頼自体初めてのことだ。

昨日の電話の相手は、周美子からの紹介で電話をかけていると言った。

相手は日本語が堪能《たんのう》な中国人だった。年齢は声から察するに、佐々木とほぼ同年代の四十代。

佐々木は初め、国内の仕事だと思っていた。

しかし、クライアント本人は北京《ペキン》にいるという。電話の相手はその秘書で、「最期の料理」を作ってもらいたい人物は、一流の料理人。名前も言っていたような気がしたが、あまりに早口すぎて聞き取れなかった。

そして秘書は、明日北京で、その本人から料理に関する話を聞いてほしいと言い出した。この乱暴な依頼に、佐々木がまんまと乗っかってしまった理由は、その破格な報酬にあった。秘書の男は二百万を提示してきたのだ。しかも、交通費やホテル代などの「あご足」は別に支払われるという。佐々木は電話口では一瞬躊躇《ちゅうちょ》したが、落ち着いて考えると悪い仕事ではないと思った。

それでも電話を切った後、必死になって格安チケットを探しまくった。もちろん相手には正規の料金を請求する前提で。

羽田空港の新国際線ターミナルに来たのは、これが初めてだった。搭乗したのは、全日空とほぼ同じ時間帯に出発するアシアナ航空、その窓際のエコノミー席。窓からは真新しい駐機スポットで翼を休める機体が数多く見える。

佐々木は上着のポケットから、昨日の朝メモを取ったサラ金の督促状の封筒を取り出し、北京での展開をイメージしてみた。

電話の中国人は、クライアントと面会できる機会は明日を逃すと当分訪れないと言っていた。それは一体なぜなのか。

　佐々木は、明後日になると緊急の手術が待っていて、そこからは集中治療室にでも入って、面会ができなくなるのだろうと予測した。相手はかなり死期の迫った重病人の可能性が高い。面会した後、調理までの時間はあまりないかもしれない。高額報酬に加え、拘束時間の短い仕事ならば、余計に有難かった。

　しかし……佐々木はもちろんその割のいい内容に魅力を感じて、この仕事に手を出したのだが、この乱暴な依頼にちょっと身を任せたくなる衝動があったのも事実だった。

一九三二年（昭和七年）、六月

時を遡ること、八十二年前。

まだ東京飛行場という名称だった頃の羽田空港。

その滑走路で、激しいプロペラの回転音をさせていたのは、アメリカの航空機会社が開発した、フォッカー・スーパー・ユニバーサルという真新しい旅客機だった。

東京飛行場は、日本飛行大学校だった場所を国内で初めての国営の民間航空専門の空港に変えたものだった。開港は、ほぼ一年前の一九三一年八月。一年が過ぎたとはいえ、まだ管制塔もなく、周囲は草が生い茂っている状態で滑走路も一本しかなかった。

その唯一の滑走路で、新型旅客機はただ一機プロペラのうなりをあげていた。

機内の客席数はわずか六席。そのシートに、山形直太朗《やまがたなおたろう》と妻の千鶴《ちづ》が座っていた。

「私、ちょっと怖いわ」

まだ、二十四歳の千鶴は、生まれて初めて乗る飛行機に緊張し、直太朗の手をしっかりと握っている。三十二歳の直太朗自身も初体験の飛行機に興奮し、手は汗でびっしょりだった。

直太朗は、新妻の「ちょっと怖い」という言葉には、二つの意味があると思った。一つは、飛行機という乗り物が。もう一つは、東京の実家からほとんど離れたことのない千鶴が、まだ見ぬ海外の地に移り住むことが。

直太朗は、若い妻の心細い気持ちを慮《おもんぱか》って言った。

「せっかく、軍の方がとびきりの旅客機を用意してくれたのだから、有難いと思わなくちゃ」

「そうね。これは私たちの新婚旅行みたいなものよね。みんなが船と列車なのに、こんな凄《すご》い飛行機に乗れるんですものね」

千鶴は、無理に笑顔を作ってみせた。

直太朗自身も、この座席に身を置くことは場違いなことだと感じていた。機内の残りの四席には、政府の高官のような男性が四人座っている。確かに料理人とその妻が、海外旅行などほとんどの日本人が経験したことのない時代に、この出来立ての旅客機の貴重な席に座っているのは、とても異常なことだった。

しかしそれは、この後直太朗にとんでもない大仕事が待ち受けているためだった。それは直太朗が積極的に追い求めた未来ではない。そもそもが本人の意思など関係のない時代だった。

「おへそが、ツーンとした」

離陸を終えた機内で千鶴がお腹《なか》をさすっている。窓の外に東京の景色が見える。上空から見るのは二人とも初めてだった。千鶴はまだ怖がっているようで、窓外のパノラマを楽しむ余裕はない。ブラウスから出ている真っ白い腕には鳥肌が立っているのがわかる。千鶴は気を紛らわそうとしているのか、直太朗に聞いてきた。

「直太朗さんは、外国に行ったことはあるの？」

「うん、二年くらいパリに修業に出ていたことがあるよ」

答えながら、直太朗は内心驚いていた。思えばそんな基本的な情報すら、妻の千鶴には伝えていなかったのだ。

千鶴とは一年前に見合いで知り合い、半年前に結ばれた。そして、この半年間、忙しかったとはいえ同じ屋根の下に暮らしながら、ほとんど自分のことを説明してこなかった。

直太朗は、千鶴の恐怖心を紛らわせるためにも、自分の生い立ちを語り始めた。

「僕の父親は、仕出し屋の二代目なんだけど、それほど料理が好きじゃないと思う」

山形直太朗は、石川県の山中《やまなか》温泉の仕出し料理屋に生まれた。仕出しというのは東京や大阪のような都会だと、芸者のいるお茶屋などに料理を届けるが、山中温泉のような田舎だと葬式や結婚披露宴、お盆などの親族の集まりに料理を届ける。

父親は、祖父から継いだ店を任されていた。料理長という肩書もあったが、厨房《ちゅうぼう》を抜け出し遊び歩いてばかりいるような人だった。そんな人だったので、直太朗が料理人になりたいと告げたとき、父は反対した。それでも、直太朗の意思は変わらなかった。

地元の料理屋で何年か修業したのち上京し、浅草の大きな料亭『筑紫軒《つくし》』で働くようになる。

「私も、『筑紫軒』には父親に一度だけ連れていってもらったことがあります」

「そう、ほとんどの客が会社の社長とか政治家だからね」

千鶴の父親は、戦闘機や銃などの部品を造る軍需産業の会社の社長だった。

直太朗はその『筑紫軒』に入店すると、どの料理人よりよく働いた。瞬く間に頭角を現し、どんどん出世していった。しかし、三年ほどしてひと通りの仕事ができるようになると、突然、仕事をサボるようになる。

「サボって、どこに行っていたかわかるかい？」

「女性と会っていたのかしら？」

「ははは、そんな色っぽいことじゃないけど、僕が恋をしていたというのは間違っていないね」

直太朗は昼過ぎの空き時間になると、『筑紫軒』から抜け出して、ある場所に入り浸った。

それは、同じ浅草にあった洋食屋『東洋食堂』。当時、洋食は銀座や日本橋などでとてもお洒落《しゃれ》な料理として広まり始め、直太朗もその料理への好奇心を抑えきれなくなっていたのだ。直太朗が決めていた自分のルール。それは、「旨いものを食べたら、必ず自分で作ってみる」というもの。その時も自分のルールに従った。

初めのうちは、昼過ぎの空き時間だけ『東洋食堂』に行っていたものが、次第に閉店後や朝の仕入れ前まで抜け出すようになっていった。

そして、直太朗はそこで学び取った調理法を時折『筑紫軒』でも取り入れてみた。和風に手直ししたハンバーグやシチューといったものだったが、ちょっとした遊び心でやったそれが客たちの評判を呼んだ。

すると、そんな直太朗にチャンスが訪れる。

直太朗の料理を気に入ってくれた常客の中に、貿易会社の会長がいて、パリでの修業を勧めてくれたのだ。直太朗は二つ返事でその誘いに乗り、シベリア特急でパリに向かった。

「怖くはなかった？」

「言葉には苦労したが、楽しくてしょうがなかったよ。フォアグラやトリュフはもちろん、野菜だって見たことのないものがいっぱいある。出汁も、肉からも魚からも野菜からも、ウミガメからだって取る。

それに、料理に対する考え方も我々とは全く違っていた。日本人は、料理は包丁から生み出すものと思っているが、フランス人は竈《かまど》が作り出すものと思っている」

千鶴は、料理の話になると止まらなくなる直太朗を見て、自分の夫がこんなによくしゃべる人だったのだと初めて知った。

「でもね、最後にはこう思えるようになった。日本には日本のいいところがあり、フランスにはフランスのいいところがある。結果、そのいいところを組み合わせればいいんだってね」

直太朗は二年半をパリで過ごすと、再び『筑紫軒』に戻ることにした。『筑紫軒』で新しい和食を作ってみたい。そう思ってウキウキとした気持ちで帰国の途に就いた直太朗だったが、日本に着く頃には、次の働き口がもう決まっていた。

「当ててみましょうか。宮内省に行くことが決まっていた」

この頃になると、千鶴の表情からは生まれて初めての飛行機への恐怖心はすっかり消え去っていた。

「当たりだ。和食と洋食の両方をこなす料理人なんてなかなかいないからね。宮内省もお買い得だと思ったんだろう。給料もよかったし、すぐに大膳寮《だいぜんりょう》に入ることに決めてしまったよ」

「お給料のせいにしてはだめですよ。天皇陛下のお食事を作るなんて、凄い名誉ですもの」

その時、機体が大きく揺れ始めた。

「どうしたの？」

再び、千鶴の顔色が変わった。旅客機が乱気流に突入したのだが、その説明はない。二人に機体の揺れの原因がわかるはずもなかった。

「大丈夫。日本のパイロットは世界一だからね」

料理人の直太朗に、そんな知識などあるはずもなかったが、小さく震える千鶴の手を強く握って、これまでよりも大きな声で話し続けた。

「大膳寮に入って、一番よかったことを教えようか」

まだ、機体の揺れが気になる千鶴は、必死に直太朗の話に集中しようとしていた。

「それはね、給料とか名誉とか、そんなことじゃない。大膳寮には怪物がいたんだよ」

「怪物？」

「大膳寮の料理長のことを主厨長《しゅちゅうちょう》という。その主厨長をもう十五年も続けている、秋山徳蔵《あきやまとくぞう》さんという人がいたんだ。僕はそれまで、自分以上に仕事の細かい料理人はいないと思っていた。しかし、秋山さんはその何倍も繊細だった」

「大膳寮には、そんな方がいるのね」

「いっぱい、それまでのやり方を直されたよ。でもね、秋山さんの凄いところは、いいものはいいし悪いものは悪いと、その筋を決して曲げないことなんだ。

　僕は、職場に慣れてくると、また和食の献立に、少しずつ西洋の要素を足していったんだ。宮内省は保守的なところだから、『筑紫軒』のようにはいかない。上の方からえらく叱られた。

　でも、そこで僕の料理を守ってくれたのが、秋山さんだった。『旨い料理のどこが悪いんだ』ってね」

「秋山さんは、直太朗さんの料理を気に入ってくれていたのね」

「そうなんだ。でも僕は、どうしていつもそんな面倒臭い料理を作るのだと思う？」

「和食に西洋料理を足すということ？」

「そう、なぜだと思う？」

「それは……直太朗さんが単純に食べる人を喜ばすためになさったことではないの？」

「大正解。これはね、料理をするという行為の基本的な精神なんだ。

　人類はね、胃を満たそうとするだけならば、生肉と木の実や果物みたいなものだけを食べれば生きていける。生肉の中には獣の内臓もあるから、そこからミネラルも摂《と》れる。塩をわざわざ摂取する必要もない。

　じゃあ、どうして料理するようになったか？　それはみんなを喜ばすためさ。手を加えていない食べ物と料理の違いは、食べて喜ぶ人がいるかどうかなんだ。だから僕は、世界で一番、人が喜ぶ料理が作れる料理人になりたいって、いつも心掛けているのさ」

そう言いながら、直太朗は少し照れた顔をした。そんな直太朗を千鶴はうっとりと見つめている。

「直太朗さんのお料理一度でいいから食べてみたいわ。でも、陛下のお食事をいただいたらバチが当たるかしら？」

その頃には旅客機は乱気流から脱出し、機体の揺れもすっかりと収まっていた。


この一年前に、直太朗に千鶴を紹介したのは、宮内省大膳寮の上司だった。直太朗は、ろくに写真も見ずに結婚相手としては申し分ないと判断した。それは、会社社長の娘である千鶴は、小さい頃から味のいいものを口にしてきたと聞かされていたためだった。

結婚式を挙げたのは、去年の十二月の頭。

そして、今年の正月明けの初仕事の時、直太朗は同じ上司に呼び出された。上司は言いにくそうに切り出した。

「新婚間もないというのに、こんなことを頼むのは本当に気が引ける」

直太朗は、どうせ食材か食器の買い付けに、ヨーロッパにでも行けといった内容だと思った。

「海外ですか？」

「まあ、そうだ」

「どこです？　フランスですか？　イギリスですか？」

しかし、上司の言おうとしている「海外」はそういう類いの国ではなかった。

「いいか、これはお国のために本当に大切な務めなのだ」

上司の態度は、いつもとは全く違うピリピリしたものだった。

「満州に渡ってほしい」

「えっ？　満州？　満州で何をやればいいのですか？」

「軍の仕事だ」

「兵隊の食事当番ですか？」

「正直に言うと、私にもよくわからないのだ。こんなことは宮内省始まって以来だし」

満州には、もちろん日本の皇室の方々は誰も生活していない。いまの自分の仕事の延長線上にあるものではないことははっきりしている。しかも、軍の仕事ということは、自分の所属が宮内省から軍に変わってしまうことを意味するのか？

確認したいことは山ほどある。しかし直太朗は、これ以上上司を問い詰めても何も出てこないと悟り、簡単な質問に切り替えた。

「どれくらいの期間ですか？」

「それもわからん」

直太朗が宮内省大膳寮に入って、まだ三年も経っていなかった。いまの仕事が決まった時は、直太朗自身もだが、故郷の親類も大いに名誉なことと喜んでくれた。料理人になることに反対した父親でさえ。しかもその職場には、秋山徳蔵という偉大な料理人もいた。まだ、学ぶことはたくさんある。直太朗は、確信はなかったがぼんやりと、いまの仕事は一生の仕事になるのだろうなと思っていた。

しかしいま、その人生の展望は急転回を迎えようとしていた。

あまりに暗い表情を続ける直太朗に、上司もさすがに気を使って、自分の持っている情報を絞り出すようにして続けた。

「ただ、満州での家は全て軍が用意してくれるらしい。家賃も必要ない。千鶴さんを連れていっても構わないという。給料も、ここの三倍以上出すと言ってくれている」

給料が三倍になると言われても、何をやるのかわからなければ喜んでいいのかどうかもわからない。直太朗は最後に一つだけこう質問した。

「辞退することは？」

上司は、強い口調でこう締めくくった。

「これは、お国のため。光栄なことだと思って満州に行ってほしい」

それから半年があっという間に経ち、直太朗と千鶴はこの日、満州行きの旅客機に乗り込むことになったのだ。結局、一月からの半年間でその上司からの追加の情報はほとんどなかった。ただ、出発の日時と、満州に着いたら関東軍司令部の三宅太蔵《みやけたいぞう》少将を訪ねよという指示があっただけだ。

直太朗自身も、その程度の情報しか持ちえなかったわけで、千鶴が不安に思うのも無理のない話だった。

旅客機が到着したのは、大連《だいれん》空港。大連は満州で一番大きな都市だった。

二〇一四年、六月

佐々木充は、北京空港に昼頃到着した。

梅雨など知らぬ大陸には、もう夏の強い陽差《ひざ》しが照りつけていた。空港には、電話での説明通り黒塗りの高級車が出迎えており、スーツ姿の運転手が「佐々木様」という紙を持って車の脇に立っていた。

「日本から来た佐々木です」

「ようこそ」

運転手がドアを開ける。後部座席に落ち着くと、佐々木は尋ねた。

「この車、どこに向かうの？」

しかし、運転手は日本語がわからないのか、一切情報を与えないように指示されているのか、肩をすくめるだけで何の返答もしなかった。

北京を訪れるのはこれが初めてだった。車の窓から眺める街は、スモッグの彼方に、今の中国の国力を象徴するような高層ビル群が立ち並んでいる。

運転手と二人だけの車内は沈黙が続く。しかし、この時点で佐々木の心の中には不安はなかった。むしろ好奇心の方が大きく膨れ上がっていた。

車は、テレビで見たことのある天安門《てんあんもん》広場を横切り、北京のメインストリートをまっすぐに進んでいく。空港を出てから五十分ほど。佐々木を乗せた車は、警備が物々しいゲートをくぐった。

門柱にはその名前が記されていたようだったが、佐々木は見落としてしまった。ゲートを通過してからは車はゆるゆると進んだ。佐々木は少しだけ窓を開け、外の景色を見つめた。広大な敷地の中には中国風や洋風の、いずれも歴史を感じさせる建物が点在する。木々もよく手入れされ、池や橋などを配した庭園が随所に見られる。北京の街の喧騒《けんそう》とは全く違う空間がそこには存在した。

しかし、この敷地に入った途端、佐々木のモチベーションはみるみる落ち込み始めていた。なぜなら、普段『最期の料理請負人』が訪れるところは、病院や介護施設、自宅といった場所がほとんど。もちろん今回も、北京にある大病院をイメージしていたのだが、ここは死期の近づいた病人がいるような場所ではないようだ。

一体、ここはどこなのか？

運転手に聞いてもどうせ答えないだろう。佐々木はその基本的な質問を胸の内に仕舞い込んだ。

車はその敷地の中でも、特にこぢんまりとした古い洋館の前に停車した。エントランスの前に一人の眼鏡をかけた若い男性が立っている。

「ようこそ北京まで。私が劉泰星《りゅうたいせい》です。お電話では失礼しました」

劉は髪をオールバックにし、仕立てのいいスーツに中国製のものだろう、冴えないデザインの革靴という出《い》で立ちだった。佐々木は中国のエリートはこんなものなのかなと思って、その姿を観察した。


劉に通されたのは、小さな応接室だった。

調度品から照明器具に至るまで全てがアンティークで、佐々木が腰かけたソファも黒い革張りの年代ものだった。秘書の劉は、電話での会話と同じような流暢《りゅうちょう》で早口の日本語で話し始めた。

「私は以前、日本の北海道大学に二年間留学していたことがあります。札幌《さっぽろ》は美味しいものばかり。ジンギスカンと味噌ラーメン、大好きでよく食べたものです。佐々木さんも札幌のご出身ですよね」

劉からは、今回の急な依頼への謝罪は全くなかった。しかし、それよりも佐々木を警戒させたのは「札幌」という地名だった。

どうやら、この男は自分の過去について色々調べ上げているらしい。佐々木が札幌出身だということを知る者は、身の回りにもそう多くはいない。

「佐々木先生、どうかリラックスしてください」

札幌というワードで佐々木を身構えさせ、今度は「先生」という敬称までつけてリラックスしろと言う。中国人はこうした駆け引きが好きなのか、それとも今回の依頼主はかなり手ごわい相手なのか、佐々木は少し混乱し始めていた。

劉は、佐々木の目の前にあるカップに、ジャスミンの花が浮かんだポットからお茶を注《つ》ぎいれる。

「ここは、お気づきだと思いますが、『釣魚台国賓館《ちょうぎょだいこくひんかん》』というところです。日本の迎賓館のような場所です。広さは四十三万平方メートル。一九五九年から国賓を迎えるゲストハウスとして使われてきました。そして、いまは一般のお客様も泊まれるようになりました。もちろん中国でナンバーワンの宿泊施設です」

ようやく場所だけは把握することができた。しかし、迎賓館に一流のシェフがいることは頷《うなず》けるが、死を間近にした病人がいるというのは理解できない。劉は早口のまま続けた。

「この釣魚台には、中国全土から厳しい検定を受け合格した、一流の調理師が大勢集められています。今回、あなたにお料理を再現してほしいと望んでいらっしゃる方は、そのトップ。

楊《よう》先生、楊晴明《せいめい》という方です」

佐々木は、もちろんそんな料理人の名前を耳にしたことはなかった。

「佐々木先生、どうぞお茶をお召し上がりください。気に入ってもらえるはずです」

勧められるままに佐々木が口にしたジャスミンティは、確かに日本では出会うことのできない香りと甘みを湛《たた》えていた。ジャスミンティは落ち着かない気持ちをなだめてくれる。

「あのー、楊さんという方は、重い病気にかかっているんですか？」

「そうですよね、佐々木先生がお料理を作る方はみな、死期が近づいている方ばかりですよね。でも、楊先生はとてもお元気でいらっしゃいます」

「えっ？」

佐々木は、つい大きな声で反応してしまった。

「ただ、もうご高齢で九十九歳。元気なうちになるべく早く、思い出の料理を食べておきたいとおっしゃっています」

佐々木は、頭に浮かぶ基本的な疑問を一つずつ潰していく他なかった。

「でも、それだけ優秀な料理人の方で、まだお元気ならば、自分で調理したらいいじゃないですか？」

劉は、その質問は的を射ていると言わんばかりに大きく頷いた。

「おっしゃる通りです。しかし、今回の料理は日本料理なのです。楊先生は、佐々木先生でなくては作れないと断言してらっしゃいました」

「そうなんですか……」

「楊先生のことをご説明しましょう。少し長くなりますがご容赦ください。楊先生は、とても若い頃から紫禁城《しきんじょう》の御膳房《ごぜんぼう》で働いていた宮廷料理人の方の元で修業されました。佐々木先生は溥儀《ふぎ》皇帝（清朝最後の皇帝）をご存知ですか？」

もちろん知っていたが、佐々木は受け答えするのが少し煩わしくなっていた。

「そう、映画の『ラストエンペラー』の溥儀皇帝です。皇帝は清朝《しんちょう》がなくなった後、満州国に移られました。楊先生は、ご師匠の推薦で満州に移られてからの溥儀皇帝のお料理を作られるようになりました」

佐々木の持つ満州の知識は、苦手だった世界史のわずかな記憶と、劉が言葉にした映画の『ラストエンペラー』くらいしかなかった。映画には、ジョン・ローンと坂本龍一が出ていたような気がする。

「楊先生はそこで、溥儀皇帝の日常のお食事から来賓のみなさんのお食事まで担当されていまして、その腕を当時の日本陸軍の方に高く評価されたと聞いています。そして、ある大事な任務を軍から依頼されたのです」

佐々木は「おいおい、ずいぶんと壮大な話になってきたぞ」と思いながら、話を聞いていた。アンティークで包まれた部屋は、タイムスリップでやってきた部屋のような錯覚さえ覚える。

「佐々木先生は、満漢全席をご存知ですか？」

「知ってますけど」

佐々木は以前、友人から赤坂の中華レストランで「満漢全席フェアー」があるから付き合わないかと誘われたことがある。品数は四十品ほどだった。しかし、料金が十万もすると聞いて断った経験があった。

「満漢全席は、清の皇帝が宮廷料理人に作らせた、世界で一番スケールの大きなコース料理です。中国全土から最高級の食材や珍しい食材が集められ、食べるのに三日くらいかかったといわれています。

楊先生もご師匠さんから教わって、その全てを作れます。いまでは中国でも数少ない料理人の一人。でも問題はここから、ここからなんです。

実は、その日本版があったのです」

「満漢全席の日本版？」

「あったというのは正確ではないですね。日本軍の命令で作ろうとしたということです」

そんな凄い日本料理のコースが本当に存在したのか？　もし、それが事実なら、日本料理を続けてきた佐々木も一度くらいは耳にしていてもいいはずだった。

しかし、過去の記憶を色々検索しても、一切それに関係しそうな情報は出てこなかった。

「満漢全席の日本版の名前は……『大日本帝国食菜全席』といいます」

その『大日本帝国食菜全席』というワードも、もちろん初耳だった。劉は自分の話が一つの段落を終了したかのように、一休みしてお茶を口にした。

「その大日本なんとかという料理のレシピを……楊さんが作ったんですか？」

「いいえ、楊先生は協力しただけ。協力と言っても楊先生なくしては成立はしませんでしたが。ただそれは日本のお料理ですから、その計画の中心人物はやはり日本人でなければダメです。

その日本人は、山形直太朗という方でした。

日本で天皇陛下のお料理を作る宮廷料理人だったと聞いています。その山形さんが、日本から満州に渡り歴史的な料理の全権を担ったのです。

しかし、満州国自体、わずか十三年の短い年月で滅びてしまいました。まさに幻のような国家。そして、『大日本帝国食菜全席』もまた、それと運命を共にし、幻のメニューになってしまったのです」

「ごめんなさいね。これって太平洋戦争の頃の話ですよね？」

「ええ、だいたい満州事変の頃から第二次大戦の終戦の頃まで」

そんな動乱の時代に、これほど大それた料理が本当に存在したのだろうか。しかも、満州という場所で。佐々木にはなかなかイメージできなかった。ただ、心の中で不安な気持ちが勢いよく膨らんでいることだけが感じられた。

佐々木は、頭の後ろで束ねた髪を左手で摑《つか》みながら、劉に尋ねた。

「ひょっとしてその日本の満漢全席を、今回、俺に作れって話じゃないですよね？」

満漢全席のようなスケール感で、品数の多い料理に取り組み始めたら、何か月、ひょっとすると何年か費やさねばならないかもしれない。たとえ二百万積まれても割に合わない仕事になる。

劉がその答えとなる次の言葉を発しようとした瞬間、コンコンコンと応接室の扉をノックする音がした。

「請《チィン》」

劉の「どうぞ」を意味する言葉を受けて女性が扉から入ってきた。そして、劉の耳元で何かを囁《ささや》いた。聞き終わると、劉はすぐにソファから立ち上がって佐々木に伝えた。

「楊先生が到着されたようです。ご案内しましょう」

劉は、佐々木を手招きした。

不如帰《ほととぎす》や梅の彫刻が施された、観音開きの重厚な扉。

その扉は、洋館の一番奥まったところにあった。劉が扉をゆっくりと開けると、そこは三十畳はあろうかという広い部屋だった。

扉と反対側は天井まである大きなガラス張りで、その向こうに中華風の中庭が広がっている。部屋の半分をリビングが占め、そこには木製のテーブルとソファが置かれている。部屋の至る所にアンティークの中国家具があり、壁面の巨大な棚には、象牙や水晶の彫り物や壺などの置き物や骨董品《こっとう》、景徳鎮《けいとくちん》のような食器類などが収められている。

部屋の残り半分はダイニングで、大きなテーブルと椅子が十脚ほど置かれている。特別な客人に料理でも振る舞うために使われているのだろうか。一番奥の壁には毛沢東《もうたくとう》の肖像画が飾られている。

その肖像画の手前に、人民服に身を包んだ背の低い老人がこちらに背を向けて立っていた。部屋の片隅にぶら下がる鳥かごの中で、まるでその老人の代わりとでもいうように、九官鳥がじっと佐々木の様子を見張っている。

「佐々木充さんをお連れしました」

劉の言葉を待っていたかのように老人が振り返る。佐々木は思わず息を呑《の》んだ。

「この爺さん、どこかで会ったことがある……」

しかし、簡単には記憶をたどれない。それほど遠い過去ではないことは確かなのだが……

老人は佐々木の表情を読んだかのように口を開いた。

「周さんのお葬式でお見かけしましたよ。私は、楊晴明です」

佐々木が会ったと思ったのは、確かに周蔡宜の通夜の時だった。会ったというほどのものじゃない。

いかにも大陸育ちという風貌で、丸眼鏡をかけた痩せ型の老人は周の親族の中に確かにいた。佐々木は、この老人の料理の好みをこう想像していた。

「あの爺さんは、生まれは中国の北の方か？　野菜を好む薄味派だな。いや、そもそも料理人かもしれない。腕に筋肉の名残がある。

もしプロでなくても味にはうるさいな。餃子の皮の厚さひとつにもケチをつけてきそうだ。もちろん、スープに化学調味料は禁物だな」

料理人かもしれないという予想は当たっていたが、年齢はせいぜい八十歳手前と思っていた。まさか百歳手前とは。小柄だが背筋もしっかりと伸び、痩せ型だが筋肉も残っている。何より丸い眼鏡の奥にある細い目の眼光は、百年近くも人生を続けてきた人間のそれではなかった。

中国料理界のトップに君臨し、今回の依頼人となる男は話し続けた。

「葬儀の時、私は周一族の中にいましたが、親類じゃないです。周一族ととても親しいだけ。あの時、周美子さんから佐々木さんはとても腕のいい料理人だと聞きました。それなら、これは是非、私の『最期の料理』も作ってもらったらいいじゃないかと思って、美子さんから電話番号聞いて劉に電話をさせたわけです」

楊の言葉は中国人特有のアクセントはあるものの、ひと言ひと言をしっかり発音するので、とても聞きやすく重みも感じられる。全ては呼吸の仕方がうまいからのような気がした。

「さあ、おかけください。そして、リラックスして」

どうやら、劉が「リラックス」という言葉を使うのは、この主人の影響なのかもしれない。

佐々木は、楊から視線を外さないように、テーブルを挟んでその反対側の椅子に慎重に腰かけた。劉は入ってきた扉から出ていき、広い部屋は楊と佐々木の二人だけになった。

「私は、この釣魚台で料理長と顧問の仕事をもう三十年以上続けてきたんですよ。ここには、四川《しせん》省の山の中や香港《ホンコン》、上海《シャンハイ》などの大都会、色々なところから、優れた料理人が集まってくる。数百人いるがみな特級調理師ばかり。その子たちに料理をずっと指導してきました。

ここのお客さんは、みんなＶＩＰばかり。中でも、中国にとって大切な賓客は私が鍋を振る。日本の総理大臣は、田中角栄さんから始まって、みんなだいたい、私の料理を食べていきました」

中国のトップシェフともなると自慢話も桁外れだなと佐々木は思った。毛沢東の肖像画を背にした楊は、中国全土を代表して語りかけているような気さえしてきた。

「長い人生でいろんな食材を使い、いろんな料理を作ってきた。

でも……私の人生で一番楽しかったのが、満州の時代。

日本人の山形直太朗さんと一緒に料理を考えていた頃でした。二人で長い時間をかけて作り上げたのが、『大日本帝国食菜全席』」

劉は「協力した」という表現を使っていたが、本人は「一緒に作り上げた」と言っている。思い入れの違いだろう。佐々木にとってはどっちでもいい話だった。

「『大日本帝国食菜全席』は、素晴らしい料理。

満州の関東軍から頼まれて、料理にお金をいくらかけてもいいと言われたものだった。世界に誇れる日本料理。佐々木さんも和食の専門家だから、そのレシピを見たら絶対に興奮すると思う」

確かに好奇心はある。戦時中、そんな発想の料理が存在したこと自体が驚きだった。しかし、仕事として関わる気にはなれなかった。それほど歴史的に意味のある料理だったら、どこかの大学の食文化を研究する学部にでも頼んだ方が筋が通っていると思った。

　しかも、報酬は二百万円。もしその『大日本帝国食菜全席』が仮に五十品あったとして一品に計算すれば四万円。いつもは一品で百万は取っている。食材も満漢全席のような珍味が揃《そろ》っていたら、その調達だけで困難を極めることは火を見るより明らかだった。

　佐々木は頭の中でソロバンをはじき、すでに割に合わない仕事という結論に達していた。

「どうです。興味は湧きましたか？」

「ええ、まあ。凄い料理だなと」

「よかった。しかし、大きな問題がある。それはレシピが残っていないこと」

「レシピが……ないんですか？」

「そこで、佐々木さんにそれを捜してほしいわけです」

「えっ、レシピを捜す？」

「佐々木さんはレシピが全く残っていなくても、いままでどんな料理も再現させてきた。それは凄い才能だ。でも、『大日本帝国食菜全席』は品数も多い。レシピがあるに越したことはない。私たちが作ったレシピは完璧ですから」

　佐々木は、すでにこの仕事は「問題外」と結論づけていた。自分の方向性が決まると、劉と話していた時のような動揺はいまはない。もう少しだけこの老人の遊びに付き合ってみようと思った。

「レシピは、どこに行ってしまったのですか？」

楊は丸い眼鏡を外して長い話に入っていった。

「満州帝国の最後はとても悲惨だった。当時、満州の日本軍はちゃんとした兵隊と戦車や飛行機はみんな南方戦線に送った後。

残ったのは、年寄りの兵隊と農民上がりの兵士ばっかりだった。徴用された農民は、家から包丁とビール瓶を持参するように言われて軍に集合。包丁を棒の先に付けて槍《やり》にし、ビール瓶は火炎瓶にした。

そこにソ連が条約を破って侵攻してきた。満州の四方向から。その兵力凄かった。戦車五千台、飛行機五千機、兵隊百七十万人。包丁付けた槍じゃ勝てるわけがない。

しかも、日本軍は防衛線を国境から、朝鮮半島の入り口に下げてしまったから、ソ連軍みんな無傷で満州に雪崩《なだ》れ込んできた。満州の日本人は散り散りになったね」

佐々木も満州にいた日本人がシベリアに抑留されたり、それを免れても多くの犠牲を払いながら本土まで引き揚げてきたりしたことくらいは知っていた。

「溥儀皇帝も日本軍から見放されて、奉天《ほうてん》でソ連軍に捕まった。奉天は現在、瀋陽《しんよう》と呼ばれています」

まるで歴史の教科書の朗読みたいだなと、佐々木はやや気を抜いて聞いていた。

「そして、ソ連が進駐してきた、その時に……山形直太朗さんも命を落としたのですよ」

「えっ？　亡くなっていたんですか？」

それは楊にとって辛《つら》い思い出のようだった。しかし、問題はレシピの行方の方だ。終戦の時に山形がレシピを持っていたとすると、ソ連兵に持ち去られたということなのか？

「レシピは全部で四冊。そして、その全ては恐らく日本にあると思います」

「日本に？　誰が持ち帰ったのですか？」

「山形さんには奥さんがいました。千鶴さんという方。奥さんは生き延びて、日本に帰ったはずなんですよ」

「確証はあるのですか？」

楊はまるで当時を思い返すかのように、じっと遠くを見つめたままなかなか次の言葉を発しようとはしなかった。そして、ようやく一言、

「……ない」

と発した。

佐々木は少しほっとしていた。もし、山形千鶴という人物が生きて日本の地を踏めたにせよ、それを捜し出すというのは至難の業だと思った。しかも、その女性がレシピを日本まで持ち帰ったかどうかも怪しいという。

いよいよ、この仕事から身を引くタイミングが来たと思った。

「楊さん。私は『大日本帝国食菜全席』という大事業のレシピに関心がないわけではありません。むしろ料理人として大変な好奇心がある。是非、楊さんの『最期の料理』として再現してあげたい。しかし、これはあまりに無謀な作業です。日本でその山形夫人を見つけ出すのも容易ではないでしょうし、見つかってもレシピをお持ちであるという確証はない。残念ながら、いまはそこまでの仕事をお引き受けすることは難しいかなと思っています」

楊晴明の反応はどうなのか、佐々木は息を呑んで見守った。

「おっしゃる通りです」

楊のその一言で佐々木は胸を撫《な》でおろした。これで訳のわからないこの仕事から身を引ける。佐々木がいまやるべきは、北京までの往復の旅費を手に入れることだけだった。その交渉は秘書の劉とやればいいと思った。

楊はテーブルに置かれた呼び鈴をチリンチリンと鳴らした。その音に反応して秘書の劉が扉から入ってきた。その手には、紺色の布のかかったお盆があった。それが楊の目の前に静かに置かれた。

佐々木は、何が始まるのか予想ができなかった。

「佐々木さんは以前、店、やっていましたよね」

「は、はい」

「乃木坂《のぎざか》の日本料理屋さん」

確かに、佐々木は今から五年前その店を始めていた。一日八名限り、一人四万円という料理にこだわり抜いた店だった。

「とても質の高い料理を出すお店。雑誌にもいっぱい載ってました。でも、最終的にはあんまりうまくいかなかった」

うまくいかなかった原因は色々あった。食材に金をかけすぎたこと。佐々木本人が勉強と称して、食べ歩きに使う経費が膨大であったこと。客足も最初は盛況だったが、次第に遠のいていった。念願の店は開始から二年と持たなかった。『最期の料理請負人』という奇妙な仕事を始めたのは、全てこのことが原因となっている。

しかし、一体この目の前にいる老人は、自分のことをどこまで調べ上げているのか。

「お店の名前は『むら多』。なぜ、『ささき』じゃないかと思ったら、佐々木さんの本名は、村田満《むらたみつる》」

一つ一つ言い当てられていく事実。佐々木充という偽名を使い始めたのは、店を畳んでからのことだった。『最期の料理請負人』という仕事は、クライアントの中に、やくざや右翼、怪しい宗教団体の教祖などが紛れ込んでくる。実名などは危なくて使うことができなかったのだ。

そして、楊晴明の次の発言に佐々木は啞然《あぜん》とした。

「そのお店で作った借金、四千二百五十万円。佐々木さん、人生はなかなか思うようにならないね」

その金額は「最期の料理」の報酬でわずかに減ってはいたが、当初の額はぴたりと一致していた。楊は丸眼鏡の向こうで、自分の全てを見透かしている。佐々木は、全身に鳥肌が立っているのがわかった。

楊晴明は劉が持ってきたお盆にかかった布を取り除く。

「でも、人生悪いこともあるけど、その次には必ずいいことがやってくる。これは中国人の考え方。佐々木さん、これがそのいいこと。今回の報酬です」

お盆には、日本円の札束が積まれていた。

「全部で五千万円。佐々木さんの借金、これでどうにかなりますよね？」

いつの間にか二百万の報酬が二十五倍になっていた。これがあれば、楊の言うように借金は完済できる。

佐々木は、この現金が喉から手が出るほど欲しかった。しかし、その一方で欲望にブレーキをかける自分もいた。

これまでの報酬の最高額は三百万程度。『大日本帝国食菜全席』は偉大なレシピなのかもしれないが、人生最期の思い出の料理に、はたして五千万円もの大金を出す者などいるのか。どう考えても怪しかった。いままでも一千万や二千万などの金額を提示されることもあったが、それは口約束にすぎず支払われた例《ためし》はない。

そして、佐々木の中にはこんな思いもあった。借金のために始めた「最期の料理」という仕事は、クライアントから高額の報酬を受け取っていたが、佐々木の気持ちの中には「人生最期の思い出を提供する」という正義があった。金だけのために「最期の料理」を作ったことはいままで一度もない。それが『最期の料理請負人』という後ろめたい仕事を続ける佐々木の唯一の言い訳だった。

そんな佐々木の心の迷いを見て取ったのか、楊は立ち上がりながら言った。

「お店の失敗は本当に残念なこと。でも、全てはいい経験になる。

佐々木さんがお店を失敗した理由、それはお金だけじゃなかった。あなたのやり方に誰もついてこなかった。これが一番の原因」

楊の言葉に佐々木は動揺した。

「佐々木さんは、自分しか信じられないタイプ。その原因、私にはよくわかる。実は、私も佐々木さんと同じように早くに両親を亡くしたから。そうでもしないと世の中生きていけないからね。でも、それでお店は失敗した。この分析、間違ってないと思うがどうだろう」

楊晴明は、さらにとどめとなる言葉をゆっくりと正確に繰り出してきた。

「でも、料理はオーケストラと一緒。独りじゃ作れない。天涯孤独というのは、私と一緒。でも、私の下にはいま何百人という部下がいる。

佐々木さん、これはリセットするチャンス。同じ身の上の先輩料理人からの、これはとても大切なアドバイス」

佐々木の店が潰れた直接の理由は借金だった。しかし、それ以前に厨房では、楊晴明が指摘するような状況が起きていた。

佐々木自身の仕事ぶりは完璧なものだった。そしてそれを周囲にも強要した。もちろん、そんな佐々木のコピーのような仕事は誰にもできない。すると、佐々木は、その店員には大切な仕事は何も任せなくなるし、ひどい時には手も出した。

自然、やる気を失った者たちは次々と店から姿を消していき、最後に厨房に残ったのは佐々木一人きりだった。そして、店の味が落ちるという最悪の結末を迎えた。

楊の身辺調査は完璧以上で、相手の弱点を洗い出す眼力にも優れている。

「孤独はいいエネルギーにもなるけど、悪いエネルギーを出すこともある。いま、その悪いエネルギーの方で、佐々木さんは振り回されているんじゃないかな？」

佐々木はまるで凄腕《すごうで》の占い師に、自分がいま一番悩んでいることをズバリと言い当てられたような気がした。

「そんな時はお金で解決することも大事。悪いことじゃない。良くない過去を清算、未来を立て直す。

今回の仕事は私にもメリットがあるし、佐々木さんにも役に立つ、ウィンウィンのビジネス」

楊晴明は、目の前の大金を撫でながら言った。

「レシピは必ず見つかる」

もう、佐々木には返す言葉が底をついていた。

「まずは、宮内庁の大膳課を訪ねたらいいんじゃないでしょうか？　佐々木さんにはコネもあるし」

それも当たっていた。自分は完全に楊の操り人形のようになっている。

「さあ、五百万は前金です。調査費に使ってください。空港で見つからないように気をつけてくださいね」

結局、五百万円の入った封筒をカバンに隠し持ち、佐々木は羽田空港に降り立った。

一九三二年（昭和七年）、六月

「やっぱり、肌寒いわね」

旅客機から、外に出た千鶴が身体を縮める。日本を発《た》つ前、満州は北海道のような気温だと聞かされていたが、予想以上に空気は乾燥し肌寒く感じられる。

料理人・山形直太朗と妻の千鶴は、前の年に設立されたばかりの満州航空の小さな旅客機で、満州の大連空港に降り立ったばかりだった。

遼東《りょうとう》半島の南端に位置する大連は、昔はひなびた漁村だった。その地をロシアが巨大な商業港へと変貌させ、いまでは満州一の都市に成長している。

空港には、軍が用意した「パッカード12」という、政府の要人が乗りそうなアメリカ製の車が待ち構えていた。直太朗と千鶴は、その車で旅順《りょじゅん》を目指す。

旅順は、大連が貿易と商業の街なのに対し、政治と軍事の中枢が置かれている街だった。

大連の空港から、一時間半余り。

白銀山トンネルを抜けると、車は旅順の街に入った。この旅順に関して直太朗は、日露戦争の時、二百三高地で多くの犠牲を払い手に入れた街ということくらいは知っていたが、それ以上の知識はない。

山間に広がる港町は、この日はあいにく霧が深く立ち込め、様子が摑みづらい。千鶴は、車の窓から、霧の向こうにうっすらと広がる街並みを、不安そうに見つめていた。

「その先に見えるのが、関東軍の司令部の建物です」

運転手が指さす方向に目的地はあった。

直太朗は宮内省大膳寮の上司から、「満州に着いたらまず、関東軍司令部の三宅太蔵少将を訪ねるように」と指示されていた。

直太朗と千鶴は、その建物の威容に、目を見張った。建物に入ると、石造りの豪華な玄関ホールが広がっている。そこのロビーに千鶴を待たせ、直太朗は三宅少将のオフィスに入っていった。

「飛行機での旅は、いかがでしたか？」

軍服姿の三宅少将が山形直太朗を迎え入れた。

「身に余る光栄です。少し緊張してしまいましたが」

三宅の執務室にはデスクと応接セットがあるくらいで、まだ調度品の数々は手配中といった感じだった。

「こちらで困ることがあったら、なんなりとご相談ください。私も、本土から満州に渡ったのは一年前。まだ慣れぬことばかりです」

「ありがとうございます」

三宅は、自分の父親は長州藩出身で官軍に属していたと自己紹介した。軍部のエリートといって間違いのない三宅だったが、その物腰の柔らかさに直太朗は親近感を覚えた。

「この満州国は三か月前に建国した、まだヨチヨチ歩きの赤ん坊のような国家です。しかし、その国土は本土の三倍。フランスとドイツをちょうど足したくらいの広さがある。いま人口は三千万で、その内日本人は二十四万ほどしかいない。政府は、満州への開拓移民を呼びかける予定ですから、本土から続々と勤勉な邦人がこの地に渡ってくる。満州は近い将来、上海よりも国際的で、そして産業は本土を超える国に育っていくはずです」

直太朗も日本で、満州の未来はそうなると聞かされていた。

「山形さん、確認ですが、本土では今回の任務について、周囲や親族に他言されることなく、ここにいらっしゃいましたか？」

「もちろんです。というよりも、私自身、よく理解できていないのが本当のところです」

「そうですか、その方がよろしい。山形さんには、この地で世界が驚くような料理を作っていただかなくてはいけないのです」

「は、はあ」

ようやく直太朗は自分が満州までやってきた、その理由を知ることになる。

「満漢全席は、ご存知ですよね」

「はい。清朝の宮廷料理と記憶しています」

「世界的には、フランスのルイ王朝の料理なども知られていますが、この満漢全席は他の追随を許さない凄い料理だ。

しかし、中国人にできて、我々日本国民にできないわけがない。今回は、山形さんに満漢全席を超える料理を作っていただきたいのです」

直太朗が満州の地に渡った目的。それは、満漢全席を超える料理を作り出せ、というものだった。

「情報では、山形さんは日本料理にも西洋の料理にも通じていらっしゃる。基本は日本料理で間違いないのだが、西洋人にも理解しやすい、世界史に名を刻む献立を作っていただきたい」

四十人ほどの料理人がいる宮内省大膳寮から、自分が選ばれた理由もわかった。あまりの重圧に、直太朗の身体は緊張から硬直し、顔からは汗がしたたり落ちていた。三宅のプランは、さらに具体的になっていく。

「私が満漢全席について調べたところ、その品数は諸説あった。五十と言う者もいれば百と言う者もいる。そして、その中で一番大きな数字が二百だった。

そこで今回の品数は、満漢全席の二百品を超えるものを目指していただきたい。これは、山形さんにとって一世一代の料理になりますよ」

「二百以上ですか……」

直太朗は、あまりの品数に唖然としていた。

すると、三宅は自分のデスクから、硯《すずり》と筆、半紙を応接のテーブルに持ってくる。

「その献立の名前ですが……」

三宅の筆が書きあげた文字は、《大日本帝国食菜全席》。

「いいでしょう、この名前」

手渡された半紙に、直太朗の手の汗がにじんだ。

「『大日本帝国食菜全席』ですか……素晴らしい名前ですね」

しかし、満漢全席を超える料理を、なぜ満州の地で作らねばならないのか。直太朗は、素朴な疑問を持った。それに対する答えを、三宅はすぐに口にした。

「そして、この料理をお披露目するのは……」

三宅は、一度立ち上がって敬礼をした。

「天皇陛下が、この満州の地を行幸される時と考えています」

「それは、いつ頃なのですか？」

「遠くない将来としか申し上げられません」

「年内ということもあるのですか？」

「なんとも」

直太朗はこれまでも本土で、海外の来賓向けの晩餐《ばんさん》会料理を手掛けたことはあった。しかし、そのメニューはせいぜい十から十二品程度。もちろん食材のかぶりもなく、晩餐会の意味合いなども考慮して作ってきた。

しかし、今回は品数だけで二百品以上の料理。それをメインとなる食材のかぶりもなく構成するとなるとレベルが違いすぎる。しかも、それをわずかな期間で作るなど、直太朗は想像もできなかった。

「そうですか……しかし、それを私一人でやらねばならないのですね」

「もちろんお披露目の日には、本土から大膳寮のほとんどを呼び寄せ、手伝わせます。しかし、これは極秘の任務ですから、レシピー作りはこの地で山形さんにやってもらわねばならない」

「なるほど……」

「ただし、慣れぬ地での食材集めなどは苦労されるでしょう。こちらであなたの助けとなる優秀な中国人の料理人を手配しましょう。ちょうど、いい心当たりがある」

どうやら、全ての段取りは三宅の頭の中で完成しているようだった。

「費用などはいくらかかっても構わない。全ては軍が負担します。料理の内容は、自由に発想してください」

「は、はい……」

「但し、これはあくまで極秘任務。中国共産党はもとより、同胞にも秘密が漏れないように細心の注意を払って行動していただきたい」


千鶴は、ロビーで一人心細そうに直太朗の戻りを待っていた。

三宅の部屋で、直太朗が聞かされている話が、将来の二人の生活を決定してしまう。一体、満州の地で二人はどうなってしまうのか、不安でならなかった。

しかし、戻ってきた直太朗の笑顔に、千鶴の全ての不安は吹き飛んだ。間違いなく二人にとって幸運な話を告げられたのだ。

「さあ、ハルビンの新居に行こう。大仕事が待ち受けている」

さらに、直太朗はこんな気持ちまで千鶴に伝えた。

「僕は、この満州に来るために生まれてきたのかもしれない」

その後、二人は新居が準備されている大都市ハルビンに鉄道で向かった。

ハルビンは、四か月前に関東軍がソ連から奪い取った街だった。このハルビン占領により、満州の主要都市はほとんど関東軍の支配下に入った。

日本を出る前、直太朗がハルビンについて持っていた知識は、「伊藤博文が駅で暗殺された街」ということだけだった。それ以外、全く未知の街だった。

しかし着いてみると、そこはロシア風の建物が立ち並び、道路には石畳が続く美しい街だった。ヨーロッパなど行ったこともない千鶴にとっては、それは童話の世界のように映った。

「この街だったら、私やっていけそうな気がする」

旅順には不安を抱いていた千鶴が、この街は気に入った。後で聞いてみると、ハルビンは昔から「東洋のモスクワ」「北満の上海」と呼ばれる街だった。西洋の食材なども調達しやすいだろうという理由から、三宅が山形夫婦のために選んだ街だった。

到着した家は、かつてロシア人が暮らしていたものだった。間取りも二人には広すぎるくらいで、寒い満州の地でも問題のないように十分な暖房設備が揃っている。厨房も広々とし立派なコンロも備わっていた。

日本から船便で送った荷物はまだ到着していなかったが、各部屋にはベッドや箪笥《たんす》などがすでに備え付けられており、千鶴ははしゃぎまわった。


満州に来て一週間後。

日本からようやく届いた荷物を、千鶴とほどいていると家を訪ねてきた者がいた。その男は、覚えたての日本語で自己紹介した。

「楊晴明と申します」

丸い眼鏡をかけた、十七歳の小柄な中国人の青年だった。三宅が指示したのだろう、青年は日本語で書かれた簡単な履歴書を持っていた。そこには、まだ若いのに料理経験はすでに八年。さらに清の宮廷料理人の元で修業し、満漢全席の心得もあり、ここに来る前は満州国執政の地位にある溥儀の料理を作っていたと記されている。

直太朗は、楊に尋ねた。

「ちょうど昼飯を食おうと思っていた。いま、野菜炒めを作れるか？」

楊は、にこりと笑って答えた。

「我知道了《ウォーツータオラ》」

楊は厨房にある食材から、青菜と黄にら、もやしとイカを選んだ。それは直太朗の採用試験のようなものだった。

楊は、もやしのひげを取り、青菜と黄にらを合わせ、布巾に包み込むと力任せに雑巾のように絞り始めた。この時点では、直太朗にはその作業の意味がわからなかった。

続いて、楊は持ってきたカバンの中から、十代の料理人が持っているものとは思えないほど使い込んだ中華包丁を取り出す。まな板の上でその包丁は、まるで楊の手のひらと一体化しているように無駄のない動きで、テンポよく食材を刻み始めた。その速さと正確さに直太朗は、目を見張った。

そして、これもまた持参した中華鍋で食材を踊らせていく。見ただけで油の使い方、火の通り具合、塩梅《あんばい》は申し分ない。

さらに、直太朗を喜ばせたのがイカの肝の扱いだった。楊は、油に通したにんにくに細かく刻んだ唐辛子を入れると、そこにイカの肝を混ぜていった。少量の醬油《しょうゆ》で香りづけをし、先ほど炒めた野菜を合わせていく。

イカと野菜の炒めもの。それは、五分ほどで出来上がった。

たかが野菜炒め……しかし、その仕上がりは見事だった。そして口にすると直太朗は思わずつぶやいた。

「そういうことだったのか」

楊が、野菜を布巾で絞った理由がやっと理解できた。野菜炒めを載せた皿には、本来、食材から出るはずの水分はなく、嚙《か》み締めても一切灰汁《あく》が舌の上に残らない。

楊は、炒める前にすでに布巾で全てを取り去っていたのだ。雑味の消えた野菜とイカの肝の風味がよく合っていた。

直太朗は、楊の調理の精度の高さに加え、食材の持ち味を存分に生かす感性、そして、何より料理を楽しんでいる姿が気に入った。

直太朗は、野菜炒めを口に運びながら楊に尋ねた。

「簡単な履歴は紙に書いてあったが、もう少し聞いてもいいか？　君の父親は何をしていた人だ？」

楊晴明はポケットから辞書を取り出し、たどたどしく自分の人生を振り返り始めた。

楊は、北京の小さな料理屋をやっていた夫婦の元に生まれたという。なかなか子宝に恵まれなかった二人の念願の子供だった。両親の店は、麺が旨いと評判でいつも繁盛していた。

しかし、楊が二歳になる前に両親は流行《はや》りの病で相次いで亡くなる。そして、楊を引き取ってくれたのが父親の兄だった。

その伯父は紫禁城で働く料理人、つまり宮廷料理人だった。当時は、宮中の厨房である御膳房の料理人はみな宦官《かんがん》で、子供が作れない伯父は、喜んで楊を引き取り育てた。

　そんな伯父の元、楊晴明は小さい頃から料理を学んだ。満漢全席もその伯父から教えてもらったものだった。

「もし清朝が続いてたら、君も宦官になって御膳房に入っていたかもしれないな」

　直太朗のその冗談に、楊は照れ笑いを見せた。

「伯父さんは、まだ生きているのか？」

　楊は、首を振りながらこう言った。

「いまは独り。親類誰もいない」

　楊晴明はまだ十七歳だというのに、長く多難な人生をたどり、いまは天涯孤独の身となっていた。

　そんな楊に対し、直太朗は思わず提案した。

「ここに住むか？」

　楊は嬉《うれ》しそうに笑って頷いた。

　妻の千鶴に何の相談もせずに決めたことだったが、こうして、楊晴明も直太朗の家に住み込むことになり、三人による満州での生活が始まった。

二〇一四年、七月

「『大日本帝国食菜全席』という料理について、お伺いしたいのですが」

「大日本帝国……食菜全席……ですか？」

佐々木充は、宮内庁管理部の大膳課の事務所を訪れていた。

佐々木を迎え入れてくれたのは、事務長の太田博《おおたひろし》だった。しかし、太田は早くも困った顔をしている。


大膳課を紹介してくれたのは、佐々木が通っていた料理専門学校の講師だった。

その講師は、授業中「自分の同期は宮内省大膳課で、天皇陛下のお食事を作っている」と、度々自慢していた。講師に電話を入れてみると、佐々木の腕の良さが印象的だったらしく、すぐに思い出してもらえた。そして、大膳課へのアポイントを取ってくれたのだ。

全ては、楊晴明のシナリオ通りに事は進んでいた。

佐々木は、これまで皇居になど足を踏み入れたこともなかったし、一生立ち入ることのない場所だと思っていた。坂下門《さかしたもん》で厳しいセキュリティチェックを受けて入った皇居は、東京のど真ん中とは思えないような静けさだった。ただ、佐々木が踏みしめる砂利の音と、気の早い蟬《せみ》の声だけが響いている。

佐々木は、ネクタイこそしていなかったがスーツ姿で、ハンカチで首筋の汗を拭きながら砂利道を歩いた。

宮内庁の庁舎は、新宮殿の横にある。大膳課は天皇の料理を預かる部署で、そこで働くコックは全員、国家公務員の肩書を持つ。採用に至るまでに三か月も警察によって身辺調査をされるという噂《うわさ》も耳にしたことがある。いずれにしても、『最期の料理請負人』とは真反対の、世間に胸を張れる料理人だということは確かだ。

目指したのは、厨房ではなく事務職ばかりがデスクを並べる部署。その中で、佐々木は事務長の太田を見つけ出した。

太田は自分のデスクの横にある小さな応接セットに、佐々木を座らせ相談に乗ってくれた。

しかし……

「大日本帝国……食菜全席……ですか？」

あっという間に結論は出た。

「そのような名前は、聞いたこともないですね」

「大膳寮の料理人の方が、戦前、満州に渡って、作られたものらしいのですが……」

「私も当時の記録を全てわかっているわけではありませんが、基本的に、満州の資料などは、何ひとつこちらでは管理していないはずです」

「そうですか」

楊晴明の予想では、ここに来れば何かヒントが手に入るはずだった。

そもそも『大日本帝国食菜全席』というレシピが、この世に存在したことさえ佐々木にとっては疑わしいのに、その追跡調査をしなくてはいけない。大膳課の太田の目には、不思議な調査を持ち込んだ自分はかなり滑稽に映っているのではないかと佐々木は思った。

いつもの癖で束ねた髪をいじりながら、弱った表情をする佐々木を気の毒に思ったのか、太田は無理して知識をひねり出す。

「当時の満州関連のことは、その頃大膳寮にいらっしゃった秋山徳蔵さんの個人的なメモの中に色々と書かれていますね」

「どんなことでしょう？」

「例えば、溥儀皇帝が満州から日本を訪れた際の料理に関してです。お付きの中国料理人たちが、ほとんどの食材を持ち込んだといいます。

絞められたアヒル五十羽が氷詰めにされて持ち込まれたとか。その全てが腐ってしまい使い物にはならなかったとか。まあ、日本での毒殺を気にしてのことだったんでしょうね」

秋山徳蔵は天皇の料理番として有名な人物で、佐々木も名前くらいは知っている。もし、山形直太朗という人物が実在していれば、恐らくは一緒に厨房で鍋を振っていたはずなのだが。

佐々木は、質問の方向を変えてみた。

「では、山形直太朗という人物についての記録はどうでしょう？　大膳寮の中でも特に優秀なコックだったと聞いているんですが」

佐々木は、少しだけ話を盛って山形の名前を出してみた。

「ちょっとお待ちください」

太田は、当時の名簿を取り出してくる。

「いまは大膳課には五十名在籍していまして、和食、洋食、和菓子、パンと洋菓子、東宮御所の五つの係に分かれているのですが、当時は二つの部署しかなかったようで、料理を作る主厨四十名、配膳を担当する主膳が二十九名……」

太田は昭和二十年あたりから、徐々に前の年度にページを捲《めく》りながら、「山形直太朗」の名前を探していく。当時の名簿は手書きで作られていた。太田は、慎重に右手の人差指で、過去へ過去へと名前をたどっていった。

この名簿の中に名前がないようだと、楊の話は完全な作り話になってしまうが。

「あ、ありますね」

佐々木にとって、幸か不幸か、山形直太朗の名前は記載されていた。

「でも……一九三二年、昭和七年の三月に退職されていますよ」

「えっ、どういうことでしょう？」

「さあ、私にもそれはなんとも」

もし、その時期に宮内省を辞めていたとすると、どこの所属で『大日本帝国食菜全席』のレシピを考えていたのか？

いずれにしても山形直太朗という人物は実在した。しかし、それ以上の手がかりは見つからず、太田との面会は終了した。

北京で楊晴明から出されたヒントは、この宮内庁大膳課を訪れよということだけだった。

完全に手詰まりとなった佐々木は、皇居をとぼとぼと後にした。

佐々木は、自宅に戻る前にある場所に立ち寄ってみた。

それは、中野にある中華料理店『竜虎《りゅうこ》飯店』。佐々木は、「福」の文字を逆さまにした紙が貼られた安っぽい扉を開け、店内に入っていった。

「いらっしゃい。おお、久しぶり」

迎えてくれたのは佐々木の唯一といっていい友人・柳沢健《やなぎさわけん》だった。

「ガラガラだな。店、大丈夫か？」

「うちは深夜が勝負なんだから問題ないんだよ」

柳沢は、佐々木に比べ筋肉質のずんぐりとした体型で、背もさほど高くはない。髪は坊主刈りにし、目がぎょろっとした人懐こい顔立ちをしている。

「なんか食うか？」

佐々木は、いつものテーブルに着くとメニューを手に取った。柳沢が言っていた「深夜が勝負」という言葉は間違っていなかった。アルバイトのウェイトレスも夜十時に店にやってくる。そこまでは柳沢一人で店を切り盛りしていた。

「じゃ、化学調味料の利いた炒飯と着色料で旨そうなチャーシュー」

「うわ、ひでえこと言う客だねえ。俺はね、消費者が支払いやすい金額と素直に旨いって言える味付けを提供しているだけなんだよ」

柳沢は、青島《チンタオ》ビールをテーブルに置くと厨房に消えていった。気楽な店でビールと簡単な定食を食べる。そんなことで、ここ数日のストレスから少しは解放されるような気がして柳沢の店に立ち寄ったのだ。

「へい、お待ち。化学調味料入り炒飯と着色チャーシュー。農薬をたっぷり吸ったレタスはサービスだから、炒飯を包んで召し上がれ」

佐々木の前に、雑に盛り付けられた料理が並んだ。

佐々木は炒飯をレンゲで掬い口に入れる。

「この間、北京に行ったよ」

「へえ、珍しい。この時期暑かっただろ」

二人は料理学校の同級生で、柳沢は卒業後、北京に二年ほど修業に出ていたことがある。

「満漢全席、知っているよな」

「熊の手とかラクダのコブとか象の鼻みたいな、まずいものをバカみたいに食べるやつだろ?」

「食べたことあるか?」

「ない。というか、当時のちゃんとした形の満漢全席なんて、もう食べられないと思う。作れる料理人もいないだろうし、作法に至っちゃ知っている奴なんて残っているはずがない」

「作法なんてあるのか?」

「そりゃ、あるさ。宮廷の食事だからな。中国人はさ、そういうのは大好きなんだよ」

「じゃあ、その満漢全席の日本版て知っているか?」

「いいや」

「そうだよな。誰も知りゃしないよな」

佐々木は、少し真剣な表情になって続けた。

「『大日本帝国食菜全席』っていう料理が、戦時中にあったというんだよ」

「大日本食材全席？」

「違うよ。『大日本帝国食菜全席』」

「それは日本料理ってことだよな。へえー。和食も粋なことをやるねえ。あんな馬鹿なことやるの、中華だけだと思っていたよ。でも、戦争中に、そんなことやる余裕がよくあったな。それって、ひょっとして『最期の料理』となんか関係あるわけ？」

「ビール、もう一本もらえる？」

柳沢は店内に置かれたケースから、青島ビールの瓶を二本取り出し、つまみ用のひまわりの種と一緒にテーブルに置いた。

「北京で『釣魚台国賓館』てところに、行ってきたよ」

「へえ、迎賓館に？　そこに今度の客がいたのか？」

「そこのトップの爺さん」

「そりゃ凄いわ。あそこのトップってことは、中国の料理人のトップみたいなもんだからね」

「そうなんだ。俺が会った爺さんは、清朝の宮廷料理人の元で修業したらしいしな」

「それは余計凄いわ。何が凄いかって言うとね……」

柳沢も、仕事中なのに自分のグラスにビールを注いで飲み始めた。

「中国ってほとんどが漢民族なわけよ。でも、清を作ったのは北方の満州族。辮髪《べんぱつ》とかチャイナドレスとかって満州族の文化なのさ。

きっと、その爺さんも満州族なんだと思うんだけどね、漢民族は、その満州族が大嫌いなわけよ。いまの中国の偉い人はみんな漢民族でさ、釣魚台でもほとんど同じはずだよ。その中で満州族シェフがトップになるってことはよ……その爺さん、すごく腕が良くて、策士なんじゃないの？」

佐々木は、柳沢の分析に少し驚いた。

「お前、少しは役に立つね」

「何を言う。いままでだって結構あなたの役に立ってきてますよ」

「お前の言う策士って当たっていたよ」

佐々木は、北京での楊晴明とのやり取りを思い出していた。

「はい、これはサービスね」

柳沢はテーブルにデザートを置いた。

「この店はまだ柚餅子出しているのか？　中華料理には絶対合わないデザートって言っただろ」

「何を言う。これは俺たちのソウルフードじゃないの」


佐々木と柳沢の付き合いは古い。料理学校よりもずっと前、まだオムツを着けている頃からの付き合いだった。

二人の境遇はそっくりだった。二人とも二歳になるかならないかで、両親を亡くし、札幌にある『すずらん園』という孤児院に預けられた。

『すずらん園』は、みなしごを十人ほど預かる家庭的な孤児院だった。中でも佐々木と柳沢は、まるで兄弟のようにいつもくっついて遊んでいた。服もとっかえひっかえ、初めどちらの服だったかわからないくらいに交換し合って着た。

小学校に上がると二人は同じように苛《いじ》めにあった。同じクラスになることはなかったが、佐々木は「すずらん一号」、柳沢は「すずらん二号」というあだ名で呼ばれた。それは中学になっても続き、佐々木はあまり学校に行かない悪《わる》に、柳沢は登校こそ続けたが、無口な生徒になっていった。

そして、中学を出ると二人は札幌から逃げ出して、東京に向かった。転がり込んだ先は、孤児院の園長の知り合いがやっている定食屋だった。そこで住み込みの修業を始めることになる。

佐々木と柳沢は、小さい頃から孤児院の食堂で料理の手伝いなどもよくやる子供だった。園長のこだわりなのか、その食事はこだわった食材を使い手間暇かけて作られていた。佐々木は、子供の頃はここの料理が世界で一番旨いと思っていた。手伝うことは、佐々木にとって自然な流れだった。しかし、それと職業に料理人を選ぶことは全く別のことだったが、佐々木には早く手に職をつける以外、生きていく術《すべ》がなかった。

そして店で三年ほど働くと、二人は同じ料理学校に通い始める。そこで佐々木が和食を選び、柳沢は中華を目指すことになった。

その孤児院で、二人は柚餅子という菓子をよく食べた。しかも、それは、柚子《ゆず》を丸々一個使う「丸柚餅子」という特徴的なものだった。冬になると孤児院には段ボール箱一杯の柚子が届き、園長は子供たちにも手伝わせて、この「丸柚餅子」を一年分作るのが習慣だった。佐々木が、周蔡宜の病室に残した菓子もこの「丸柚餅子」で、孤児院の思い出の味だった。

「で、その爺さんのために、今回はそのなんちゃら全席を作るってわけ？」

「まあ、そういうことだ」

「報酬は？」

「五千」

「うそでしょ？　本当に五千万？」

「そう」

「それ、危ないって」

「そう思う？」

「誰でも思うでしょ。なんか裏があるって」

柳沢は少し真面目な顔になって、佐々木のコップにビールを注ぎ足した。

「ミツルの料理の腕は凄いわけよ。俺がいくら頑張ってもお前には追いつけない。お前にはなんていうか……音楽でいう絶対音感みたいなものが舌にある。だから、『最期の料理』なんて離れ業ができる。

でも、もうよせ。リスクが高すぎる。前にもあったじゃないか。暴力団の幹部かなんかの料理で、死にそうになって結局ただ働きだったこと」

佐々木は静かに柳沢の説教を聞いている。全て身に覚えのあることだった。

「でも、もう前金の五百万もらっちまったぞ」

それを聞いて柳沢はため息をついた。

確かに人生最期の記念の料理に、五千万払う酔狂な人間はこの世の中にはそうはいない。

「しかも……」

柳沢の説教は続いた。

「今日なんか、お前めちゃめちゃ疲れているし」

二歳から一緒なのだ。佐々木のことを地球上で一番知っているのは、間違いなくこの柳沢だった。

疲れは今回の仕事の件もあったが、それよりずっと前から疲れ果てている。乃木坂の店を開店したときからずっと。

いま佐々木の中で、人生の色々な矛盾点が積もり積もって飽和状態になっていた。そしてそれが破裂寸前のところまで来ている。

劉の言葉にうかうかと乗り北京まで行ったのは、無茶なことをすればいっそのことそれが破裂してくれて、次の可能性が見えてくるような気がしたからかもしれない。

「借金が大変なのはわかっているけど、急いで返済しなくてもいいじゃないか。どこでもいいから店に入れ。うちでも構わないし」

佐々木はコップに残ったビールを飲み干すと、にこっと笑って、

「ありがとう。でも、化学調味料は苦手なんだよな」

という言葉を残し、柳沢の店を後にした。


家に戻ると、佐々木はキッチンに直行し冷蔵庫の中の缶ビールを手にした。プルトップを開け一口注ぎ込むと、頭の後ろに束ねていた髪をほどき、掻きむしった。

「おっしゃる通りですよ」

ため息交じりに口をついて出た独り言は、もう目の前にはいない柳沢に向けたものだった。

「最期の料理」は、確かに日本には自分をおいて、他にできる料理人はいないだろう。天性の絶対音感のような舌の感覚。その舌に店の経営を圧迫するほどに食べ歩いた料理の情報を覚えさせ、「最期の料理」という離れ業を成立させていた。

しかし、天職かと言われるとそうではない。自分でもその能力を邪道なことに使っていることは理解している。

『最期の料理請負人』。それは多額の借金を短時間で返済するための瞬間芸。しかし、そろそろその仕事から足を洗い本気で人生を考え直さないと、二度とまっとうな世界に戻れなくなるかもしれない。その危機感は、佐々木自身が一番よく感じていた。

しかし、その瞬間芸の世界に引き戻す「声」が、マンションの部屋に響き渡った。

「ファクスを受信しました」

ファクス付きの電話が、佐々木に次なる指令が届いたことを伝えた。佐々木は、受信した用紙を手にする。

「太田さん？」

それは、昼間訪ねた宮内庁の事務長の太田からのものだった。

「さすが宮内庁、達筆」

酔いも手伝って独り言が多い。しかし、その内容は、茶化すことのできない重要なものだった。

《佐々木充　様
ご足労いただいたのに、あまりお役に立てず申し訳ありませんでした。

あの後、自分なりに調査を進めたところ興味深い事実を突き止めました。

山形直太朗氏は昭和四年に入省されていました。それと同期入省の方で、塩崎金太郎という人物がいたのです。

他にも同期入省の方はいましたが、山形氏と塩崎氏は、浅草の『筑紫軒』という料亭からの推薦で大膳寮に入ってきていました。この二人の間に、何かしらの交流があったとしても不思議ではありません。

塩崎氏は昭和四十年に現在の宮内庁を退職され、浅草でご自分の店『しおざき』を始められたようです。電話で調べたところ、塩崎氏はすでに他界されていましたが、店はご長男が継ぎ、奥様もご健在とのこと。

奥様なら山形氏のことを何かご存知ではないかと想像しております。私の行きすぎた妄想かもしれませんので対処のほどお任せいたします。

またお役に立てることが出てきましたら、何なりとお申し付けください。

事務長　太田博》

そこには、『しおざき』の電話番号も書き記されていた。

「もう少しだけ、『最期の料理』業務を続けますか」

佐々木は、また独り言をつぶやきながら、缶ビールを空にした。

一九三二年（昭和七年）、十月

山形直太朗と千鶴が満州に渡って、四か月が過ぎていた。

直太朗は三宅の指示通りレシピを作り続け、千鶴も生まれて初めての外地での生活に少しずつだが慣れてきた時期だった。


「いま、厨房で音がしなかったかしら？」

それは夜中の二時過ぎのことだった。千鶴が寝室のベッドで眠りについていた直太朗を起こして言った。

「気のせいだろ」

直太朗は取り合わなかったが、次の瞬間。

ガシャーン。食器の割れる音がした。厨房に侵入者がいることは明らかだった。

「物取りよ。どうしよう」

千鶴は、不安そうに直太朗に身を寄せた。

「見てくる」

そう言うと直太朗は、暖炉に備え付けられていた鉄製の火かき棒を手にした。

ハルビンは日本の統治になってまだ間もない街だった。直太朗の家の近所の日本人宅も、恐らくはロシア人や中国人たちの仕業だろう、いずれも投石や盗難の被害にあっている。日本人は明らかにこの地で嫌われていた。

直太朗はランプの明かりを頼りに厨房に向かった。千鶴が恐る恐る付き従う。

二人が厨房を覗《のぞ》き込むと、勝手口の扉が開け放たれていた。もう物取りは出ていった後だった。何枚かの食器が床で粉々になっていた。見たところ、それほどの被害が出ているようには見えなかったのだが、

「ない。盗まれた」

直太朗が大きな声をあげた。

「レシピーがやられた」

レシピーとは『大日本帝国食菜全席』のレシピのことだった。直太朗はこの四か月で三十ほどの品数まで料理を作り上げ、それを書きためていた。厨房に置いたままにしていたその全てが盗難にあったのだ。

寝室に戻ると、千鶴が言った。

「最近ぶっそうでしょ。私、勝手口の鍵は寝る前にちゃんとかかっているのを確認したの。

でもその鍵は壊されていなかった。誰かが中から鍵を開けたのよ」

「何が言いたい？」

千鶴は小さな声で答えた。

「楊が中から開けたと思う」

千鶴は直太朗が怒るかと思った。千鶴に何の相談もなく、楊晴明をここに住まわせることを決めたのは直太朗だった。しかし、その反応は意外なものだった。

「僕もそうだと思う」

楊晴明の仕事は主に食材の買い出しだった。しかしその頃、直太朗の思い通りの食材は集まってこなくなっていた。楊は、市場で目当ての食材は売っていなかったと同じ言い訳を繰り返した。珍しい食材の場合、楊は奉天や旅順などの大都市に遠出の買い出しにも行くことがあったが、行ったきり何日も帰ってこないこともたまにあった。

直太朗も千鶴も、最初は中国人はこんなものかと我慢していたが、いまでは楊が仕事へのやる気を失っているのは明らかだった。

そして直太朗は最近、もう一つ別の意思が楊晴明の中に芽生え始めているのではと感じていた。「レシピーづくりを邪魔したいのかもしれない」と直太朗は読んでいた。

その楊晴明は今も家の中にいる。千鶴は直太朗に尋ねた。

「楊をどうするの？」

千鶴は早く追い出したい気持ちでいっぱいだった。それに対し直太朗は、にこりと笑って言った。

「楊には、明日、飛び切りの料理を用意してある。それを食べれば病気は治るだろうさ」

直太朗は、さっさとベッドに身体を沈めてしまった。


盗難騒ぎの翌日。

直太朗は楊晴明を厨房に呼び出した。昨夜のことを尋問されるのだろうと思っているのか、楊は見るからにおどおどしていた。

直太朗は楊を自分の前に座らせると、その目を見ながら言った。

「楊、君は中国人として満漢全席を超える日本料理が作られることが、悔しくないのか？」

楊は下を向いたまま何も答えなかった。

「そうか。では、それには答えなくていい。楊は日本料理の中で世界的に有名なものは何だと思う？」

楊には直太朗の質問の意図はよくわからなかったが、素直に答えることにした。

「寿司か天ぷら。でも、天ぷらは似たものが海外にあるから、寿司かな」

「そうか。寿司か。楊は寿司は好きか？」

「食べたことない。中国人には生魚は難しい」

すると、直太朗は納戸《なんど》の中から料理の載った皿を取り出した。

「君のために、僕はここ何日かかけてこれを作った。これはね、僕の故郷の料理なんだ。是非食べてほしい」

皿に載っていたのは石川県の郷土料理、鯖《さば》のなれ寿司だった。楊は用心深く匂いを嗅いだ。

「なんだか、臭い」

「大丈夫だから食ってみろ」

楊はしぶしぶなれ寿司を口にした。その反応は微妙なものだった。

「どうだ？」

「不思議な味がする」

「実はな、これは寿司の元祖なんだよ。鯖を塩と米で何日もかけて発酵させる。そうすると乳酸菌が発生し、この酸味が生まれるんだ。昔の日本人はこうやって寿司を作ってきた。

その後、酢が一般的になってわざわざ発酵させなくても、ご飯に酢を混ぜれば酸味を出せるようになり、現在の寿司が誕生したわけだ」

「やはり、寿司は日本人の文化なんだな」

そう言うと楊はもうひと摘《つま》み、なれ寿司を食べた。

「だんだん旨くなってきた」

直太朗はニコニコ笑っている。

「そうだろ。これは癖になる味なんだよ。でも大事なのはここからだ。このなれ寿司は中国から伝わったものなんだ」

楊は、ぽかんとしている。

「中国が三国志の時代にこの料理は日本に渡ってきた。日本人はそれを学んでこのなれ寿司を作り、その後工夫を重ねて今の寿司を作り上げた。日本の代表的な料理、寿司は元々中国のものだったんだよ」

「知らなかった。そうだったのか」

「料理はね、民族の誇りだ。しかし、その一方で料理には国境なんて関係ない。好きな時、好きな場所へ勝手に行き来する。中華料理だってそうだろ。シルクロードを伝って、小麦文化はヨーロッパと中国を行ったり来たりした」

楊はしみじみとなれ寿司を眺めていた。ようやく直太朗の言わんとするところがなんとなくわかってきた。

「楊、一つ頼みがあるんだよ。僕に満漢全席についてできるだけのことを話してくれないか」

直太朗が満漢全席について、楊に尋ねてきたのはこれが初めてだった。

「山形さんは満漢全席の知識、必要なのか？」

「必要だからこうして頼んでいる。時間はいくらかかっても構わない」

楊晴明は直太朗の真剣さに押され、満漢全席について話すことにした。辞書と格闘しながら、あらゆる知識を語り始めた。

満漢全席を生み出した清朝は、一六四四年に明《みん》を滅ぼしたことによって始まる。ほぼ江戸時代と時期が重なる。清朝を起こしたのは中国の民族としては少数派の満州族だった。国の大多数は漢民族が占めていた。

「清朝は、数がずっと多い漢民族と仲良くしないと、その支配長く続かなかった」

清朝の六代目・乾隆《けんりゅう》帝は漢民族とどう融和していくか悩み続けていた。そんなある日、乾隆帝は揚州《ようしゅう》を訪れる。その地で、塩で巨万の富を得た豪商から接待を受ける。その商人は漢民族だった。商人は山海の珍味を集め、満州風の手法も取り入れて四十九品の料理を作らせ、「満漢席」と命名して皇帝に献上した。

「これが満漢全席の始まり」

「最初は漢民族が作ったのか」

「そう。乾隆帝はその料理の精神、とても気に入った。それで宮廷に戻って同じような料理作らせた」

当初は満州族と漢民族、二つの民族の融和の象徴だった。しかし、時代が進むにつれ、それは他の民族の食材や料理法を取り入れたものに進化していった。その中には南方の象の鼻や毒蛇、麝香猫《じゃこうねこ》、ツバメの巣、北方の鶴、熊の手、西方のラクダのこぶなど様々な珍味もあった。

「思っていた通りだった」

楊の説明を聞きながら、直太朗はつぶやいた。

「満漢全席は、清朝の威勢を高めるために作られたと教わってきたが、そうじゃなかったんだ。色々な民族のご機嫌取りに作られたものだったんだな」

続いて、楊晴明は満漢全席の事細かな作法も直太朗に伝えた。

「客人には、まず初めに手を綺麗《きれい》に洗ってもらいます」

「手を洗うのか？」

直太朗は大笑いした。

手を洗ったらお茶を一杯振る舞う。続いて、瓜《うり》の種、はしばみの実を一人に二皿ずつ出して客同士の会話の時間を持つ。ここまでは客は立ったまま時間を潰す。

そこで初めて料理が出てくる。「四生果」「四看果」という果物のアペタイザー。これを席の周りに置き、客はここで初めて席に着くことになる。

それから四つの前菜と四つの熱々の肉料理が振る舞われ、酒を三杯ほど飲む。そして、いよいよフカヒレやアワビなどの高級料理が登場し、場は一気に華やかな世界へと変わる。

「ここでまた休憩。おしぼりを客に捧《ささ》げ、顔を拭いてもらう」

「細かなことが決まりになっているなあ」

楊は大真面目に話を続けた。

休憩の後、二度目の前菜の盛り合わせと熱々の肉料理が出され、ここで再度休憩する。こうした料理、休憩を何度も繰り返し、最後にご飯、おかゆなどが出され宴は終了する。もちろん食事だけではなく、観劇や囲碁、作詩、双六《すごろく》などに興じながら、実に三日以上かけて料理を堪能することになるという。

話をすべて聞くと、直太朗は楊に実際にいくつかの料理を作らせた。

楊がまかないなどの料理以外で、真剣に鍋を振るのは直太朗と出会った日の調理以来のことだった。

それは、例えば「法螺貝《ほらがい》のソテー、鶏のトサカ添え」「古鶏の腹にフカヒレを詰めて土鍋ごと湯煎にしたもの」「時魚《じぎょ》の唇の煮込み」「満州鹿のフィレ肉のソテー」など。いずれも直太朗の想像以上の優れた料理を楊晴明は見事に作り上げた。楊も旨いを連発する直太朗に溜飲《りゅういん》を下げた。

直太朗は楊に言った。

「楊、僕は決めたよ。『大日本帝国食菜全席』に中華料理を加える」

「山形さん、それ本気か？」

楊晴明はレシピは日本料理と西洋料理を合わせたものだと、三宅少将から聞かされていた。

直太朗はにこりと笑って続けた。

「今回の『大日本帝国食菜全席』は、日本が世界に威張るために満漢全席よりも凄い料理を作ることになっている。でもね、料理というやつは最後にできるだけ多くの人が喜んだら、それで勝ちになる。日本人も西洋人も中国人も喜んだら、十分、目的は達成したことになると思わないか？」

「でも、そんなことをして、山形さん叱られないか？」

「だから言っただろ。最後に勝てばいいんだよ」

そんなことを言ってのける日本人に楊晴明は感動した。しかも、その考えは料理の本質にかなっている。

「それだけじゃない。世界各国の料理を調べ尽くして、なるべく加えようと思っている」

楊晴明の作った見事な料理を前に、直太朗のイメージは急激に膨らみ続けていた。もちろんそれは日本本土ではなく、満州という一歩外に出た世界がそうさせていたのかもしれない。

楊晴明はこれまで自分を育ててくれた伯父が、世界で一番優秀な料理人だと信じて疑わなかった。しかし、いま目の前にいる山形直太朗という男も、それと肩を並べる料理人だと思い始めていた。そして、そんな優秀な料理人と出会い続ける自分の運命もまた誇らしいものに思えた。

この日以来、楊晴明は山形直太朗と同じくらいの情熱で、『大日本帝国食菜全席』のレシピ作りに参加し始めた。買い出しから戻ってくる楊は、今までが嘘《うそ》のように大量の食材を手にしていた。

一九三三年（昭和八年）、十二月初旬

山形直太朗と千鶴が満州に渡ってから一年半が過ぎ、ハルビンで二度目の冬を迎えていた。

ハルビンは緯度的には北海道の稚内《わっかない》とほぼ同じだが、気温はさらに十度ほど下回り、ひどい時にはマイナス三十度を記録することもあった。北陸育ちの直太朗だったが、この冬の寒さはかなり堪《こた》えた。

ある日の夕方。

楊晴明が白い息を吐きながら、大きなリュックを背負って買い出しから戻ってきた。勝手口から入るなり、厨房で一人出汁を引いていた直太朗に大声で言った。

「直さん、凄いこと聞いた」

「何があったんだ？」

「今日は、長春（新京《しんきょう》）の市場まで買い出しに行った。そこで昔、帝《みかど》のもとで一緒に働いていた料理人と会った。なぜ長春にいると聞いたら、帝に呼ばれたと言った」

「帝って、溥儀のことか？」

「やっと帝が……満州の皇帝になる」

北京を追われた清朝最後の皇帝・溥儀は、旅順で夫人の婉容《えんよう》や側近たちとともに暮らしていたが、一年前から満州の首都・新京に入り、近く皇帝に返り咲くと噂されていたのだ。

「三宅少将から、直さんに連絡ないか?」

騒ぎ立てる楊に、手で「ないない」と鎮めた直太朗だったが、高鳴る胸をやはり抑えきれなかった。

もし、溥儀が首都の新京に入り皇帝になるのであれば、その日、世界中から来賓が訪れることは間違いない。そこに本土から天皇陛下が行幸されることもありえない話ではなかった。

そうなれば、『大日本帝国食菜全席』のお披露目が現実のものとなる。

「何月だ? 即位は何月になる?」

楊は困った顔をした。

「それは聞けなかった。でも、普通思えば……冬を越した、今度の春」

それを聞いた直太朗が今度は弱った顔をした。

実は一年半前に言い渡されたレシピ作りだったが、まだ完成には至っていなかった。作業は急がれた。

溥儀の即位式は、楊晴明の読み通り、翌一九三四年の三月一日に行われた。

十年前に北京の紫禁城を追われた溥儀が、再び皇帝として返り咲いた日。

この日、溥儀は龍袍《りゅうほう》（清朝即位の礼服）に身を包み、真紅のリンカーンで新京の街をパレードした。そして、郊外に設けられた仮設の玉座『天壇』に上り、『告天礼』という皇帝即位式を行った。


年が明けてからこの日のために、直太朗は急ピッチでレシピ作りを進めていた。楊晴明も、満漢全席を含めた中華の調理法を惜しみなく直太朗に伝授していった。二人は完徹する日も少なくなく、寸暇を惜しんで試作品を作り続けた。

そして、急場しのぎの感は否めなかったが、どうにか二百四品のレシピを二月初旬までに作り上げていた。食材の手配も進め、あとは新京の三宅少将からの指令を待つだけになった。

しかし……三宅少将からの指令は、結局直太朗の元には届かなかった。

というのも、皇帝即位式は名ばかりのものだった。その日の満州帝国の首都・新京は異様な空気に包まれ、市民にはこの日、外出禁止令が出ていた。

真紅のリンカーンによるパレードは、五万の軍隊が整列して行われたが、沿道で拍手したり、歓喜する民衆の姿は見受けられない。溥儀の皇帝即位は、関東軍による海外に向けてのパフォーマンスにすぎず、国内には皇帝の威光は見せつけないようにしていたのだ。

もちろん天皇陛下の満州行幸は実現せず、即位の祝いの宴自体、全く行われなかった。直太朗と楊晴明は、この日ハルビンの自宅で千鶴を交えて三人で祝いの宴を囲んだ。もちろん、二人の口数は少なかった。

そしてそれ以来、溥儀が日本の天皇陛下の元を訪れることはあっても、なかなか陛下ご自身の満州行幸は実現しなかった。

二〇一四年、七月

宮内庁の事務長の太田からファクスを受け取った、その二日後。

佐々木充は、浅草三丁目を訪れた。

そこに、山形直太朗の同僚・塩崎金太郎の料理屋『しおざき』はあった。店構えは小さく、地元の人が食べに来る小料理屋といった風情だった。

着いたのは昼間だったので店はやっていない。電話でアポは取っていたので、塩崎の長男が店の入り口の鍵をかけずに待っていてくれた。店内は白木のカウンターだけで、一番目立つ場所に立派な額に収まった一枚の写真が飾られている。

「これは、お父様ですか？」

「ええ、父と秋山徳蔵先生です。場所は大膳寮の厨房だと思うんですが」

塩崎にとっても、宮内省大膳寮で働いたことは一生の勲章だったのだろう。

店の厨房から裏に続く母屋に入っていくと、小さな居間に塩崎金太郎の妻・静江《しずえ》が座って待っていた。

もう九十は超えているだろう、可愛《かわい》らしいお婆ちゃんだった。下町育ちで、若い頃はこの店で威勢のいい女将《おかみ》だったに違いない。佐々木は、心の中で「もんじゃ焼きを作らせたら、うまいんだろうな」と思った。

まだ七月も中頃だというのに、この日の気温は三十四度。しかし、冷房嫌いなのか、古い扇風機だけが大きな音を立てて回っていた。

「あのー、私、満州の歴史を調べているのですが、そこで山形直太朗という方の名前が挙がりまして、何かご存知のことがあったら教えていただきたいのですが」

佐々木は、間違いなく耳が遠いという前提で大きな声で語りかけた。

「えっ？　なんて？」

それでも静江は聞き返してくる。しかし、佐々木はいつものことと気にもしなかった。『最期の料理請負人』を始めて、ほぼ半数のクライアントがこんな調子だったからだ。

「や、ま、が、た、な、お、た、ろう、さん」

「山形直太朗さんねえ、懐かしい名前だね」

静江の記憶に山形の名前は留《とど》まっていたようだ。その静江の返答に、佐々木は少しだけ救われたような気がした。まるで伝説のような名前が初めてぬくもりを持ったからだ。

佐々木は、扇風機を少しの間、止めさせてもらって話し続けた。

「ご主人と山形さんは、仲が良かったのですか？」

「本当に、山形さんは腕のいい料理人でしたよ。ご出身は石川県の山中温泉だったかしらね。仕出し屋の息子だって言っていた。うちの主人とは浅草の『筑紫軒』から一緒で、主人なんかよりもずっと料理がお上手でしたよ」

「山形さんと、会ったことがあるんですか？」

「ありますよ。私は『筑紫軒』で女中をしてましたから」

「はあ、奥様が」

これはかなり精度の高い情報が入ってきそうな予感がした。佐々木は、心の中で宮内庁の太田に感謝する。

「『筑紫軒』は大きなお料理屋さんでね、料理人も二十人以上いたんじゃないかしら。政治家とかが芸者呼んで宴会する店でしたよ。主人と私が入ったのは同じ頃。主人は出来が悪くて、親方からよく下駄《げた》で殴られていました。

山形さんはずいぶん後に入ってきたけど、主人なんかはあっという間に追い越されてね。本当に料理がお上手だった」

長男が氷入りのウーロン茶を持ってきた。そして、扇風機のスイッチを押して出ていった。佐々木は、また大事な質問の時に扇風機は切ればいいと思い、そのままにしておいた。

「でも、変わった料理も作っていたわね」

「どんなですか？」

「『筑紫軒』のお客さんは、みんな美味しいものは食べ飽きている人ばっかりだったのよ。だから山形さんはわざと、まかないのアジフライとか出すの。もちろん、庶民の食べるアジとは別格のを使っているから、まずいわけがないわよね」

「料亭でアジフライですか、それは変わっている」

静江の話で、佐々木の中でも山形直太朗の実像がじわじわと出来上がっていく。

「山形さんがパリに行かなかったら、わたし、主人とは結婚していなかったわ」

「はっ？　どういうことですか？」

「私も、山形さんのことが気になっていたから」

佐々木は九十過ぎの静江のその発言には驚いたが、それと同時に微笑《ほほえ》ましい気分にもなった。

「山形さんは、パリに行っていたんですか？」

「そう、突然。いつ帰ってくるかわからなかったから、私は主人のプロポーズを受けちゃったのよ」

佐々木は、少しだけ静江のカミングアウトに付き合うことにした。

「山形さんは格好よかったんですね？」

「ええ、目鼻立ちもはっきりしていてね。料理も目立つことばかりするし、料理長ではなかったけどお店の看板だったものね」

「パリで、洋食を修業してきたわけですね？」

「そう。それで和食と洋食の両方ができるから、日本に戻るとすぐに宮内省に雇われちゃったのよ」

「その時、ご主人も一緒に大膳寮に行かれたわけですよね？」

「うちの主人は、山形さんのおまけみたいなもの。主人はいつも感謝していたわ」

佐々木は、下町の女性はつくづく歯に衣《きぬ》着せぬものの言い方をするもんだなと感心していた。

と、ここで佐々木は扇風機を止めた。そして、いよいよ本題に入ることにした。

「山形直太朗さんは、宮内省を退職された後、満州に渡られたのですか？」

「ええ、そうですよ。なんでも軍の方から特別なお仕事を頂戴したとかでね」

「どうして、宮内省を辞めなくてはいけなかったのでしょうか？」

「さあ……うちの主人はとっても寂しがっていたけどねえ」

肝心なことはなかなか話が進まない。

「静江さん、これ知ってます？」

佐々木が開いた手帳のメモには、『大日本帝国食菜全席』という文字が書かれていた。しかし、静江はここでも首をかしげただけだった。

佐々木は出されたウーロン茶を一気に飲み干すと、声のトーンを上げて質問を続けた。

「終戦後、山形さんは帰国されなかったんですよね？」

「そうですよ。満州で終戦の直前に亡くなって。本当にもったいないことでしたよ。私も、その話を聞いた時にずっと泣き続けましたよ」

楊晴明が北京で語っていた話は、そのほとんどが真実のようだった。

「でも、山形さんの奥様は日本に引き揚げられたんですよね？」

もし、居場所を聞き出せればレシピへの道が開ける。

「ええ、千鶴さんは無事だったね」

静江は、山形の妻の名前も知っていた。

「その奥様は、いまもご健在ですか？」

「千鶴さんが満州から戻って二、三度会ったかしらねえ。でも、数年後に亡くなったのよ」

「数年後に……亡くなった……」

あと一歩というところで道は絶たれた。佐々木は、質問を終了する合図に扇風機のスイッチを入れた。着ているワイシャツは汗で背中に張り付いていた。

山形直太朗は満州の地で命を落とし、その妻の千鶴も帰国して数年後に亡くなった。自分はこれからどうすればいいのか。佐々木は、暑さも重なって頭がくらくらし始めていた。最後にダメもとの質問を一つした。

「千鶴さん、満州から何か大事なものを持ち帰ったとか、そんなこと言ってませんでしたかね？」

「さあねえ。千鶴さんは山形さんの遺品みたいなものは、石川の実家に預けたって言っていたけど」

「山中温泉のですか？　仕出し屋の実家ですか？」

佐々木は土俵際いっぱいで踏みとどまった。山中温泉に預けられたという山形直太朗の遺品。その中に『大日本帝国食菜全席』のレシピがあるかもしれない。

わずかに残ったコップの中の氷を口に入れると、佐々木は静江の元を後にした。


数日後。

佐々木は石川県の小松空港に降り立った。

いつもの黒いカバン一つだけの日帰りの旅。もう夏休みに入っているというのに到着ロビーは閑散としていた。普通の旅行客なら旅先の空港に着けば自然と気持ちが高揚するものだが、佐々木は暗い表情で一つため息をついた。

「俺は何をやっているんだろう……」

塩崎静江の言葉を頼りにやってきた北陸の地。レシピ捜しはギリギリのところで暗礁に乗り上げてはいなかったが、冷静になった瞬間、やはり自分の行動が滑稽なものに思えてくる。普段の「最期の料理」の場合、思い出の一皿という明確なゴールがある。しかし今回のレシピ捜しは、先の見えない探偵ごっこが延々と続いている。料理人の端くれとしてこんなことをしていていいのか……佐々木は、全ての髪の毛が抜けんばかりに後ろ髪を左手で引っ張った。

佐々木を乗せたタクシーは日本海沿いの道路を走る。目的地は、山形直太朗の故郷・山中温泉。

タクシーに一時間ほど揺られていると、その温泉に到着した。

「ずいぶんとさびれているな」

山中温泉は戦前は石川県でも有数の温泉街で、多くの観光客で賑《にぎ》わっていた。しかし、不景気の波は確実にこの北陸の温泉地まで押し寄せていた。至る所に閉鎖したホテルや人影のない旅館などが見受けられ、それらは手つかずのまま放置されていた。

タクシーの中で佐々木は、温泉街に着いたら年配の人を中心に聞き込みをしようと考えていた。しかし、実際に街に降り立ってみると、年寄り以外目にすることはなかった。

「山形さんがやっていた仕出し屋さん」

このフレーズを出して尋ねると、一人目のお婆ちゃんが道を教えてくれた。

そこは、今では『山形惣菜《そうざい》店』という名前に変わっていた。

山形直太朗が生まれ育った仕出し屋さんということで、古い造りの大きめの店構えを想像していたが、建物は鉄筋コンクリートの三階建て、その一階部分が惣菜店になっていた。

「山形直太朗さんという方をご存知でしょうか？」

東京から突然やってきて、不思議な質問をする髪の長い男を店の人は快く迎え入れてくれた。店番をしていたのは、山形絹代《きぬよ》という九十手前の女性とその息子の嫁だという二人の女性だった。

二人とも頭には紺色の手拭いをかぶり、上半身はベージュのオーガニック風の生成りのシャツ、腰にも紺色の生成りのエプロンを着けていた。無農薬や天然を意識した制服なのだろうが、年齢の行っている山形絹代には少し無理があるなと佐々木は思った。

佐々木は絹代に羽田空港で購入した土産物を手渡すと、山形直太朗の東京の料理仲間の奥さんから、山中温泉の仕出し屋が生家であることを教えてもらったと伝えた。

「いまでは仕出しの仕事は全くなくなってしまって、もう二十年以上も前に、お惣菜屋さんに変えてしまったんですよ」

絹代はそう言いながら、店先に腰かけた佐々木に麦茶と山中温泉の名物だという、からし菜の漬物を小さなお盆に載せて差し出した。

そして、山形直太朗について語り始めた。

「私は、お義兄《にい》さん、直太朗さんに会ったことはないんですよ」

そう前置きして続けた。

「とても変わりもんだったようです」

佐々木は、この「変わりもん」という言葉に絹代の嫌悪感を少し感じ取った。

絹代の話では、山形直太朗は仕出し屋の男ばかりの三人兄弟の次男として生まれた。長男は海軍の船内でコックを務めた後、金沢市内の料理屋で長く働いたという。

そして、三男が絹代の夫で、傾き続けた仕出し屋を家を飛び出した兄たちの代わりに守り続けた。

「うちの主人は、自由気ままな兄たちの尻拭いばっかりしてましたよ」

直太朗の二人の兄弟は、もうずっと前に亡くなったらしい。

「山形直太朗さんは、どんな方だったのですか？」

「お義兄さんが料理人を志すきっかけになったのは、北大路魯山人《きたおおじろさんじん》への憧れからだったと聞いています」

「魯山人ですか？」

佐々木は意外な名前が出てきたなと思った。

魯山人は石川県の金沢に縁の深い人物だったという。まだ世に出る前、石川県の代表的な磁器である「九谷焼《くたにやき》」に魅せられて、この地で学び、さらには金沢の料亭『山乃尾《やまのお》』に通い詰めた。そしてこのことが陶芸家であり食通の北大路魯山人の土台を作り上げたのだとか。

山形直太朗が大人になる頃には、魯山人はすでに東京の麹町《こうじまち》（現在の永田町）に政治家や著名人が通い詰める『星岡茶寮《ほしがおかさりょう》』も開いていた。

「それで、お義兄さんも旧制中学を出るとまず九谷焼を学び始めたようです」

「それは確かに変わってますね」

料理人を目指す人間が、最初に陶芸の道に進んだということに、佐々木は驚きを隠せなかった。

そして、一年ほど九谷焼と接すると金沢に出て料理修業を積み、その後石川県を離れ上京していったのだという。

「お義兄さんはパリにも修業に行ったことがあって、その後ふらっとここに戻ってきて、うちの主人にとんでもないものを作らせました」

「とんでもないものですか？」

絹代は、その「とんでもないもの」を見せると言って、佐々木を店から導き出した。

佐々木が案内されたのは、特に珍しくもない畑だった。さつまいもや菜っ葉が植わっている。絹代はその畑の一番奥に佐々木を連れて行った。

「ここなんですけど……」

指さす方には、むしろが何枚か敷き詰められていた。その一枚を絹代が捲ると、地下に続く階段が姿を現した。佐々木は防空壕《ぼうくうごう》みたいなものかと思ったが、目を凝らすと下の方に白く長いものが数本見えてきた。

「これは、うどですか？」

佐々木は東京の郊外で何度か、室《むろ》で作られているうどを見たことがある。

「いいえ、白アスパラです」

「えっ？　白アスパラガス？」

「ええ、お義兄さんがヨーロッパに修業に出た後、種を持って帰ってきて、私の主人にここで土を掘らせて育てるように命じたらしいんです」

確かに、当時は日本にはほとんど白アスパラはなかったはずだ。

「あと、室の下に敷き詰められているこの土も、ヨーロッパからわざわざ届けさせたと言っていました。主人はせっせとアスパラを育てて、東京のお義兄さんに送り続けていたようです」

絹代の言っていた「変わりもん」という言葉に秘められた嫌悪感は、このあたりに原因があったのかと佐々木は思った。

北大路魯山人に惚《ほ》れ込み料理人になる前に器を学び、パリで修業をしたかと思えば、日本で白アスパラを作る。絹代にはそれが奇異に見えたようだが、佐々木は同じ料理人として、山形直太朗という人物の迫力を感じずにはいられなかった。

「ご主人は、お義兄さんのことがきっと好きだったんでしょうね」

佐々木は絹代の夫をかばったつもりだったが、絹代の愚痴はさらに続いた。

「お義兄さんが満州に行ってからも大変だったんです。よく主人の元に満州から手紙が届きました。

満州では手に入らない料理の専門書を買って送ってほしいという内容で、主人は何度も店をほっぽらかして、京都や大阪まで買いに行っていました。

でも、あなたの言うように、主人はお義兄さんの役に立っていることが素直に嬉しかったのでしょうね」

佐々木は、少しずつ会話の内容を自分の土俵に近づけていった。

「絹代さんは、なぜ直太朗さん、お義兄さんは満州に渡ったかご存知ですか？」

絹代は、むしろを元の位置に戻しながら言った。

「ずっと、軍隊の食事を作るために行ったと聞かされていました。でも、義兄《あに》のお嫁さんの千鶴さんが戦後ここに戻ってきた時、天皇陛下が満州に来られる時のために、とんでもないお料理を作っていたと教えてくれました」

佐々木はこの時初めて『大日本帝国食菜全席』の目的を知った。満漢全席を超える料理は、天皇陛下のためのものだったのだ。

「千鶴さんがここに来たのは、満州からの引き揚げの直後だったんですか？」

「ええ、そうだったと思います」

「絹代さんもその時、千鶴さんに会われたんですね？」

「ええ、その時が初めてでした。千鶴さんは引き揚げの時に苦労したんでしょう、ひどくやつれていましたけど、私みたいな田舎者と違ってとても都会的な女性でした」

その言葉のニュアンスから、絹代の直太朗への嫌悪感は千鶴にも及んでいるんだなと佐々木は思った。しかし、塩崎静江の言っていた通り、直太朗の妻・千鶴は満州から戻ると、まず実家のある山中温泉を訪ねていたのだ。

となると、ここに『大日本帝国食菜全席』のレシピを置いていった可能性は十分にある。

「その時、千鶴さんは、何か直太朗さんの遺品のようなものは残していかなかったんでしょうか？」

「それは、いまも大切にとってあります」

「本当ですか？」

畑から店に戻ると、絹代はその遺品を捜しに二階に上がっていった。佐々木は少し緊張していた。もしレシピを手に入れることができれば、わざわざ北陸のこの地までやってきた甲《か》斐《い》がある。

「これなんですけど」

戻ってきた絹代は、佐々木の前にさらしに包まれた棒状のものを差し出した。

「広げていいですか？」

「どうぞ」

さらしを解くと、佐々木の期待に反して、一振りの和包丁が出てきた。

「なんでも、宮内省に入る時に購入して、お義兄さんが生涯ずっと大切にしていたものだと言っていました」

持ち手は白木でできていて山形直太朗の名前が刻まれている。その時のままにしてあるのだろう、すでに包丁は錆《さ》びついていた。佐々木は心が折れそうになったが、まだ諦めてはいなかった。

「満州から持ち帰った遺品は……これだけですか？」

絹代は少し押し黙った。当時の記憶をたどっているようだった。

「これだけでした。まだ存命だった義母《はは》も、お義兄さんの遺髪などないか千鶴さんに聞いていましたが、引き揚げの時に余裕がなかったと千鶴さんは必死に謝っていました」

「そうですか」

微《かす》かな希望はあっけなく消えていった。しかし千鶴はなぜここまで来て、レシピのことを隠したのか。包丁のように譲らないまでも直太朗の実母に見せるくらいはいいではないか。

佐々木の中で不安がよぎる。楊晴明の言った、千鶴が『大日本帝国食菜全席』のレシピを日本に持ち帰ったという予想は間違っていたのかもしれない。

絹代はその時の話を続けた。

「千鶴さんは……引き揚げの日、八月九日にお義兄さんは中国人に殺されたと言っていました。義母も主人もその話をとても残念がって聞いていました。特に主人の落ち込み方はひどく、それから三日ほど何も喉を通らなくなりました」

「そうだったんですか」

引き揚げる日本人にとってソ連軍だけでなく、日本人に虐げられていた中国人も脅威だったということなのかもしれない。

絹代の話によって、佐々木は山形直太朗に関する情報を大量に手に入れることができた。しかし、肝心のレシピはここにはない。今後それをどうやって捜したらいいのか、皆目見当のつかない状況に陥っていた。

「直太朗さんに関しての情報は、こんなものですかね？」

佐々木は腕時計をちらりと見ながら、最終確認に入った。すると……

「あとは、娘のことくらいですかね」

「えっ？　娘？　誰のですか？」

「お義兄さんの一人娘ですよ」

「そんな子がいたんですか？」

「引き揚げてきた時も千鶴さんはここに連れてきました。確か、その時は小学生くらいでしたか」

「名前は？」

「幸《きち》といいます」

佐々木の心の中で一旦止まりかけた時計が、またその秒針をカチカチと動かし始めた。直太朗の長女・幸。当時小学生ということは、いまは七十代ということか。もし生きていれば、『大日本帝国食菜全席』の大きな手がかりになることは間違いない。

「そ、その娘さんは、まだ生きてるんですか？」

「いま達者かどうかはわかりませんけど、千鶴さんが帰国して数年後に横浜で亡くなると、一度その子をここで預かった時期がありました。私たちの子供として引き取ったんです」

「そんなことがあったんですか？」

「幸が中学生の頃だったと思うんですが、でも本当に短い期間」

「ここをすぐ離れていってしまったんですか？」

「そう。幸がここに来ると、色々と気味の悪いことが起こったんですよ」

「気味の悪いこと……ですか？」

「ええ、何度か盗難騒ぎがありました。この街ではそんなことめったにないのでよく覚えています。家中荒らされて、特に彼女の部屋はひどい有様でした。そんなことが何度か続いたんです」

「その子が狙われたということですか？」

「結局、犯人も捕まらないし、よくわからないままだったんですが……幸は、迷惑をかけたと思ったんでしょう。ここから出ていきました。それが最後でした」

「それ以来、山中温泉には戻っていないということですか？」

「ええ」

山形直太朗の娘・幸の周囲に起こった盗難騒ぎ。佐々木は想像力を膨らませた。千鶴から幸へと受け継がれた『大日本帝国食菜全席』のレシピ。そのレシピが狙われたのではないか？

しかし、誰が何のために実行したかなどは思いつくはずもなかった。しかも、その想像は幸が『大日本帝国食菜全席』のレシピを持っているという前提がないと成立しない。

「絹代さんは、幸さんの連絡先はご存知ですか？」

「ずっと年賀状くらいは届いていたのですが、ここ何年かはさっぱり」

年賀状が途絶えたということは、山形幸は亡くなってしまったということなのか。絹代はまた二階に、以前届いた年賀状を捜しに行ってくれた。

しばらくすると絹代は戻ってきた。

「年賀状は見つかりませんでした。でも、その代わり、主人の手帳にこれが」

「あっ」

佐々木は、絹代の差し出した手帳の一ページに、「山形幸」の名前を見つけた。そして、その横には電話番号が記されていた。

「主人は、私には内緒で連絡を取り合っていたのかもしれませんね……」

佐々木は、絹代の言葉を気にせずに、その電話番号を自分の手帳に書き写した。

もう小松空港の最終便に間に合うギリギリの時間になっていた。

「今日は、突然押しかけて申し訳ありませんでした」

「いいえ、何のお構いもできませんで。でも、佐々木さんに今日ここに来ていただいて、本当によかったと思ってます」

絹代は店先で深々と頭を下げた。

「今年で主人が死んでちょうど十年なんです。でも、この十年ずっと引っかかっていたことがありました」

佐々木は飛行機の時間が気になっていたが、もうしばらく絹代に付き合うことにした。

「実は、幸さんをここから追い出したのは……私だったんです」

「えっ？」

佐々木は、突然の告白に驚いた。

「お義兄さんの死を一番悲しんだのは夫でした。義母よりも、ずっとショックを受けていました。

そして、その娘がここに来たのを一番喜んだのも夫でした。大好きなお義兄さんの生まれ変わりと思ったんでしょう。夫は、幸さんのことをとても可愛がりました。私たちの息子よりも……

だから、あの盗難騒ぎがあって、私は内心ホッとしていたんです。これで厄介者を追い出せると。あの子さえいなくなれば、夫は、元の夫に戻ってくれると思ったんです。

私は幸さんに、あなたはここにいるべき人間ではないと話し続けました。しつこく、しつこく。それで彼女は自らここを去っていったのです。

その後、夫は再び生き甲斐を失ったように無気力に過ごしていました。拠《よ》り所《どころ》としたのは、あの白アスパラ畑くらいでした。

息を引き取る前に私に伝えたことも、自分の息子の将来についてではなく、白アスパラガスをよろしくってことでした。私はやるせない気持ちでいっぱいでした。恥ずかしい話ですが、異性のお義兄さんに嫉妬《やきもち》も焼いていました。

でも、今日、佐々木さんに色々とお義兄さんのことを話しているうちにスッキリしてきたんです。あの人が大好きだったお義兄さんは、本当に立派な料理人だったって。あの人がお義兄さんを慕い続けたことは仕方のないことで、そんな夫を支えられたのは、私しかいなかったって。

幸さんの連絡先も佐々木さんに渡すことができました。なんだか、今日一日で、いろんな贖罪《しょくざい》をいっぺんにできた気がします。

佐々木さん、本当にありがとうございました。幸さんと連絡がついたらくれぐれも宜しくお伝えください」

店先を離れる佐々木を、絹代はいつまでもお辞儀をしながら見送ってくれた。

佐々木は帰りのタクシーの車内で、山形幸について思い描いた。父と母を相次いで亡くし天涯孤独の身となった少女。預けられた親類からも、立て続けに起きた不思議な事件もあって居場所を取り上げられた少女。

『大日本帝国食菜全席』というレシピは、それを持つ人に不幸な道をたどらせるのか。

佐々木はそこまで考えたところで苦笑いした。

千鶴が日本にレシピを持って帰っていなければ、さらにそれを娘の幸に託していなければ、全ては根拠のないものになる。佐々木にはまだ気の遠くなるような作業が残っていた。

一九三七年（昭和十二年）、七月

家の外まで、直太朗の声が鳴り響いた。

「千鶴、うな丼ができたが食べるか？」

「はーい」

広い厨房には、蒲焼《かばやき》のいい香りが立ち込めていた。コックコートに身を包んだ直太朗の目の前にある盛り付け台には、三つの丼が並んでいた。

「また、新作？」

赤子を抱いた千鶴が厨房に顔を見せる。二人にとっての初めての子供・幸が誕生したのは昨年の年末のことだった。

「寝ているのか、幸？」

「幸《さつ》ちゃんは、お乳を飲んだばっかりでご機嫌よね」

「ちょっと貸せ」

千鶴は、直太朗に赤ん坊を預けると丼の中を覗き見る。

「これが、うな丼なの？」

「面白いだろ」

確かに、丼にはウナギの姿は見えず、その表面は白いもので覆われている。

「今日は日本だったら土用の丑《うし》の日だからな。お乳がよく出るように精をつけなきゃ」

千鶴は、三つのうちの一つに箸をつけてみた。

「旨いか？」

「わー、美味しい。大和芋《やまといも》ですごく食べやすい」

「陛下もウナギは大好物で、夏場はよく召し上がるそうだよ。そのウナギの蒲焼の上に、これはとろろを載せてみたのさ」

「とろろに混ざっているのは、キャビア？」

「そう、この街（ハルビン）は、キャビアとかサーモンみたいなロシア人が好きな食材だけは格安で手に入るからね。スープで伸ばしたとろろに、キャビアと叩《たた》いた山椒《さんしよう》を合わせてみたんだ。

たれも老酒《ラオチユウ》を煮詰めたものを隠し味にしているし、ご飯も飯蒸《いいむ》しを使っている。まずいわけがない」

「こんな美味しいもので作られたお乳なんだから、この子はきっと食通になるわね」

「それ以前に、僕たちの血を引いているんだから、間違いないよ」

二人は、直太朗の腕の中で笑顔を絶やさぬ幸の顔を見つめた。

直太朗と千鶴が、満州に来て五年の月日が経っていた。その五年間、一度も日本には戻っていない。直太朗はこの厨房に籠もり、『大日本帝国食菜全席』のレシピを作り続けていた。

その五年の間でハルビンを離れたのは一度だけだった。二人はまだハネムーンをしていなかったので、満州に来て二年が経った頃、大連郊外の景勝地、大連星《ほし》が浦《うら》のリゾートホテルに向かった。南満州鉄道は観光業も積極的に展開し、『ヤマトホテル』という外国人旅行客向きのホテルを満州の各都市に次々と建てていった。中でも、二人が選んだ『星が浦ヤマトホテル』は、本土にも見られない最高級のリゾートホテルだった。

そして二人のハネムーンには、一人、家に残すのはかわいそうという理由で、楊晴明も同行した。二泊三日のその旅で、二人はお嬢様育ちの千鶴にテニスなどを習って過ごした。

しかし、直太朗が休んだのはその時限りで、それ以外は自宅の厨房で仕事を続け、千鶴も文句ひとつ言わずに直太朗に尽くした。


「直さん、ただいま」

厨房の勝手口から、シャツ姿の楊晴明が汗びっしょりで姿を現した。

「外まで、ウナギのいい匂い、凄いよ」

そういう楊の手には、ざるいっぱいの野菜があった。

「かぼちゃの種は、見つかったか？」

「ほら、この通り」

楊の日本語もだいぶ上達していた。

「ははは、見事見事。楊のお陰《かげ》で、また一つ作物が増えるな」

「早速、蒔《ま》くか」

「うな丼はいいのか？」

「それはあとあと。少しでも早く蒔けば、少しでも早く収穫がある」

そう言うと楊は、厨房から地下へと降りていった。直太朗も後に続く。その地下には目を疑うような光景が広がっていた。

高さ三メートル余り、そして広さは一千平米はあろうかという地下空間。天井からは照明がいくつもぶら下がり、その下の床には土が一面に盛られ、見事な畑が広がっている。

満州に来た翌年、季節で穫《と》れない野菜を常時収穫するために、三宅少将に出資してもらい造らせた空間だった。

「このかぼちゃで、三十二種類目」

楊は、かぼちゃの種を蒔きながら言った。

「楊、僕は故郷で似たような地下菜園を作ったことがあるんだよ」

「そうなのか」

「故郷は日本の北陸というところだ。こんなに大規模なものじゃないけど、畑の端っこに穴を掘ってね」

「そこで野菜作ったのか？」

「ホワイトアスパラだ。ドイツやオーストリアでは、シュパーゲルといって春の恵みとされている。日本ではほとんど手に入らなかったから、自分で作ることにしたのさ。ここは照明で明るくしているが、アスパラは逆に暗くするために地下が必要だった。その時の経験がこんな形で役立つとはね」

直太朗は、この時期ではありえない大根の葉っぱを手で触りながら誇らしげに語った。実はこの地下農園は、直太朗の考える『大日本帝国食菜全席』の構想には欠かせないものだった。

三宅少将からの指示は、日本料理を中心に満漢全席の二百品を超える献立を作れというもの。条件はそれだけだった。

直太朗が一番悩んだことは、二百もの料理をどう構成していくかだった。そこで取り入れたのが、日本の四季の流れだった。全体を「春」「夏」「秋」「冬」の四部構成とし、それぞれに五十一品ずつ用意する。これならば全部で二百四品、三宅少将の指定した満漢全席の二百品を超えることができる。

しかし、四季折々の食材をどうやって調達するのかが問題だった。そこで作り出されたのが、この地下農園だった。これならば零下三十度を下回ることもあるハルビンの冬でも、真夏の野菜を収穫することも可能だった。

魚介類についても対策を講じた。この二年前、本土の百貨店では「日食家庭凍魚」という、魚の三枚おろしや切り身を冷凍加工したものが発売されていた。まだ始まったばかりの冷凍技術だったが、漁業基地のある大連には巨大な冷凍庫が存在した。そこに、どうしても手に入りづらい魚介類だけは保存してもらえないかと頼み込んだ。さらにこの冷凍技術を、筍《たけのこ》や松茸《まつたけ》といった畑では収穫できないものにも応用し、その冷凍方法を直太朗は研究し続けていた。

そして肉類……直太朗は、地下農園でかぼちゃの種を蒔き続ける楊に尋ねた。

「黒豚はどうだった？」

直太朗は、日本を代表する黒豚や名古屋コーチンといった銘柄を、現地の中国人の農家に育ててもらっていた。

「それが……」

楊の表情が険しくなった。

「どうした？」

「黒豚預かってくれた農家、関東軍に追い出された。その土地は、今度は日本から来る農民のものになるらしい」

「そんな……」

直太朗も言葉を失った。

「自分たちが耕した土地、みんな関東軍が奪っていく」

この頃、本土から続々と開拓移民団が満州に渡ってきていた。その開拓移民団に土地をあてがうために、関東軍は中国人農家を追い立てていた。満州帝国の繁栄があってこその『大日本帝国食菜全席』のレシピ作り。直太朗は間接的に、中国人に犠牲を強いているわが身が切なかった。

そんな直太朗の気持ちを察したのか、楊は地下農園に水を撒《ま》きながら、ことさら元気な声で言った。

「直さん、この野菜たち、出番はいつになるかな？　ほんと楽しみだ」

これまで『大日本帝国食菜全席』の出番を予感させたのは、三年前の溥儀が皇帝になる即位式のタイミング一度きりだった。それ以降、溥儀が日本を訪れることはあっても、天皇陛下が満州に行幸するという噂すら聞くことはなかった。

それでも直太朗は、気を抜くことなく日々レシピを進化させ続けた。

直太朗は料理を発想するために、世界の料理に関する本を買いあさった。もちろん言葉がわからない国のものは辞書も一緒に買う。満州で手に入らないものは日本の料理人仲間からも送ってもらった。それでも足りなかったら故郷にいる弟に買い集めてもらった。直太朗の書斎は瞬く間に、本で埋め尽くされていった。

そして、新たな情報を手にすると、決定していたはずのレシピを次々と書き換えていった。

直太朗の研究は深夜に及ぶことも頻繁にあった。一つの料理に、二、三十もの試作品を作って吟味したりもする。食材や調味料を足してみたり引いてみたりして、ベストな状態へ妥協することなく近づけていく。

深夜の厨房で、楊晴明が音を上げることもしばしばあった。

「直さん、こんなに作る必要ある？　何を悩んでる？」

直太朗は、テーブルの上に並んだ試食用の小皿を見つめ続けていた。この日の料理は、「春」のレシピ、「胸腺肉のポン酢サラダ」だった。直太朗は、楊に不思議な質問をした。

「楊は、映画は好きか？」

「好きだよ。よく観《み》る。一番は、恋愛のがいい」

「そうか。じゃあ、映画を作る時に一番偉い人は誰だ？」

「主役。その役者だと思うが」

「違うな。監督だよ。映画の料理長は、監督だ。映画にいっぱいお客さんが入って、成功するかどうかは、全て監督にかかっている」

「そうなのか。でも、なんで映画の話、している？」

「いやなに、料理と映画がよく似ているんだよ。料理長が監督、大根や人参《にんじん》、椎茸《しいたけ》や豚肉なんか食材は全部役者みたいなもんだ。フカヒレなんて千両役者だな。フカヒレは主役しか務めんし、給料だって人参なんかの比じゃないしな」

「じゃあ鍋とか皿は、美術や照明みたいな裏方か？」

「いいぞ。そんなところだ。では台本は何だと思う？」

「わからない」

「レシピーさ。レシピー次第で、役者たちからこれまでにはない演技や個性を引き出すことができる。いま僕は、胸腺肉の新しい個性を作り出そうとしているんだ」

　すると、楊晴明はちょうどいい機会だと思ったのか、直太朗の前に座り直し、以前から気になっていたことを尋ねた。

「日本料理はレシピーを大切にするのか？　中華にはレシピーはない。もちろん作り方はある。でも紙に書かない。料理は身体で覚えるものと教わった」

直太朗はにこりと笑って答えた。

「修業時代、僕もそう教わったよ。つまり、日本料理にも書かれたレシピーはほとんどない。これは僕のやり方だ」

「直さんは、レシピーがなぜ大切なんだ？」

直太朗は少し真剣な表情をした。

「僕たちの先輩は、みんな自分の料理や店の味を大切にしてきた。他で真似されたくないから作り方を書いたものは残さなかった。加えて、料理は一瞬で消える花火みたいなものだという美学もあったんだと思う。その考え方も嫌いじゃない。

でも僕はレシピーを大事にする。その理由は料理で儲《もう》けることも大事だが、料理は文化だと思っているからなんだ」

「文化？　意味わからない」

「楊は、モーツァルトとかベートーベンを知っているか？」

「知らない。西洋人か？　なにものだ？」

「西洋の有名な音楽家だ。ダダダダーンって聞いたことないか？」

「あっ、知ってる」

「楊は、音楽は文化だと思うか？」

「そりゃ、そうだ」

「では、彼らは自分の楽譜を他の人に見せないようにしたと思うか？　しやしない。それはね、かえって多くの人に演奏してほしかったからだ。

料理も文化だと思えば一緒なんだよ。なるべく多くの人に作ってもらうことが大切だし、僕たちが死んだ後も残っていってほしいんだよ」

楊は難しい顔をしながらうんうんと頷いている。直太朗は小声で言った。

「今回の『大日本帝国食菜全席』のレシピーだが、僕が天皇陛下の行幸のためだけに作ってると思うか？」

楊は驚いた顔をした。

「まさか、それもなのか？　これもみんなのためなのか？」

「まあ、三宅さんが知ったら怒り狂うだろうけどね。非国民てね」

直太朗は、笑いながら試作品作りに戻っていった。

一九四一年（昭和十六年）、秋

直太朗は突然、司令部の三宅に呼び出された。ついに『大日本帝国食菜全席』の出番が来る、直太朗はそう確信し、緊張しながらハルビンから新京に向かう列車に飛び乗った。

二〇一四年、八月

朝から東京・恵比寿《えびす》の上空を黒い雨雲が覆い尽くしていた。和歌山県潮岬《しおのみさき》の沖合まで接近していた台風十号のせいだった。

佐々木充は歯を磨きながら、カーテン越しにマンションのエントランスを覗き込んだ。

「ずいぶん、早いな」

そこには約束の七時の三十分前から、迎えの黒塗りのセダンが停まっていた。佐々木は三年前に店を畳んだ時から、このワンルームマンションの三階で暮らしている。若い住人ばかりのマンションの前に、ハイヤーのような車が横付けされることなど、いままで一度も見たことがない。それは間違いなく佐々木の迎えの車だった。

佐々木は、石川県の山中温泉で山形直太朗の義妹にあたる絹代から、直太朗と千鶴の間に娘がいることを知った。名前は幸。終戦の年、小学生だったということは、今の年齢は七十代の後半だろうか。

山形幸の連絡先は教えてもらっていた。もう十年も前の連絡先で使い物になるのか心配だった。絹代への年賀状も途絶えていたことから、いまも存命しているかどうかも気がかりだった。

佐々木は、東京に戻るとすぐに教えてもらった番号に電話をかけてみた。緊張しているのか携帯を持つ手が汗ばんだ。五回目の発信音の後、相手は電話に出た。

「もしもし……山形幸さんの電話番号で間違いないですか？」

「………」

相手はなかなか声を出さない。

「どちら様ですか？」

その声は三十代か四十代の女性のものだった。どうやら電話番号は以前のまま山形幸のものだったようだ。一つ目の関門はクリアーした。

「佐々木充と申します。石川県の山形絹代さんの紹介で電話しています。あの……山形幸さんはいらっしゃいますでしょうか？」

これが二つ目の関門だった。

「おりますが、どんなご用件でしょうか？」

二つ目の関門もクリアーした。もし山形幸が他界していればこの時点でそう言うはずだ。

「実は、ある方に頼まれて山形幸さんをずっと捜し続けていました。宮内庁にも伺いましたし、浅草の塩崎静江さんの元にも行きました。そして、山中温泉のお父様のご実家でようやくこの連絡先にたどり着きました。

一度でいいので、山形幸さんにお会いしたいのですが」

電話口の女性がどこまで知っているのかもわからず、実名だけを並べ立ててみた。

「ある方とはどなたですか？」

佐々木は一瞬ためらった。

「それはできれば、幸さんとお会いした時に伝えたいと思っています」

「そうですか」

しばらく沈黙が続いた。山形幸の自宅は閑静な住宅街なのだろう。電話の向こうからはノイズが一切聞こえない。

「折り返し電話させてもらってもいいですか」

「はい」

「この番号で宜しいでしょうか」

「はい」

電話は切れた。佐々木は少しホッとしていた。これまで自分と『大日本帝国食菜全席』のレシピを繋《つな》ぐ線はとても細く、いつ切れてもおかしくない状態が続いていた。それがやっと力一杯手繰り寄せても問題のない状態まで来ていた。

五分ほど待つと携帯が鳴った。非通知だが、間違いなくあの女性からのものだ。

「お会いしてもいいと言ってます」

その瞬間、佐々木は携帯を強く握りしめた。

「十日後の八月八日、朝の七時にそちらに車で迎えに上がります」

「こちらにですか？」

「はい。住所を教えていただいても宜しいですか？」

佐々木は恵比寿の住所を伝えながら、どうして迎えの車まで出してくれるのかと不思議に思った。

「あの、そちらはどこになりますでしょうか？」

「修善寺《しゅぜんじ》です」

修善寺から、わざわざここまで迎えに来てくれるということなのか……

「では、当日」

電話は切れた。佐々木は電話に対応してくれたこの女性は、幸の娘ではないかと思った。

いずれにしても十日後、山形幸が佐々木の面会に応じるということになった。

楊晴明の話では、『大日本帝国食菜全席』のレシピを直太朗の妻・千鶴が満州から日本に持ち帰った。そして千鶴は帰国して数年後に他界。

となると、その娘・山形幸がレシピの全てを持っている可能性はとても高い。

その山形幸とついに会うことができるのだ。レシピさえ見つかれば、今回の楊晴明からの依頼のほぼ半分の作業が終了したことになる。


佐々木が、マンションの下まで降りていくと、雨はまだ降っていなかったが、強い風が吹き抜けていた。ハイヤーならば車の外で運転手が待っていそうなものだが、この風のせいで車内に留まったままなのだろう。

佐々木は運転席の窓をコツコツと叩いた。ガラスがすうっと下がる。

「佐々木です」

すると運転手が降りてきて、後部座席のドアを開けた。ふと見ると、運転席の隣に一人の女性が座っている。電話で会話した女性に違いないと佐々木は思った。

車は修善寺に向けて走り始めた。

後部座席からはその女性の顔は見えない。ただ、運転手が車から降りてくる時にちらっと見えたその姿は、薄い紫色のワンピースに長い髪を佐々木のようにポニーテールにしている、いかにも育ちの良さそうな女性だった。

「あのー、電話に出られた方ですか?」

佐々木は後ろから尋ねてみた。

「ええ」

「ひょっとして、山形幸さんの娘さんですか?」

「いいえ、親類の者です。彼女には子供はいませんから」

「あっ、そうですか」

絹代の話では、山形幸は千鶴の亡き後、一度は山中温泉の父方の実家に身を寄せた。しかし盗難事件が続き、居づらくなったのかそこを離れていった。その後母方の親類を頼って修善寺を訪れたということなのか?

そして、この黒塗りのセダンはタクシー会社のものではなく個人の持ち物だった。母方の親類は裕福だったということになる。目指す修善寺の家は、恐らくかなり大きなものだろうと佐々木は予想した。

車は池尻《いけじり》から高速に乗った。

佐々木は車内で今後の展開を考えていた。絹代の情報では、山形幸が満州から日本に戻ってきたのは、小学生の頃。楊晴明の記憶が残っている可能性は十分ある。

楊と会ったことを話せば、懐かしがってくれるかもしれない。その場の空気が温まれば、

『大日本帝国食菜全席』のレシピは簡単に佐々木の手の中に入ってきそうだ。そうなると残りは料理作り。品数はかなりなものになり、何か月かはかかるだろう。その間、自分は北京にずっと居続けることになってしまうのか……

佐々木が思いを巡らせていると車は厚木《あつぎ》から小田原に向かい始めた。修善寺ならば三島か沼津《ぬまづ》で高速を降りるはずなのだが。やがて、小田原の市街地の細かい道を高速でくねくねと走り始める。

後部座席で佐々木は右へ左へと身体を揺さぶられた。佐々木は助手席の女性に聞いてみた。

「どうしたんですか？」

しかし、女性は答えない。

「まるで尾行をまこうとしているみたいですよね、これ」

佐々木は冗談のつもりで言ったのだが、その女性はきつい口調でこう言った。

「佐々木さんが、尾行されているんですよ」

「えっ？」

女性の言葉に佐々木は一瞬耳を疑った。いままでの人生の中で尾行されることなど想像したこともなかった。

佐々木は身体を反転させてリアウィンドウから後方を見てみた。すぐ後ろには、白い乗用車、その後に青い二トントラックが見えている。

「白い車ですか？」

「黒いワンボックス」

佐々木は目を凝らすが、手前の車で隠れているのか確認することはできない。

心当たりといえば、それを指示しているのは北京の依頼主のあの人物しか思い浮かばない。

確かに北京に行く前もさんざん身辺調査をされていた。もしかすると日本に戻ってからも、ずっと監視され続けていたのかもしれない。宮内庁に行く時も、塩崎静江と会った時も、山中温泉への旅も。

しかし、その一方で、山形幸が雇っている運転手は絶えず尾行を気にかけなくてはいけない立場なのだろうか？　別に政府の要人を乗せるための黒塗りでもあるまいし。全てが佐々木の想像の範疇《はんちゅう》を超えた展開になっていた。

そんな佐々木の不安を表すように、車のフロントガラスに台風の強い雨が当たり始めた。

車は三十分ほど迷走した後、尾行をまけたのか緩やかなスピードになり、修善寺を目指し始めた。

修善寺近辺に差し掛かった頃には、台風の雨はその激しさを増し、道を遮り始めていた。

ワイパーで忙《せわ》しなく雨水をはじきながら車は、県道から両側に木が生い茂る林道へと入っていく。舗装されていない道を水しぶきを上げながらしばらく走り続けた。

そして雑木林を抜けたところに、突然、洋館が現れた。

「こんなところに……」

二階建てのこぢんまりとした古い洋館だった。

「お疲れ様でした。ここです」

傘を差し出す女性の言葉で佐々木は車から降りた。蔦《つた》が壁を伝う洋館は世間から忘れ去られた存在のようで、人気《ひとけ》も全く感じられない。車用のエントランスの手前にある庭園も、それほど丁寧に手入れがされていないようで、雑草がちらほらと顔を覗かせていた。ここで、山形幸は親類の女性と二人で暮らしているのか？

佐々木は、強い雨脚によって大きな音を立てる傘の下で一つ深呼吸した。

「これでケリをつける」

この言葉を何度も心の中で繰り返す。身辺調査をされたり、尾行されたり不思議なことが身の回りで起きていたが、山形幸から『大日本帝国食菜全席』のレシピを手に入れることができれば、全ての出来事はその必要性を失うはずだった。

その建物の古いエントランスの扉を女性が開けると、薄暗い小さな玄関兼居間のようなスペースが現れた。フランス辺りのノミの市で売られていそうな椅子が二脚と小ぶりなテーブル。その上には花の飾られていない大きな花瓶。木製の床は踏むとギシギシと音を立てた。佐々木の鼻は、建物に染みついたかび臭い匂いを感じていた。

そのスペースの奥には、さらに廊下が続いていた。女性は佐々木をエスコートしながら、その廊下を進んでいく。そして、突き当たりにある扉を開くと、そこにはこの屋敷の顔ともいえるリビングが広がっていた。

「しばらくお待ちください」

そう言うと女性は部屋から出ていった。

白をベースにした部屋には、そのセンターにガラスのテーブルとベージュ色のソファ、壁際には立派なマントルピースや絵画。窓は可愛らしい出窓の造りになっている。窓から外を覗いてみると、菜園があった。トマトやなす、とうもろこしなどが台風の風に右へ左へと大きく揺れている。収穫に向けて育つ小さな実は、飛ばされないように必死にしがみついているように見えた。

佐々木が入ってきた扉とはまた別のドアがゆっくりと開いた。先ほどの女性が車椅子を押して入ってくる。

車椅子には、素材はシルクだろうか、薄いピンク色のブラウスを着た老女が腰かけていた。

目鼻立ちのいい顔、髪は染めているのだろう、白髪は見当たらない。佐々木の予想通り品のいい女性。彼女が山形幸その人に間違いないだろう。

「ひどい雨の中、ご苦労様でしたね」

「初めてお目にかかります。佐々木充と申します。山形、幸さん、ですよね」

山形幸と思われる老女は、その質問には答えず、佐々木の足先から頭のてっぺんまでゆっくりと見上げていった。内側だけがバランス悪く擦り減った冴えない革靴、黒いパンツ、この日もアイロンのかかっていない皺だらけのワイシャツ、無精ひげがまばらに残った顎、彫りは深く神経質な大きな目、濃い眉、後ろに束ねられた髪……一つ一つ傷などないかチェックする鑑定士のように彼女は佐々木を観察した。

思えばこの館は尾行を気にするくらい、外部への警戒心が強いのだ。佐々木というウイルスがこのまま体内に留まっていいか、それとも殺した方がいいのか、いま白血球が調べ上げている最中なのかもしれない。

親類と言っていた女性は飲み物でも用意するためだろう、佐々木と山形幸を残し部屋から出ていった。ソファに腰かけた佐々木は、視線がぶつからないようにしながら山形幸の様子を探った。

佐々木は、ある匂いを嗅ぎ取った。

「これは、同じ匂いだ……」

『最期の料理請負人』を始めてから、相手にするクライアントは全て死を目前にした人たちだ。佐々木は、その人たちと同じ匂いを山形幸から感じ取っていた。

車椅子に乗せられていることも、そう感じた理由の一つにはなっていたが、その他にも呼吸の乱れ、肌の荒れ、目の濁り方、そして何よりも生きることに向けてのエネルギーが底を突いているように思えた。

沈黙は続いていた。存在する音は、窓に当たる雨の音と風で窓枠がぶつかるコトコトという音だけだった。

このまま黙っていては試合にならないと佐々木は思った。どちらかがサーブを打たないとラリーは始まらない。

「あの、ここの連絡先を山形絹代さんに伺いました」

「山中温泉まで行ったのね？　絹代さんはお元気だった？」

「はい。色々と案内もしてもらいました。くれぐれも宜しくと言付《ことづ》かっています。その前、絹代さんのことを教えてくれたのは浅草の塩崎静江さんでした」

どうにか試合は始まった。

「静江さんもお元気でいらっしゃった？」

「ええ、耳は少し遠くなっていましたが。そこで、お父様の話をいっぱい伺いました」

「父のことを」

「はい。石川県の山中温泉から上京されて、静江さんやご主人の働いていた『筑紫軒』に入られたとか」

「そうね」

「静江さんから、お父様はとても優秀な料理人だったと聞きました」

「そう」

「『筑紫軒』でも人気の板前だったとか。そこからフランスにも修業に行かれたんですよね」

「ええ、当時としては珍しかったでしょうね」

「そして和食と洋食、両方ができるという腕を見込まれて、宮内省大膳寮にスカウトされた」

「そうね」

「いずれも凄い経歴なので驚きました。しかし、宮内省をすぐにお辞めになって満州を目指したのですよね？」

ここで山形幸の相槌が途絶えた。まるで佐々木が打った「満州」という単語がコートの外に出てラリーが中断したかのように。

山形幸はひと呼吸置いて、逆に質問してきた。

「佐々木さんは、なぜここにいらしたの？」

山形絹代の紹介でということではなく、目的を言いなさいという質問だった。

「ある方に頼まれたのです」

「ある方？」

「はい。中国人の楊晴明という方です」

佐々木は、ここを訪れる前から、「楊晴明」という名前に山形幸がどんな反応を示すのか興味があった。佐々木の予想では、「懐かしい名前ね」または「名前は親から聞いているけれど、当時の記憶はないわね」の二択だったのだが。

彼女は無反応だった。むしろ、反応をわざとしないようにする意思すら感じられる。

佐々木はもう一度サーブを打ってみる。ギリギリだなと自分でも思うコースに。

「楊さんは、いま北京の『釣魚台国賓館』の顧問をやってらっしゃいます。もう九十九歳だというのにとてもお元気でした」

山形幸はやはりこれにも反応しなかった。佐々木は「楊さんはあなたに何を頼んだの？」という質問が来るものと身構えていたが、それもない。

この時点で、山形幸は意図的に楊晴明の名前を口にすることを避けている、佐々木はそう結論づけた。満州時代に二人の間に何かあったのかもしれない。佐々木には、それ以上の推測は不可能だった。

親類と言っていた女性が紅茶を運んできた。山形幸は、その紅茶の香りだけ楽しむとカップをテーブルに戻した。そして、話の流れとは違う質問をしてきた。

「佐々木さんは、どんなお仕事をされているの？」

佐々木はここで、できれば『最期の料理請負人』という言葉を使わずに済ませようと思っていた。その仕事がどれだけ怪しいものかは、自分が一番よくわかっている。

「以前は乃木坂で料理屋をやっていたのですが、いまは……」

「いまは？」

どう説明をしたらいいか、少しためらった。

「エンディングノートというのが流行っているのをご存知ですか？　自分の人生を整理するためのノートですけど。あの感覚と同じだと思うんですが、人生を振り返った時に、もう一度食べたいと思う料理がみなさんおありになる。

そんな料理を作って差し上げるという、ちょっと不思議な仕事をしています」

「素敵なお仕事じゃないですか」

「は……はあ」

「私も、そのお料理を作ってもらおうかしら」

「どうしてですか？」

「私もお医者様から見放された身なの。病院からも、もう出ていけって」

佐々木の予想はどうやら当たっていた。

「どこがお悪いんですか？」

佐々木は眉間に皺を寄せ、ことさら体調を気遣っているという聞き方をした。しかし、山形幸は病名には触れなかった。

「人生の思い出の料理ね……」

山形幸は、自分に当てはめているようだった。

「そんな方たちに、いままでどんなお料理を作って差し上げたの？」

「先日作ったのはオムライスでしたね。他には、故郷で子供の頃食べた雑煮とか、新婚旅行で食べた北欧のニシン料理とか、まあ色々です」

佐々木は話しながら、目の前にいる山形幸だったらどんな「最期の料理」をリクエストしてくるのだろうかとイメージしていた。

「佐々木さんには、そうしたお料理から、その人の人生が見えてしまうのでしょうね。ブリア＝サヴァランがそんなことを言っていたわね」

この家に閉じこもりきりの彼女にとって、久方ぶりの他人との会話なのだろう。最初の頃よりは顔の血色もよくなったように感じられた。目的さえ違えば、佐々木は彼女の良き見舞客だった。

相変わらず窓の外は台風の風がうなりをあげている。沈黙は全て風の音が埋めていった。佐々木はこれからどう攻めようかと考えていた。しかしその必要性は、山形幸の次の質問で簡単に失われた。

「そして今回、佐々木さんのお仕事は、楊晴明の思い出の料理を作ることになったのかしら」

あれほど無視していた「楊晴明」の名前を山形幸は自分から発した。不意を衝《つ》かれた佐々木は戸惑った。

「は、はい」

「思い出の料理として、『大日本帝国食菜全席』を作れって言われたの？」

佐々木は修善寺を訪れる前から、どのタイミングでこの『大日本帝国食菜全席』というキーワードを山形幸に伝えるか考えあぐねていた。しかしいま、本人の口からあっさりとその重要なワードが出てきた。

ひょっとすると山形幸は、佐々木から電話のあったその時から全ての経緯を把握していたのかもしれない。

佐々木は幸の質問に対し、その通りに回答していいのかどうか迷った。この時点では、山形幸と楊晴明の関係がいまひとつ摑めないでいる。

佐々木の目的は、『大日本帝国食菜全席』のレシピを北京に持ち帰ること。そのためには、どんな会話の道のりをたどればいいのか。佐々木が作り出している間を、今度は窓外の雷鳴が埋めている。

「佐々木さんは、そのレシピを見てみたい？」

「はい……料理人として興味があります」

「そう。あれは父が作った最高傑作ですからね。明日は、その父のちょうど命日」

今日は八月八日。絹代も言っていたが山形直太朗は九日に亡くなったことになる。

「あなたが今日ここに来たことには、なんだか運命的なものを感じるわ」

すると再び、あの親類と言っていた女性が茶菓子を持って部屋を覗きに来た。体調の悪い山形幸を気遣ってのことなのだろう。

「なんだか、ここに来る道中、あなたは尾行されていたようね。この子が言っていましたよ」

「えっ、どうなんでしょう。僕もそう言われて車から後ろを見たのですが、確認できませんでした」

この時ばかりは楊晴明も余計なことをするなと、佐々木は不愉快な気分になった。

「その尾行は、あなたをつけていたかもしれないけれど、本当の目的は私の居場所を突き止めることだったはずなの」

「えっ？」

お抱え運転手は、絶えず尾行を気に掛けることが任務だったようだ。そしてその目的は、楊晴明にこの場所を把握させないということなのか。

一体、楊と幸の間に、どんな因縁があるというのか……。

いずれにしても、その関係性がわからないうちは佐々木は一歩たりとも身動きができなくなった。どこに地雷が埋まっているのか、さっぱり見当がつかない。

「『大日本帝国食菜全席』は、『春』『夏』『秋』『冬』の四冊のレシピでできています。それは楊から聞いた？」

「いえ、四冊あることは知っていましたが、その内容までは」

「それぞれに五十一品ずつ書かれて、全部で二百四品」

「そ、そんなにあるんですか？」

佐々木は品数はかなりなものになるだろうと予想していたが、その読みを大きく超えていた。

「その全てのレシピが、私の元にある。楊はあなたにそう言ったの？」

「い、いえ。そうは言ってませんでした」

「どう言っていたの？」

山形幸の厳しい尋問が続く。佐々木は自分がまるで敵陣に捕らえられたスパイのような気がしてきた。

「山形直太朗さんの奥様が、幸さんのお母様が終戦の時にその四冊を満州から日本へ持ち帰ったと」

「楊は、『大日本帝国食菜全席』を、父と二人で作り上げたと言っていたでしょ」

「……はあ」

山形幸は何をはっきりさせたいのか。過去のことを何も知らない佐々木だが、楊晴明の説明と山形幸の持っている情報には隔たりがある。それくらいのことは予測がついた。

「父・直太朗は、『大日本帝国食菜全席』という不思議なレシピ作りのために、母と満州のハルビンに渡ったの。これは関東軍からの命令だったと聞いているわ。なぜ、そんなものを作らなくてはいけなかったと思う？」

「さあ、よくわかりません」

佐々木は、その答えを絹代から教えられていたが、余計なことは言わないことにした。しかし、山形幸にはその態度は退屈なものだったようだ。わざとがっかりとした表情を浮かべて話を続けた。

「父が渡った二年後に、満州は帝政を敷いたの。満州帝国は、その高い位は全て中国人が占めていた。しかしそれは表面的なこと。後ろで日本人が全ての実権を握る傀儡《かいらい》国家だったの」

その程度のことは佐々木も知っている。

「どれもが世界に中国人の国を造りましたよとアピールするための演出。でも、満州にいる中国人たちには勘違いされては困るのよ。あくまで日本人という民族は中国人よりも優れている。そう思ってもらわないとね。

料理は中国人が世界に誇っているものの一つ。そこで満漢全席よりも品数の多い日本料理を作るということになったの」

外の雨はさらにその勢いを増していた。時折、折れた枝が窓に当たる。しかし、佐々木はそうしたノイズを遮断し、山形幸の言葉に集中しようとしていた。

「その担当者に宮内省から父が選ばれた。お披露目する日は、天皇陛下が満州を訪れる、そのタイミング。そして、現地の食材調達などのために……軍が中国人の楊晴明をあてがった」

山形幸の説明では、レシピ作りの協力者というよりも楊晴明は買い出し係ということになる。

「当初は、父と楊晴明は仲良くやっていたわ。楊は食材の買い出しの他にも、満漢全席も作れたから、その知識を父に伝えた。それはレシピ作りにとても役立ったと思う。楊はうちに住み込みだったから、私たちはまるで家族のように接していた。そんなことが九年ほど続いたのかしら。

でも、途中で……父は楊の本当の顔を知ってしまったの」

佐々木はいよいよ自分にとっての未開の地に、足を踏み入れようとしていると思った。楊晴明の本当の顔とは一体何なのか。佐々木は身を乗り出した。

「彼は、中国共産党のスパイだったの」

「えっ？」

佐々木は思わず声をあげた。

「それを知った父は、すぐに楊晴明をクビにしたの」

ずっと気になっていた山形幸と楊晴明、二人の関係。しかしそれは、すでに七十年以上も前に寸断されていたのだ。

楊晴明は佐々木に言った。山形直太朗と二人で作り上げた『大日本帝国食菜全席』のレシピを手に入れて再現せよと。しかし、幸の言葉を信じるならば、レシピ作りは表の顔で、本当の仕事はスパイとして日本の情報を中国共産党に流すことだった。

では一体なぜ、楊晴明は四冊のレシピにこだわっているのか……

「少しは察しがついたかしら。私と楊晴明は、あまりいい関係ではないのよ」

レシピを北京に持ち帰るという任務。楊の動機づけはどうあれ、山形幸との関係が悪いとなると、それは簡単なことではない。この仕事のハードルの高さを改めて痛感した。

「話は、これで終わりじゃないのよ。終戦の間際……」

この時、山形幸は少し苦しそうな表情を浮かべた。紅茶と一緒に置かれた水で少し口を潤した。

「終戦の間際、楊は父の元に……仕返しにやってきたの」

「仕返しに……？」

その瞬間、出窓の外に特に大きい雷鳴が轟《とどろ》いた。山形幸の感情とまるで呼吸を合わせるように。

山形直太朗の命日は、一九四五年の八月九日。山形絹代は、千鶴からの話として、その日、直太朗は中国人に殺されたと言っていた。

それとこの「仕返し」に何かの因果関係はあるのだろうか。

しかし、次第に幸の様子がおかしなものになっていく。胸を押さえて顔をゆがめたかと思ったら、突然、車椅子に身体を屈《かが》めた。タイヤを握りしめる両手が細かく震えている。

「大丈夫ですか？」

幸の急変に佐々木も戸惑った。まるで過呼吸のような状態になり、激しく咳《せ》き込《こ》み始めた。

佐々木が助けを呼びに行こうかと思ったとき、ちょうどあの親類の女性が扉から走り込んできた。女性は幸の背中を摩《さす》りながら、佐々木の方を睨《にら》みつけている。佐々木が何か失礼なことを言い、それに反応して山形幸の容体が悪化したと思っているようだった。

そして、厳しい口調でこう言った。

「今日は、これくらいで」

佐々木は、頷きながら慌てて椅子から立ち上がった。

「雨がやんだら、修善寺の駅まで送ります」

そして、山形幸を乗せた車椅子は、佐々木の目の前からゆっくりと消えていった。

一九四一年（昭和十六年）、十月

山形直太朗は突然、関東軍司令部の三宅に呼び出され、新京に向かった。日本から満州に渡って九年目のことだった。

ハルビンから新京まで、南満州鉄道が誇る機関車・大陸特急「あじあ」号が走っていた。それは、直太朗もまだ乗ったことのない、最高時速百三十キロで走る世界でも類を見ない機関車だった。本土で最速の特急列車「燕《つばめ》」が、最高時速九十五キロしか出せなかったことを考えるとその速さは群を抜いている。そんな夢の乗り物の乗車券を、直太朗のために三宅がわざわざ押さえてくれた。

直太朗は、ハルビンを出るときから興奮を隠せないでいた。それはおよそ九年ぶりに三宅が上京を促してきたのには大きな理由があると思ったからだ。

直太朗の予想する大きな理由とは、『大日本帝国食菜全席』がついにお披露目の機会を得る、その命令が下るのではないかということだった。

それは、直太朗と楊晴明にとって間違いなく待ちに待った瞬間だった。

夢の乗り物で到着した首都・新京は目覚ましい発展を遂げていた。ヨーロッパに倣った都市づくりを進めている新京には、真新しいビルが立ち並び、舗装された道路には美しい街路樹が植えられている。

その日の新京は十月とは思えない寒さだった。直太朗はコートの襟を立てて、「帝冠様式」と呼ばれる、天守閣をビルの天辺《てっぺん》に戴《いただ》いた関東軍司令部の建物に入っていった。

「『あじあ』号の乗り心地はいかがでしたか?」

「あまりに速すぎて、少し酔ってしまうほどでした」

直太朗は、緊張しながら三宅の執務室のソファに腰かけた。

「ははは、あなたらしい。あんなものは本土では目にすることもできない。もう、いくつかの点では満州は本土を超えているのですよ。この新京にしたって、西洋にでもあるような美しい街になりつつある。

いまここに、溥儀皇帝が入られる新しい宮殿を急ピッチで造っているところです。それも来年には完成するはずです」

まるで自分が満州の国を造っているかのように三宅は語った。直太朗は、三宅の立場ならそれも無理のないことと思えた。いち料理人が、国を動かすほどの人物といま同じ部屋にいる。そう考えるとより緊張感が増していった。

「もう満州に渡って九年。すっかり大陸の生活にも慣れたんじゃないのですか？」

三宅は、その緊張を解きほぐすように会話を始めた。

「お蔭さまで」

「お子さんも生まれたのですよね」

「はい。長女が誕生いたしました。彼女にとっては、この満州が故郷になります」

「そうですか、それは何よりです。私が紹介した楊晴明も、ちゃんと役に立っていますか？」

「ええ、素晴らしい腕の料理人です。しかも彼の満漢全席の知識は、今回のレシピー作りには欠かせないものになっています」

「全て、うまくいっているということですね」

そう言うと三宅は、置き物や食器類の詰まった棚から、酒の瓶とグラスを持ち出した。

「いいウォッカが手に入りましてね。どうです一杯」

「これは、バカラのグラスですか？」

「嬉しいですね。わかってくれたのは、あなたが初めてだ。しかも、ロシアの宮殿で使われていたアンティークだそうで、つい手が出てしまったのですよ」

直太朗は、三宅は軍人でありながら、かなりの趣味人であり食通なのかもしれないと思った。

「実は、私は一つ格上げされて、少将から中将になりました」

「そ、それは、存じませんでした。おめでとうございます」

「まあ、そんなものは何の意味もありませんよ。私にとって大事なのは位よりも何をやったか、何を残したか、それだけなんです。まあ座ってください」

「はい」

「山形さんは、石原莞爾《いしはらかんじ》という男を知っていますか？」

「存じ上げません。不勉強ですみません」

「石原もこの関東軍にいた軍人です。彼とは陸軍大学校の同期でした」

三宅は、ウォッカに少し口をつけた。

「やっぱり、これは旨い。山形さんもどうです」

「ありがとうございます。いただきます」

「石原は、この満州に私よりもだいぶ前にやってきて、大きな仕事をやってのけた。満州事変を企てたのは、石原です」

「は、はあ」

「この満州帝国を作り上げたのは、石原莞爾と言っても過言じゃない。その後、東条英機《とうじょうひでき》とうまくいかなくなり、この地を追われてしまいましたが、彼がそのままこの国を任されていたら、もっと違ったものになっていたはずです」

三宅から、こんな話を聞くのは、直太朗にとってもちろん初めてのことだった。

「違ったものというのは、もっと独立した国家という意味です。そうなっていれば、さらに本土の役に立てる国になっていたはずです」

三宅はそう言いながら一つため息をついた。直太朗は、突然どうして自分にこんな本音を三宅が漏らし始めたのか考えていた。しかし、その答えは見つからない。

「石原が満州事変を起こし、この帝国の礎を作り上げたように、私も何か大きな仕事をしたい、いまはそれだけなんです」

「は、はい」

三宅は、バカラのグラスに残ったウォッカをいっきに飲み干した。

「では、本題に入りますか」

直太朗は背筋を伸ばした。

「来年は、何の年かおわかりですか？」

「はい、満州国が建国して十周年を迎えます」

「そうです。三月一日でちょうど十年。ヨチヨチ歩きだったこの国が、十年で大きく発展を遂げた」

確かに、満州はここ十年でどの産業も目を見張る発展を遂げ、道は次々と舗装され、街には高級なホテルなど立派な建築物が造り上げられていった。見栄えだけではない。学校や病院、図書館といった施設も充実してきている。

すでに本土から二十万人以上の開拓移民が満州各地に送り込まれ、農業を充実させていた。それら全てが、日本の文化が満州という土地に根づき始めている証拠のようなものだった。これほどの急成長を遂げた国は、世界広しといえど、例がないと思われた。

三宅は、立ち上がると、

「もう、そろそろ……」

と言って一度敬礼し、

「天皇陛下に満州をご覧になっていただく、その時が訪れたと思っています」

と続けた。

「ということは？」

直太朗も身を乗り出した。

「来年の十周年の祝いの宴には、本土からこの地にお出ましになっていただき、山形さんに作ってもらった料理を振る舞おうと思っているのです」

それは直太朗がこの九年間、ずっと待ち焦がれていた言葉だった。宮内省大膳寮の料理人という職を捨て、妻とやってきた満州の地。楊と二人三脚で昼夜の別なく作ってきた『大日本帝国食菜全席』が、ようやく日の目を見る時が来たのだ。

「満鉄が作った大陸特急『あじあ』号は、世界一の機関車です。そして、われらが山形直太朗の作る『大日本帝国食菜全席』も、世界一の料理。

その日は、世界各国から来賓と記者団を招き、このニュースを世界中に発信します。注目を集めることは間違いない」

三宅の想像しているのは、とてつもない大宴会なのかもしれない。しかし、直太朗にとってはそんなことはどうでもいい話だった。長い年月、まるで息を殺すかのように地道に作ってきたレシピを、現実の料理として食べてもらえる、それだけで胸が高鳴った。直太朗の頭の中では、自慢の料理のいくつかが皿の上で湯気を立てていた。そんなことを思い描きながら、直太朗は目頭が熱くなるのを感じた。

三宅は、自分のグラスにウォッカを注ぎ入れた。

そして少しだけ口をつけると、その表情は徐々に険しいものになっていった。それは、直太朗が初めて目にする軍人の顔つきだった。

「そこで、山形さんには、一つ大事な任務をお伝えしなくてはいけない。これは軍の最高機密ですから、もちろん他言などしたら軍法会議にかけられます」

直太朗には、三宅が伝えようとしている「任務」について、全く予想がつかなかった。

「来年の三月。『大日本帝国食菜全席』は、日本の歴史、いや世界史に大きく刻まれる料理になる。そのために、山形さんにやっていただきたいのは……」

三十分後。

三宅中将の執務室の扉から出てきた直太朗の顔からは血の気が引いていた。全身に冷や汗をかき、視線は定まらず足がもつれている。それは決してウォッカのせいなどではなかった。間違いなく三宅が直太朗に伝えた「任務」の内容によるものだった。

直太朗は、やっとの思いで関東軍司令部の建物を後にした。普通なら急に冷えた汗に驚くところだろうが、直太朗はそれにも一切気づかなかった。夢遊病者のように新京の駅の方向に歩いていった。

その日、ハルビンもまた十月だというのに冬のような寒さに見舞われていた。ハルビンは新京よりもずっと北の内陸に位置している。寒さはもちろん新京を超えている。

直太朗の家の厨房では、楊晴明が冷たい水で鍋をごしごし洗っていた。

「幸ちゃんは、お絵かきが好きだねえ」

盛り付け台のところで、長女の幸が色鉛筆で絵を描いている。

「何の絵を描いているのかな？」

「おさかな」

目の前にある鯛《たい》を見ながら描かれた絵は、子供とは思えないような見事なものだった。

「ははは、芸術家の血はお父さん譲りね」

その時、勝手口の扉が乱暴に開かれた。

「おっ、直さん、早かったね」

入り口のところで、直太朗は肩で息をしている。食器棚から白酒《パイチュウ》とグラスを引っ張り出すと、背もたれのない木の椅子に崩れるように腰かけた。

「やっぱり建国十年の宴会で、『大日本帝国食菜全席』を披露することになったのか？」

直太朗が新京に向かう前夜、二人は「来年、きっと出番が来る」と前祝の杯を上げていた。

「楊、お前も、そこに座れ」

しかし、直太朗の表情は、楊の予想に反するものだった。

「違ったのか？」

「幸、厨房から出ていきなさい」

楊は、直太朗の語気に押されるように、幸をだっこすると厨房から連れ出した。そして、再び厨房に戻ってくると自分も木の椅子を引っ張り出し、直太朗と盛り付け台を挟んで反対側に腰かけた。

「直さん……新京で、何があった？」

直太朗は、白酒をあおると大きく深呼吸をした。そして、楊を厳しい視線でじっと見据えて切り出した。

「きさま、俺を騙《だま》していたな」

「直さん、何のこと言ってる？」

楊は、突然の直太朗の発言にうろたえている。

「新京の関東軍の司令部で、きさまの話を聞いたぞ」

「何のことか、さっぱりわかんないよ、直さん」

「いつからなんだ？」

直太朗は押し殺しながらも、厳しい口調で尋ねた。

「だから、何のこと」

「共産党の仕事をし始めたのはいつなんだって聞いてるんだ」

直太朗の語気が突然強くなった。

「そんな仕事してないよ」

楊は、厨房の盛り付け台を両の腕で、叩いて怒った。

「そんなこと、ありえない、絶対ありえない」

大きな声の言い合いに千鶴も様子を見に来た。厨房の入り口から見える直太朗の形相は、結婚以来初めて目にするものだった。

ドン。直太朗は、楊より強く台を叩いた。

「司令部には、お前の良からぬ情報が山のように集まってんだよ」

「してない。絶対してない」

「してるよ。している。お前は、いつも食材調達といっては共産党の仲間のところに行き、俺が言った日本軍の話をし続けていた。司令部でいっぱい証拠を突きつけられた。『大日本帝国食菜全席』の情報も筒抜けだと言われた」

「ない……ないよ……」

楊は、とうとう泣き崩れた。

「共産党はだな、いま満州各地でゲリラ戦を繰り広げて、日本人を殺しまくっている。そんな奴らにお前が加担するとは……お前は、九年間も俺を騙し続けてきたんだ」

悔し涙を頬に流しながら必死で乱れた息を整え、楊は訴え続けた。

「直さん……僕は正直、日本人は嫌い。いばるし、中国人を馬鹿にしている。でも、直さんは違う。僕をちゃんとした料理人と認めてくれる。だから、『大日本帝国食菜全席』も手伝ってきた。直さんはいつも言うじゃないか。料理だけは戦争に加わっちゃ駄目って。料理は人を不幸にするもんじゃなく、幸せにするもんだって。だから……だから……」

楊の言葉は嗚咽《おえつ》で聞き取れなくなっていた。怒っているはずの直太朗も、何かを我慢するように楊の表情を見つめている。

「直さんは否定してくれたよね？　司令部で、直さんはもちろん否定してくれた？」

しかし、直太朗は表情がまた厳しくなった。

「司令部には、可能性はある……と言った」

「えっ？」

「もうすぐ、ここに関東軍の憲兵がお前を捕まえにやってくる。捕まる前に早く出ていくんだ。俺がお前にしてやれることは、ここからいち早く追い出すことしかないんだ」

「えっ……じゃあ、『大日本帝国食菜全席』は？　レシピー作りはどうなる？」

「俺一人でやる。早く出ていけ。裏切り者は、出ていけ」

直太朗は、楊に殴りかからんばかりの激しい語気で、最後通告を叩きつけた。楊は顔を涙でぐしゃぐしゃにしながら、直太朗を睨みつけている。

「お前に言ってやれることはこれだけだ。ここを出ても、関東軍の憲兵は血眼になって捜すだろう。捕まったらお前の命は保証されない。

憲兵の目の届かない世界に身を置くんだ。できれば、満州の地を離れた方がいい」

もう取り付く島もないと悟ったのか、楊は荷物ひとつ持たずに、ふらふらとその場から去っていった。

師と仰ぐ直太朗からの決別の通告、心血を注いできた『大日本帝国食菜全席』との別れ……

それは、楊のその後の行動を左右することになる大きな出来事だった。


楊晴明が去ってから三宅の言葉通り、直太朗の家の周辺には絶えず憲兵の目が光るようになった。『大日本帝国食菜全席』のお披露目の日まで、時は刻々と過ぎ去っていく。

しかし、直太朗はその準備になかなか取り掛かれないでいた。

楊晴明という片腕を失ったことが、直太朗の心に大きな風穴を開けていた。厨房に座り続けるだけで何も手につかない日々。あっという間に、十一月は過ぎていった。

そして、迎えた十二月。満州の地に思いもよらぬニュースが流れてくる。

それは、日本軍による真珠湾攻撃、太平洋戦争開戦の知らせだった。アメリカという大国を相手に、日本は戦争という道を選択してしまった。

元をただせば全ての原因は、この満州にあった。日本の対中政策がアメリカを刺激し続けた。一九三九年には、アメリカが日米通商航海条約の破棄を通告し、翌年、この条約は失効した。これも中国でやりたい放題の日本への牽制《けんせい》に他ならなかった。

アメリカとの貿易ができなくなった日本は、日独伊三国同盟を結び、仏印（ベトナム、カンボジア、ラオス）への進駐を始めた。これがまた、アメリカを怒らせ、日本資産の凍結、石油の輸出禁止が決まった。

アメリカの要求はシンプルだった。日本軍の中国と仏印からの撤退。全ては日本が蒔いた種が開戦の原因だった。

真珠湾攻撃の知らせは、満州でもラジオや新聞に大きく取り上げられた。歓喜で沸く者たちも大勢いたが、全土にある種の緊張が訪れた。

そして、それは『大日本帝国食菜全席』の運命にも大きな影響を与えた。

一九四二年の三月、満州帝国建国十周年の式典と祝賀会が開かれた。

三宅中将の予定では、そこに天皇陛下がお出ましになり、盛大な宴が行われるはずだった。しかし、開戦の影響で全てに自粛ムードが漂い、祝いの式典も大幅に縮小されたものになった。祝賀会には、日本の同盟国のドイツ、イタリアなどの特使は招かれたが、天皇陛下の行幸は実現しなかった。

そして、その代わりにふた月後の五月、天皇の名代で高松宮《たかまつのみや》殿下が満州を訪れるも、結局、『大日本帝国食菜全席』はその出番を逸してしまったのである。

これは、楊の損失で力を奪われた直太朗には、その場しのぎとしては有難い状況だったが、『大日本帝国食菜全席』そのものにとっては、全く未来のない事態へと追い込まれたことを意味していた。

二〇一四年、八月

佐々木充は、山形幸の家からの帰り、修善寺駅まで車で送ってもらい、伊豆箱根鉄道で三島まで出て、新幹線のこだまに乗った。どうやら、行きは尾行をまくために迎えの車を用意するが、帰りは勝手に帰れということらしかった。しかし、山形幸の病状の急変を考えると仕方のないことにも思えた。

佐々木は、新幹線の中で暗い表情を続けていた。

宮内庁へ行き、浅草の塩崎静江の元を訪ね、山中温泉の山形絹代に会い、ようやく手にした『大日本帝国食菜全席』のレシピを閲覧することのできる入場券。

佐々木は、いまも山形幸が四冊のレシピをまだ保管している可能性は高いと思っていた。しかし、ほぼ七十年にも及ぶ、楊晴明と山形幸の険悪な関係。楊晴明は、直太朗が満州から引き揚げようとしたその瞬間、どんな「仕返し」をしたというのか。幸が当時のことを話そうとした時、あれほど興奮したということから並大抵のことではないと簡単に想像できる。

いずれにしても、レシピを楊晴明に渡すことを幸が認める可能性は低いと覚悟せざるをえなかった。

新幹線が新横浜に差し掛かる頃には、台風はもう日本海へと過ぎ去ろうとしていた。強風だけは残っているものの、西の空には夕陽《ゆうひ》も顔を出している。

山形幸の家を出る時、親類の女性には明日のアポイントも取っておいたが、はたしてそれ自体どうなるのか。もちろん、「体調が戻ったら」と釘《くぎ》は刺されていた。


翌日。佐々木は、修善寺とは反対方向に向かう列車に揺られていた。

結局、山形幸の迎えの車は来なかった。それどころか電話を入れても誰も出なかった。素直に考えれば、山形幸の病状は好転しなかったのだろう。悪い方に考えれば、楊晴明の使っ走りには二度と会いたくないという意思表示。

丸一日予定の空いた佐々木は、ずっと引き延ばしていた「最期の料理」の仕事を入れることにした。

ＪＲ内房《うちぼう》線の車内は、週末ということもあり海水浴目当ての家族連れで溢《あふ》れかえっていた。その中で佐々木は十分異質な空気を醸し出していた。

佐々木には、家族で海に行くなどという経験はもちろんなかった。せいぜい柳沢や孤児院の連中と、銭函《ぜにばこ》の海水浴場に行った思い出があるくらいだった。

孤児院の暮らし自体は辛いものでは決してなかった。似たり寄ったりの生い立ちの者同士、楽しく遊んでいた。しかし問題は一歩外に出た時だ。そこは必ず鏡のように、天涯孤独という自分の境遇を映し出していく。

その生い立ちは、社会に出てからは良くも悪くも作用した。いい時は、親なしというハンディキャップがハングリー精神を育んでくれたと思えた。そして、いまのように何をやってもうまくいかない時は、全ては親がいないことがその失敗の原因になった。

佐々木は南房総の千倉《ちくら》駅で下車した。駅前からバスに乗る。海水浴場を通り過ぎ終点まで乗り続けた。佐々木の目的地は房総半島の丘の上にあった。

ホスピスの『花の丘病院』。

「いやー、久しぶり。こんなところまですまなかったね」

そう言って病室に迎え入れたのは、末期がん患者の松尾《まつお》俊哉《としや》だった。都内の病院よりもずっとゆとりのある病室は、海が望め、窓から太平洋の風が心地よく入ってきた。

松尾はTシャツと半ズボンという病人らしからぬ出で立ちで、佐々木の到着を待っていた。まだ七十代前半だったが、一年前に直腸がんが見つかり、その三か月後に手遅れと宣告され、このホスピスにやってきた。

「『むら多』の料理が懐かしくてさ。ここのメシは病院の中じゃまともな方だが、娑婆《しゃば》に比べると話にはならん。そんな時に、ほらよく一緒に食べに行っていた熊谷《くまがい》が、ミツルさんが店を辞めた後、『最期の料理請負人』という仕事をやっていると教えてくれてね。

それを聞いた時は、俺のためにその仕事を始めてくれたんじゃないかってくらい嬉しくってね。早速電話を入れさせてもらったってわけだよ」

松尾が社長を務めていた会社は、埼玉に工場を持ちスーパーなどに並ぶ弁当や総菜を作っていた。熊谷は、その弁当の卸し先スーパーの社長のことで、彼も『むら多』の常連だった。

松尾は自社の弁当は決して食べなかった。佐々木には保存料が怖いと言っていた。店の常客だったこの男を、佐々木は心の中で「サイテー社長」と呼んでいた。

そんな「サイテー社長」のために、なぜ南房総までやってきたのか。

佐々木は『大日本帝国食菜全席』の件を最後に、いまの仕事から足を洗うつもりだった。

しかし、山形幸からの情報が佐々木の今後に影響を与えていた。

山形幸が楊晴明にレシピを手渡す可能性が薄いということは、結果、佐々木の手には五千万という報酬が入らないことを意味していた。それどころか前金で渡された五百万を、使った分も含めて耳を揃えて返済する必要もある。つまり、しばらく『最期の料理請負人』の仕事を続けるしか、佐々木は生きていく方法がなくなっていたのだ。

それに加え、ここまで来たのにはもう一つ理由があった。

以前、佐々木の店で松尾が「自分は満州の引き揚げ者だ」と言っていたような記憶があった。「満州」というキーワードが佐々木を南房総まで連れてきたのだ。

「調子はどうですか？」

佐々木は、窓から海の景色を眺めながら尋ねた。

「抗がん剤は使わないから悪くはないね。痛み止めだけはたっぷりと飲んでいるしな」

「食欲は？」

「医者が驚くほどある」

松尾は、がん患者とは思えないくらい出っ張った腹を叩いてみせた。

「何を作ります？　料理」

「『鮎《あゆ》の春巻き』が食いたい」

「えっ、それは僕の料理じゃないですか」

「ダメか？」

「いや、ダメじゃないですけど、普通は子供の頃に食べたおふくろの味とか、金がない時に食べたメンチカツとか、そういうのが『最期の料理』の定番ですから」

「鮎の春巻き」は、佐々木にとっても自信のある料理だった。

鮎は熊本から球磨《くま》川の天然ものを取り寄せていた。鮎は夏の食材の中で一番好きなものだった。

ずっと塩焼きにしてきたが、ちょうどいい焼け具合だと骨が食べられない。骨まで食べようとすると身がパサパサになる。「究極の塩焼き」を考え続けていたら、この春巻きに行きついた。

「鮎の春巻き」の作り方はまず鮎を三枚におろし塩を足す。そして頭と骨を外して、それを素揚げにする。内臓は少し酒を加え、調味料で味付けしソースにする。ここまで来たら、内臓ソースと骨を三枚におろした身の中に仕舞い込み頭を添えて、春巻きの皮で包んでいく。あとは油で揚げれば、身はほっくりと内臓の苦味も骨のサクサク感も同時に味わえる料理になる。

佐々木は、「最期の料理」に自分の料理を指名されたのは、これが初めてだった。もちろんいままでのような高額な代金は請求できない。しかし、それでも嬉しかったし、「サイテー社長」のことが少し好きになった。

「いい鮎が手に入り次第、もう一度ここに来ますよ」

「有難い。秋になったら松茸、冬になったら蟹《かに》、春になったら筍、そしてまた夏に鮎だな。料理代金は気にするな。遺産をこっちから残したい奴なんて、一人もいないからな」

確かに病室には写真などは一枚も飾られていない。佐々木が訪れるホスピスの病室には必ず家族の写真がいっぱい飾られていた。以前松尾が、六十過ぎで離婚したと店で話していたような気がする。

佐々木は不思議な気持ちになった。人生のスタートを自分のように天涯孤独で始めた方が不幸なのか、それとも松尾のようにラストをそれで締めくくる方が不幸なのか。

「松尾さんの人生のスタートは、満州だったんですよね？」

「よく覚えているな。奉天という満州で一番でっかい街で生まれた。まあ、六歳までしかいなかったけどな」

六歳で終戦を迎えたということは、山形幸とほぼ同い年と考えていい。

「奉天で、うちの父親は縫製工場を経営していた。福岡の出身で反物屋に丁稚《でっち》奉公に出されるようなスーパーのつく貧乏人だったが、バイタリティは人一倍あった。独力で会社を立ち上げてその後満州に渡って大成功。関東軍に取り入って軍服とかを作っていたみたいだな」

「じゃあ、松尾さんもいい暮らしをしてたんですね」

「家には中国人の家政婦がいっぱいいたからね。俺の記憶にある満州はすごくいいところだ。でも、終戦間際は悲惨だったよ。ロスケの来る前にアメリカが空襲をしこたましてきたからね」

「ロスケってなんですか？」

「ロシア人のことだよ。俺たちはそう呼んでいた。奴らは奴らで黄色いサルって俺たちのことを呼んでいたからな。

アメリカ軍は、新京なんて首都に爆弾落としても意味ないから工場がいっぱいある奉天にばっかり落としに来た。うちの工場だってもちろんやられた」

「よく無事に帰ってこられましたね」

「それが運がいいというかね。うちの工場はユダヤ人の女性を結構雇っていたんだよ」

「満州で、ユダヤ人ですか？」

「意外だろ？」

「なんで、ユダヤ人がいるんですか？」

「いたんだよ、それが。ナチスがひどいことしたというのと、ソ連も同じようにユダヤ人を迫害したことで、ヨーロッパの方からみんなわざわざ満州くんだりまで逃げてきたんだよ」

佐々木のユダヤ人に関する知識は、『シンドラーのリスト』や『ライフ・イズ・ビューティフル』などの映画で得たものくらいしかなかった。そんなユダヤ人たちがユーラシア大陸の東の果ての満州で暮らしていたというのか。佐々木にはなかなかイメージできなかった。

「うちの工場はロシア系のユダヤ人が多かったんだ。で、ソ連が攻めてくるっていう時に俺たち家族を匿《かくま》ってくれたのが、その従業員のユダヤ人たちだったのさ。満州の中で一番安全だったのは、ロシア系ユダヤ人の家の中だったわけだよ。日本人が暮らす家には、ロスケの兵隊がやってきて、食料を強奪していったというからな」

命も守られたが、食料にも困らなかった。

「はあ」

「それで戦火が収まってから、俺たちの家族は満州からゆっくりと引き揚げてきたってわけさ」

山形直太朗、千鶴、幸、そして松尾俊哉。二つの家族の話しか聞いていないが、満州には様々な日本人の暮らしと運命があった。それに加え楊晴明のような中国人、そしていまユダヤ人まで加わり、全くと言っていいほど興味のなかった満州という幻の帝国がいよいよ不思議な国に思えてきた。

「でも、なんで満州のことなんか聞くんだ？」

「いや、ちょっと、最近、妙に満州に取りつかれちゃって」

「なんだか話しているうちに、生きているうちに一度満州に行ってみるかって気になってきたよ」

山形幸も満州には終戦後訪れていないと言っていた。引き揚げてきたほとんどの日本人が、満州に微妙な感情を持ったまま人生を送ってきたのだろう。

「最後に、もう一つ変な質問をしていいですか？」

「なんだか今日のミツルさんは妙だね。どうぞ、どうせ暇だから」

「松尾さん……どんな人生でした？」

変な質問。間違いなくそうだと佐々木自身も思っていた。死を目の前にした患者に聞くことがどれほど失礼なことかもわかっている。もちろん、こんな質問をいままでクライアントにしたことなどない。

松尾はしばらく窓から見える海を眺めていた。波乗りするサーファーたちが米粒のように見える。

「不幸なことっていうのは記憶に深く刻まれるよな。だから、人生を振り返ると辛いことばっかり思い出される。でもよく思い出せば、良いことの方がはるかに多いんだよ。ここに来るまでは俺の人生はついてなかった、周りの人間にもひどいことばっかりやってきた、そんな風に思っていたんだけどさ。

ここで海を見ていると、不思議といいことをいっぱい思い出した」

松尾は、佐々木の知る「サイテー社長」の表情ではなかった。

「これって、答えになってるか？」

「ええ」

「そうか。いまの俺は天涯孤独さ。でも長い人生の中でそれは一瞬の出来事だ。ここにいてそう思えるようになった」

松尾は佐々木に向かってにこりと笑った。

「つまりさ、ミツルさんの次の店はうまくいくということさ」

松尾は、まるで佐々木の迷った心を見透かすようにそう締めくくった。

人生の終焉《しゅうえん》が近づくと、人は正直に語り始める。「最期の料理」が存在するのもそのためかもしれない。佐々木はこれまでのクライアントにも、松尾のようにもっと話を聞けばよかったと思った。そこには他では手にできないメッセージが数多くあったはずだ。


東京に戻った佐々木は、修善寺からの電話を待ち続けた。

しかし、翌日も、さらにその翌日も、親類と言ったあの女性からの連絡は来なかった。もちろん佐々木もかけ続けたが、誰も出てはくれない。

待つこと、六日。

「もう、二度と会うつもりはないのか？」

右手に携帯を、左手に束ねた髪を握り佐々木はつぶやいた。

確かに山形幸の方には、佐々木と会うメリットは何もない。むしろ、楊に居場所を知られるかもしれないというリスクだけが存在する。一度は、自分を紹介した山形絹代への義理として会ったものの、二度は会う必要がないと初めから決めていたのだろうか。

一週間目を迎えた。

追い詰められた佐々木は、修善寺に向かうことにした。

一九四二年（昭和十七年）、八月

山形直太朗が、ハルビンに渡ってちょうど十年が過ぎていた。三十二歳だった直太朗は四十二歳。妻の千鶴は三十四歳、娘の幸も五歳になっていた。

この地に来て、地下農園を作り上げ、レシピ作りに情熱を注いできた直太朗だったが、いま料理人人生でどん底の時を迎えていた。

もはや家の中に楊晴明の姿はない。さらに、この年の三月に出番を迎えるはずだった『大日本帝国食菜全席』のお披露目の機会も、前年の十二月の真珠湾攻撃に端を発した太平洋戦争開戦のせいで、その出番を逸していた。

相棒も目標も失った直太朗は、川底で一切の身動きを拒否したウナギのように息を潜めて生き続けていた。

日々厨房の木の椅子に座り続け、目の前に置かれている包丁と話し続けていた。包丁は、宮内省大膳寮に入る時に借金までして購入し、柄のところに自分の名前を彫らせた思い出の一振りだった。

包丁の横にはウォッカのボトルとグラスが絶えず置かれている。そのグラスを傾けながら、包丁に向かってぶつぶつと独り言を繰り返す。そして、何かを否定するように首を横に振ったりもする。もう、そんな毎日が半年以上も続いていた。


ある夜。

直太朗は、千鶴と幸の三人で食卓を囲んでいた。ラジオからは李香蘭《りこうらん》のヒット曲「支那の夜」が流れている。直太朗は、料理にはほとんど箸もつけずにウォッカを飲み続けていた。

直太朗の家はロシア風の内装と和の家具や調度品が混在している。家の真ん中にペチカ(ロシア風の暖炉)が陣取っているかと思うと、桐《きり》の箪笥や和風柄のカーテンがかけられている。家の至る所に千鶴が街で見つけてきた草花が綺麗に活《い》けられていた。内装は全て千鶴の趣味によるものだった。

この日は、夜になっても気温が下がらなかった。千鶴が日本から持ってきた風鈴の音がわずかな涼しさを演出していた。

「あなた、折り入って話があります」

夕食の終わった食卓で、そう切り出したのは千鶴だった。食器の片づけを中断し、ラジオのスイッチを切り、直太朗の目の前に思い詰めた表情で腰かける。

直太朗は目を合わせようともしなかった。千鶴は、満州に来てからミシンで自作したエプロンを腰から外しテーブルに畳んで置いた。

「日本に帰りたいの」

それまで千鶴は、何ひとつ直太朗に意見を言ったことがなかった。

「日本に帰りたいの」という言葉は、千鶴が思い悩んだ末に出した苦渋の結論だということが、直太朗にはすぐに理解できた。

「三宅中将に呼び出されて新京に行ったあの日以来、あなたはおかしくなってしまった。楊を追い出したことは、きっと軍の命令なんでしょう。それは仕方なかったんだと思う。でも……」

千鶴は突然声を詰まらせた。そして、息を整えると続けた。

「幸や私に当たり続けるのは、止めてほしいの」

千鶴の目には涙が溜《た》まっていた。

ほとんど二人の会話はなくなっていたが、少しでも気に障ることがあれば、直太朗はすぐに激昂《げっこう》した。五歳の幸に対しても手を上げた。そして、泣き叫ぶ幸を必要以上に叩き続けた。顔にあざなどもできた幸は、食事の時以外は直太朗のそばに近づかなくなっていた。

「あなたは知らないでしょうけど、幸は最近おねしょをするようになったわ。もうすぐ六歳だというのに。心が完全におかしくなっている」

いまも幸は、テーブルから顔が見えないように椅子の上で小さくなっている。

元々直太朗は子煩悩な父親だった。当時の日本人男性にしては珍しく育児にも協力的だった。そして、幸の食事に関しては、異常なほどの英才教育を施し、自分と千鶴のものとは別の料理を用意し続けてきた。

特に気を使ったのは、出汁だった。枕崎《まくらざき》の本枯《ほんか》れの鰹節《かつおぶし》、利尻《りしり》の昆布、中華だったら干し貝柱に金華《きんか》ハム、干し椎茸など、自分たちの食事よりもずっと高級なものを使った。しかも、その料理を極端に薄味で仕上げる。食材の味を舌に覚え込ませるためだった。

仕事以外の時間なら幸と一緒に料理も作った。野菜の皮むきをさせたり、とろろを擂《す》らせたり、餃子を共に包んだり。幸も喜んで料理を学んだ。

優しかった頃の直太朗は、幸の四歳の誕生日にサプライズのプレゼントをしたこともあった。その日、幸がベッドで目を覚ますと、枕元には直太朗とお揃いの特注のコックコートとコック帽が置かれていた。

これは直太朗が千鶴にミシンで作ってほしいと、自分でデザイン画を描いてリクエストしたものだった。幸はしばらく寝る時もそのコックコートを着たままベッドに潜り込んだ。

しかし、そんな父親・直太朗はあの新京を訪れた日以来、別人になっていた。

「私たちだって、身寄りのいない地で不安だし、唯一の支えのあなたがおかしくなったら一体どうすればいいの」

千鶴の訴えを直太朗は手に持つウォッカの入ったグラスを見つめ、じっと聞いている。

「これを見てください」

千鶴は、封筒に入った手紙を直太朗に手渡した。

それは、日本にいる千鶴の父親から届いた手紙だった。直太朗は面倒臭そうに、その手紙を斜め読みした。そこには、満州にいる日本人のほとんどが知りえぬ情報が、いや本土の人すら聞いたこともない軍の機密情報が書き記されていた。

二か月前、日本軍はミッドウェーの海戦に臨んだ。

戦いの後、日本の新聞には「米空母二隻撃沈！」とまるで勝利したかのような見出しが躍っていた。満州の新聞も同様だった。

しかし、その手紙には、日本連合艦隊の主力四隻の空母全てが、アメリカ海軍機動部隊によって大破され、自沈処分されたと記されていた。その四隻の中には、日本の子供たちにも人気の、赤城《あかぎ》や加賀といった空母も含まれていた。

そして、そのミッドウェー海戦以来、アメリカの猛反撃が始まり日本の戦況はみるみる悪化していると。さらに、近々満州にいる関東軍の多くは南方に送り込まれ、そこにソ連が国境を越えてきたら、その防御はままならないと書かれていた。「日ソ中立条約」はあるが、そんなものはいつ破棄されてもおかしくないという。

千鶴の父親は軍需産業に身を置いている立場から、本土の軍部と仲がいい。そのため、一般の庶民が知りえぬ情報を手に入れることができたのだ。

その手紙は、「なるべく早い時期での帰国を望む」という言葉で締めくくられていた。直太朗は無造作に手紙をテーブルの上に置いた。

「もし日本が敗けたら、この満州はどうなると思う？　ソ連だけじゃない。中国人たちだって復讐《ふくしゅう》にやってくるに違いない。あなただって、その危険に晒《さら》されるのよ」

「俺にも、日本に戻れと言うのか？」

「そうして」

「そんなことできるわけないだろう」

直太朗は吐き捨てるように、千鶴の願いを拒否した。去年の秋以来、直太朗の自宅周辺には、絶えず憲兵がうろつき全ての動向を見張られている。ここから脱出することは、そう簡単なことではないのも事実だった。

「簡単ではないことはわかっているわ。でも、病気のせいでもなんのせいでもいいじゃない。一時的に日本で療養をしたいって。お願い」

「くどい！」

直太朗は、グラスが割れんばかりに掌《てのひら》に力を入れている。ウォッカの表面が波打って見える。

「俺は……陛下の御用でここにいる。ここでお国のために働いているんだ」

「うそよ」

直太朗はその言葉に反応し、千鶴を睨みつけた。しかし、千鶴も負けずに睨み返す。

「昔は、そうだったわ。東京飛行場を飛び立った機内で、あなたは自分のことを私に色々話してくれた。その時から、私にとってあなたは英雄だった。世界一の料理人だと思い続けた。でも、あなたはあの日以来、料理への情熱なんてこれっぽっちもなくなってしまった。私の知っている山形直太朗はいまここにはいない。あなたは、ここに居続けてはいけないのよ」

「やかましい」

直太朗はついにテーブルの上の物を手で払い落とした。食器やグラスが床の上で粉々に砕け散った。千鶴は幸をかばうように抱きしめ叫んだ。

「『大日本帝国食菜全席』だって絶対に出番なんか来やしない。そんなこと、あなただってわかっているのに。

あんなレシピーなんて、いまはただの紙屑《かみくず》よ。いくら凄いレシピーを考えたって、絶対に美味しい料理になんて姿を変えやしないのよ」

直太朗は千鶴に向かって、ついに手を振り上げた。確かに、千鶴の言葉は全て直太朗の気持ちそのままだった。その目には悔し涙を溜めている。

直太朗は、振り上げた右手を下ろすと、食卓から力なく離れていった。

姿の見えなくなった直太朗に、千鶴はこう告げた。

「私たちだけ……帰ります」

結局、その一週間後、千鶴と幸はハルビンの家を出ていった。

その時、幸は四歳の誕生日のプレゼントであるコックコートを進んで着た。ここ最近、直太朗と幸は会話をしていない。幸は、父のことが大好きだということを表現したかったのだ。四歳の時のプレゼントは、少し小さくなり袖も短く感じられる。

直太朗は、その姿を見て涙を隠すのに必死だった。心の中で二人にむけ「申し訳ない」という言葉を繰り返していた。

しかし、独りハルビンに残された直太朗は、本音では少しホッとしていた。直太朗にも、いまは不幸な予測しか立たない状態だった。犠牲者は、自分だけで十分だと思っていたのだ。

一九四五年（昭和二十年）、五月

千鶴と幸がハルビンの家を去ってから、三年近くになる。

直太朗の自宅の庭は雑草が生い茂り、さながら廃墟《はいきょ》のような状態になっていた。ただ、千鶴が植えていったハルビンの花、ライラックの蕾《つぼみ》が最後の抵抗のように、ほころび始めている。間もなく白や紫色の美しい花を満開にさせるだろう。

直太朗は、厨房で日本から届いた手紙を目にしていた。それは宮内省大膳寮の同僚、塩崎金太郎からのものだった。毎年、塩崎は五月になると満州の直太朗の元に、浅草の名物「雷おこし」を大量に送ってきていた。五月は浅草では三社祭《さんじゃまつり》が行われる月だった。

手紙には、今年はそれが無理になったと書かれていた。昨年の年末から、アメリカ軍による本土空襲が続き、三月には東京も焼け野原になったらしい。四月には戦艦大和も撃沈され、アメリカ軍は沖縄にまで迫っていて、いよいよ本土決戦の心の準備をしているところだと。

大膳寮のことも書かれてあった。食糧が不足し、職員が総出で陛下の食材集めをしていると。粗末な料理しか作れないが、陛下は文句ひとつ言わず、それを召し上がっているとも。

塩崎の手紙を読み終わると、直太朗は千鶴と幸のことを思った。千鶴は東京の実家に戻っているはずだった。空襲を免れてくれたのか、それが気がかりだった。千鶴がここを離れて三年近く、音沙汰は一切なかった。

米軍による空襲は、日本の本土にとどまらなかった。満州の各都市も狙われ、大都市ハルビンも例外ではなかった。連日、空襲が続いた。その上、中国共産党の八路軍《はちろ》もその行動を活発化させて街を荒らし始め、ハルビンは以前の街の姿を一変させていた。

しかし、直太朗はというと、そんな変わり果てたハルビンの街のことを全く知らなかった。それはこの三年、異常な暮らしを続けてきたためだった。

直太朗は、毎日、ほぼ二十四時間を厨房で過ごしていた。

戦局の悪化に伴い、食材なども思うようには手に入らない。地下の農園もほとんど手を入れなくなっていったので荒れ果てて収穫物はもうなかった。

しかし直太朗は、食材もなくコンロに火を入れることもない厨房で、レシピを書き直し続けた。大量の器や鍋釜といった道具類には、すでに蜘蛛《くも》の巣も張っていた。

白髪交じりの髪は伸び放題、こけた頬には無精ひげが生えている。元々彫りの深い顔立ちだが、その目はさらに落ちくぼみ目やにがいっぱいついている。

そして、盛り付け台の上には、レシピの書かれた紙が散乱していた。足元には、丸めたレシピが山をなしている。

直太朗は、音の聞こえなくなったベートーベンが頭の中だけで作曲したように、食材は一切使わず、手に万年筆だけを握りしめ、空想の中だけで『大日本帝国食菜全席』のレシピを再構築していたのだ。

直太朗には、ある才能があった。一度口にした味は忘れない、そして、それを見事に再現できることだった。以前、楊晴明はその能力に驚き、こんなことを言ったことがある。

「直さんの舌は、まるで麒麟《きりん》の舌だな」

それを聞いて直太朗は笑った。

「僕の舌は、そんなに長くないぞ」

「違う、違う、そっちのキリンじゃないよ。伝説の麒麟。師匠の伯父が言ってた。一度味わった味を必ず再現できる料理人が、この世の中にはいるって。そういう人は、『麒麟の舌』を持っている料理人というって。

きっと直さんは、その『麒麟の舌』を持って生まれたんだ」

確かに直太朗は、音楽でいう絶対音感のような舌を持っていた。その能力があったから、食材がなくても過去の味覚を頼りにレシピを作り続けられた。

いま直太朗が口にするものは、自分の腹を満たす生の野菜だけだった。空襲があっても厨房から離れることはない。直太朗の厨房は、さながら修行僧が籠もる洞窟のようにも見えた。

辛い時にはアヘンの力も借りた。

満州では国がアヘンの専売権も持っていた。アヘンは日常的に手に入り、その中毒に苦しむ者が多かった。直太朗にもすでにその症状は出ていた。

三宅中将からは、あの四年前の十月以降、何の連絡もなかった。

空襲が続く満州で大宴会が開かれることなど、狂気の沙汰ということは誰の目にも明らかだった。直太朗の高額だった給料もいつの間にかわずかなものになり、最近ではそれすら滞るようになっていた。もはや直太朗が満州に存在することは、国家的には何の意味も持たなくなっている。そのことは自分でもよくわかっていた。

しかし、直太朗は一心不乱にレシピを書き続けた。そして、その姿は決して不幸には見えなかった。ひょっとすると、直太朗にとって料理人人生の中で一番充実した日々だったのかもしれない。

二〇一四年、八月

佐々木充が、北京の楊晴明の元を訪れてからひと月半余り。

山形幸の家を訪れてから、一週間目の朝を迎えていた。

山中温泉で突き止めた電話番号に何度かけても、相変わらず誰も反応しない状態が続いていた。

「これは、完全に拒否られているな」

佐々木はベッドの上でつぶやいた。枕元の時計は七時半を指している。こんな時間にかけても電話には出ない。佐々木は単純な結論に達した。

「行くしかないか」

アポなしで修善寺に向かうことにした。前回の山形幸との対面で、彼女と楊晴明の関係はすでに七十年以上も前に断絶していたことがわかった。仮に『大日本帝国食菜全席』のレシピが幸の元にあったとしても、それを楊晴明の使いの自分に譲ってくれる可能性は薄い。

しかし、それでも何かの結論に達しないことには、いまの状態から抜け出すことはできない。佐々木はベッドから抜け出し着替え始めた。

家を出てからは尾行に注意をし続けた。新幹線に乗っても、わざわざ新横浜、熱海《あたみ》と途中下車までしてホームで周囲を見回した。しかし、それらしき人影は見つからなかった。時間をかけて修善寺駅までたどり着くと、そこからはタクシーを使う。

幸の邸宅に着いたのは、昼も過ぎた頃だった。


家の周りを木立がぐるりと囲むここは、人生で経験したことのないくらい蝉の鳴き声がうるさかった。佐々木は玄関のインターフォンを押してみた。家の中では、間違いなくチャイムが鳴っている。

しかし、その音に反応する者は建物の中にはいなかった。

佐々木は邸宅をぐるりと一周してみた。窓から中を覗こうとしたが、全てにカーテンがかかり、中の様子を窺《うかが》うことはできない。菜園には、なすやとうもろこしといった作物が十二分に育っているが、収穫されないままほったらかしにされていた。さらに駐車スペースにも、あの黒塗りの車は存在しなかった。

「空き巣に入ってみるか？」

佐々木は自虐的な笑いを浮かべながら、そんな冗談を口にした。この家の中に、四冊のレシピは仕舞われているに違いない。

佐々木は、仕方なく玄関のところでしゃがんで待つことにした。噴き出す顔の汗をハンカチでぬぐいながら、待つこと二時間。

修善寺駅のキオスクで購入したペットボトルのお茶も空になった頃、遠くで車の音がしたような気がした。立ち上がって耳を澄ましていると、佐々木の目の前に例の黒塗りのセダンが姿を現した。

「あら、佐々木さんじゃないですか」

車を降りてきたのは、あの親類の女性だった。

「すみません、突然お邪魔して」

「幸さんに会いに？」

「ええ、まあ。何度か電話したんですが、お出にならなかったので、直接……」

この女性は、家まで押しかけてきた自分に何と言うのだろう。一週間前、具合の悪くなった山形幸の背中を摩りながら、佐々木を睨みつけていた、あの表情がまだ瞼《まぶた》に焼きついていた。佐々木は身構えた。

「彼女は、いま入院していますよ」

「えっ？」

「ここ一週間、ずっと。私もほとんどそっちに行っていたので、ここには誰もいなかったんです」

佐々木と会った直後に、それほど容体が悪化したということなのか。

「ひょっとして、私のせいですか？」

女性は、佐々木の素直な言葉に、にこりと笑った。

「確かに、佐々木さんと会った後にひどい嘔吐《おうと》が始まり、手に負えなくなって救急車を呼びました。ただ、それはよくあることですから」

「でも、疲れさせてしまったんでしょうね」

「かえって、そうだったらいいのですが……」

女性は辛そうな表情を浮かべる。

「病気が進行しているのだと思います。入院した翌日は四十度を超す熱が出て、意識も混濁《こんだく》していたようです」

佐々木のクライアントにもよくあることだった。とても元気にしていた翌日、突然病状が悪化する。しばらく大人しくしていた病魔が、溜め込んでいたエネルギーを一気に爆発させるように。そのまま死の淵《ふち》まで加速してしまう場合だってある。

「幸さんは、持ち直したのですか？」

「入院して四日目あたりからは。あと数日で退院すると思います。あそこにいても、病気自体は治るものでもないですし」

続いて、女性は意外なことを言った。

「見舞いに行ったらいかがですか？」

「えっ、でも……」

「彼女は、あなたのことを気に入っていましたよ。会うと少し元気になるかもしれない。私はいま病院から戻ったばかりですからご一緒できませんが、この車を使っていただいても構いませんよ」

悪いことばかりを予想していた佐々木にとって、それは思いもよらぬ誘いだった。


山形幸が入院していたのは、三島にある古い小さな病院だった。

教えられた個室を訪ねてみる。手には、ここに来る途中、道路沿いの花屋に車を停めて購入した秋桜《コスモス》の花束を持っていた。

病室の扉は開いたままだった。入ってみると、幸はベッドに横たわって点滴を受けていた。

「まあ、佐々木充さん」

山形幸の声は、佐々木が想像していたよりも、ずっと体調のいいものに思われた。佐々木はベッドの脇に近づいた。普通なら一度しか会ったことのない女性の枕元に寄り添うことは気が引けるものだが、佐々木は仕事柄、ためらいなどは一切なかった。

「大丈夫ですか？」

「ずいぶん落ち着いたわ。ここに来た翌日は大変だったけど」

山形幸は、顔だけを佐々木の方に向けて話した。

「夢の中に父が出てきてね。場所はハルビンの家の厨房だったわ。父はコックコートを着ていた。夢では、私は子供の設定だから、若い父が抱っこしてあげようと言いながら近づいてくるのよ。

私は『これはお迎えだ』と思ったの。だから夢の中で、父から必死で逃げ回ったのよ」

「きっと、僕にお父さんのことを色々と話してくれたからだと思いますよ」

そう言いながら佐々木は少しギョッとした。山形幸がその夢を見た日は、山形直太朗の命日に他ならない。

「入院したままで、父の命日に何もしてあげられなかった。それで怒って出てきたのかしら。でも、もうすぐそばに行けるからいいのよね」

山形幸の口からは弱気な言葉ばかりが続いた。一週間前に会った時は背筋を伸ばし、佐々木が何を考えているのか、全てを見透かすような精神力の強さが感じられた。しかし、いま目の前にいる幸は、とても弱々しい存在に見える。

佐々木は秋桜の花束を手渡すと、いまどうしてここに自分がいるか、その経緯を説明した。

山形幸は特に驚くこともなく、それを聞いていた。

「一週間前にお会いした時、楊晴明は中国共産党のスパイだったとおっしゃいました。そして終戦の間際、解雇された『仕返し』に、再び直太朗さんの元にやってきたと」

「その続きをお話しした方がいいのかしら？」

「是非とも」

「でも、楊晴明はあなたの依頼主よね」

「はい」

「その依頼主の、良くないことを私が話すのは少しおかしくないかしら？」

「僕が、北京の楊晴明の元に行ったのはひと月半ほど前のことでした。思い出の料理を作ってほしいということで突然呼び出されたのです」

「わざわざ北京まで？」

「高額な報酬を提示されたんです」

「お金に釣られたってわけね」

「まあそういうことです。楊晴明とは、『釣魚台国賓館』という日本の迎賓館のような場所で会いました。そこで、楊から頼まれたのは、『大日本帝国食菜全席』の四冊のレシピを北京に持ち帰り、全ての料理を再現することでした。

しかし、どうやら僕の知らないことが多すぎる。楊の話と幸さんの話はことごとく食い違っている。真実を知らない限り、僕自身先に進むことはできないんです」

佐々木は、あまりに素直な発言をする自分自身に驚いていた。これは自分の心が少しずつ、山形幸の方に傾きつつある証拠なのか。

「そう。じゃあ、お話はするわ。でも、佐々木さんは、その後レシピが見てみたいのよね」

「はい」

すると、山形幸はにこりと笑って言った。

「だったら、北京で楊さんに見せてもらえばよかったのに」

「えっ？」

佐々木には、幸の言葉の意味が全く理解できなかった。楊晴明は、終戦の時に、直太朗の妻の千鶴が日本まで持ち帰ったと言っていた。そして千鶴の亡き後、それを娘の幸が引き継いだと、佐々木はずっと思い続けてきた。

もし幸の言葉が正しいのだとしたら、自分はどうしてここにいるのか。いや、それ以前に、楊晴明はどうしてレシピ集めという依頼を自分にしたのか。根底から全てがひっくり返る発言だった。

「手伝ってもらってもいいかしら？」

佐々木が介助して、幸はベッドの上で身体を起こした。

「父・山形直太朗が死んだのは、八月九日。全てはその日に起こったことなの。その日のことを人に話すのは初めてだけど……」

山形幸は、枕元にある湯のみで口を潤すと、その運命の日について、ゆっくりと語り始めた。

一九四五年（昭和二〇年）、七月

六月二十三日の沖縄陥落から、およそ一か月後。

満州・ハルビンには真夏の太陽が降り注いでいた。ハルビンには珍しく、気温は三十度を軽く超えていた。

その日、山形直太朗の自宅に、千鶴が幸を連れてふらっと戻ってきた。

二人にとっては三年ぶりのハルビンの家だった。外から見ることのできる庭は荒れ果てていた。千鶴は家の中にこっそり入ると、直太朗の姿を探した。驚かそうという下心もあった。どの部屋にも見当たらないので厨房を覗いた。

直太朗は、厨房の床に仰向けに倒れていた。

「あなた、あなた、大丈夫？」

千鶴は慌てて駆け寄ると、直太朗の身体を抱き起こした。白髪交じりの髪は伸び、こけた頬には無精ひげが生えている。目は落ちくぼみ目やにがいっぱいついている。

締め切られた厨房は異常な温度に達している。

わずかに直太朗の呼吸は確認できた。直太朗は気絶しているようだった。

厨房全体は荒れ果て、足元には丸めたレシピが山をなしている。

千鶴は、この三年間、直太朗が何と戦ってきたのか、すぐに理解できた。

「あなた、目を覚まして。お願い、目を覚まして」

「お父さん、お父さん、起きて」

幸も一緒になって声をかけた。直太朗は瞼をうっすらと開いた。その眼は千鶴の知っているものではなく、すっかり濁っていた。

「こ、ここは……どこだ……？」

直太朗のろれつは回っていなかった。目の前にいる千鶴と幸の姿を見て、初め直太朗は夢を見ているのかと思っていた。しかし、額に乗せられた千鶴の手は確かなぬくもりを持ち、これは現実世界の出来事だと気づいた。

「あなたはよく頑張ったわ。本当にご苦労様……」

千鶴は涙ながらにそう言うと、直太朗の手に握られた万年筆に気づいた。それを取り除こうとしたが、拳は強く握りしめられ簡単には外せなかった。

「幸も手伝って」

幸も直太朗の大きな手に自分の小さな手を添えて、万年筆から硬直した指を一本一本外していく。

「ひどいことを言ってしまって、ごめんなさい」

千鶴は、三年前、口論の中で『大日本帝国食菜全席』のレシピのことを紙屑と言ってしまったことがあった。

「あれは、あれは……世界で一番のレシピーだわ」

そして、直太朗に優しく語りかけた。

「もう、日本に戻りましょう」

直太朗も、安心したのか穏やかな目で千鶴を見つめている。

「日本は、もうおしまい。東京は空襲で滅茶苦茶。沖縄の日本軍も六月に壊滅して、降伏するのは時間の問題なの」

千鶴は、日本の降伏について確信していた。

「もうすぐにでも、ここにソ連軍が攻めてくる。関東軍の上の方はみんなそれを知っているのに、満州の日本人には伝えていないの。本土もひどいけど、満州はもっと危険よ。早く荷物をまとめて本土に帰りましょう」

直太朗は言葉も出さずに、うんうんと頷くだけだった。


八月八日。

直太朗と千鶴は荷作りをほぼ終え、ハルビンでの最後の夜を迎えていた。

直太朗は久しぶりに幸を伴って風呂に入った。浴室はロシア人が造ったときのままで、シャワーと洋風の湯船が備わっていた。幸が見る父の身体は信じられないほど痩せ細り、まるで別人のように思えた。

「お父さん、骸骨みたい」

幸のこの言葉に直太朗は嬉しそうに笑った。そして、満州で過ごすこの最後の時間に、直太朗は幸に不思議なことを語り続けた。

「幸、父さんがいままでに作った一番まずい料理を教えようか」

狭い湯船に浸《つ》かっている二人。幸はおもちゃの船を手に話を聞いていた。

「それはね、父さんがまだパリで料理を学んでいた頃、気にくわん客が毎日店にやってきていた。ひげを生やして腹がこんなに出ている男で、そいつは料理を食べるといつもウェイターを呼んで文句ばっかり言っていたんだよ」

直太朗はゆっくり話し続けた。

「父さんはそれを見ていて腹が立った。だからある日、そいつの料理にこっそり大量の唐辛子を入れてやったのさ。そうしたら、そいつは口から火をボーボー出して店から走って出ていったんだ」

「本当に火が出たの？」

「出たさ。つまりね、料理というものには感情があるんだ。嬉しかったり悲しかったり、作る人の感情が宿るんだ」

「ふーん」

幸は、おもちゃの船を沈めたり浮かしたりしながら聞いている。

「父さんは、母さんのお誕生日にモンブランのケーキを作ったことがあるんだ。父さんは母さんのことが大好きだから、その感情がケーキに宿った」

「ケーキに？」

「そう。母さんがモンブランにフォークを入れるとコツッという音がした。ケーキの中から出てきたのはウズラの卵だった。母さんがそれを割ると、殻の中から真珠が出てきた」

「お母さん、喜んだ？」

「うん。いっぱい喜んだよ。大好きな人がいれば料理でその気持ちを表現できるし、悲しんでいる人を勇気づけたかったら、料理で元気にさせてあげればいい」

幸はちゃんと意味は分からなかったが、父の温かい心をじわじわと感じることはできた。

「父さんが満州に来たのは、二百四種類の料理を作るためだった。でも、それは失敗だった。母さんにもお前にも苦労を掛けただけだった。

幸には、何も楽しい思い出を作ってあげられなかったね……」

直太朗の目には、涙が溜まっていた。

「でもな、幸。料理を憎まないでほしい。戦争中に作る料理は憎しみに溢れている。ただ、そんな料理はとても特殊なものだ。

本当の料理は……人を幸せにするものなんだよ」

直太朗は、まるで自分に言い聞かせるように語っていた。

「わかったか、幸？」

「うん」

その話を浴室の入り口で、幸のためのバスタオルを手にした千鶴も聞いていた。千鶴の目にも涙が浮かんでいた。

直太朗はその夜、書類の整理をすると言って、明け方まで書斎に籠もり続けた。


八月九日。

千鶴の予想は不幸にも的中した。この日の午前零時、ソ連軍が満州の四方向から侵攻を開始した。ハルビンの街も騒然としていた。

直太朗の家には日本から持ってきた、高価な食器類もあったが、命には代えられない。ほとんどのものを諦めるしかなかった。日本に持ち帰ることが許されたのは、直太朗が宮内省に入る時に購入した包丁、使い続けてきた夫婦《めおと》茶碗、愛用の土鍋くらいだった。

昼過ぎ。それらの荷物を玄関に全て運んだ。八歳の幸も、両方の手に小さめのカバンを持たされた。

しかし、いよいよ出発という時、直太朗は意外なことを言い出した。

「先に、幸を連れて駅に向かってくれ」

「あなたは、どうするの？」

「一つ、どうしてもやらなきゃいけないことがあるんだ」

「やらなきゃいけないことは、逃げることだけよ」

直太朗はにこりと笑って言った。

「『秋』のレシピーの輸送係になってくれるかい？　もし万が一のことが起きた時、レシピーを全滅させたくないんだよ」

そして、『大日本帝国食菜全席』の「秋」のレシピを千鶴に差し出した。千鶴は、レシピを受け取り胸のところでギュッと抱きしめた。

「もし列車の出発時刻までに僕が姿を現さなくても、気にしちゃいけない。僕は次ので行くから、一つでも日本へと駒を進めるんだ」

千鶴は、その言葉を信じて幸を連れてハルビンの家を後にした。

ハルビンの駅は、引き揚げの日本人ですでにごった返していた。

運送屋に荷物を運ぶことを頼むと、いつもの三倍の料金を言ってきた。運び屋もみんな逃げ出したのだという。

千鶴は事前に三枚の切符を手に入れていた。列車の出発時刻は一時間余り後。千鶴は人で溢れかえるホームで直太朗の合流を待ち続けた。

ホームからはみ出さんばかりに待つ日本人たちは、色々と情報を交換している。彼らの口からは、「ソ連の戦車が四か所から国境を越えて侵攻した」とか「もう、我々を守るはずの関東軍は満州から逃げ出している」などの噂が飛び交っている。いずれにしても、もう時間の猶予はなくなっていた。

しかし、列車の出発時刻になっても直太朗は現れなかった。千鶴は、その列車を諦め、さらに一時間待った。

「お父さん、遅いね」

幸が不安そうな声で千鶴に語りかける。

「大丈夫。お父さんは大丈夫」

千鶴は、自分に言い聞かすように幸に話しかけた。しかし、悪い予感はどんどん膨らんでいった。

「まさか、ソ連兵に捕まってしまったのか？」

もう気持ちを抑えきれなくなった千鶴は、幸を連れて家に引き返す決心をする。走って戻るためには、全ての荷物を持っていくのは不可能だった。荷物の半分を駅に諦め、二人は走り出した。

そして、どうにか家の前まで戻ってきた。まだソ連兵の気配は感じられない。二人は玄関から家の中へと入っていく。

「うそでしょ」

千鶴が叫んだのも無理はなかった。家の中はひどく荒らされていたのだ。玄関に置かれた、直太朗が持ってくるはずだった荷物も開けられ、中のものがすっかり外に出されている。

「あなた、あなた」

千鶴が叫んでも、どこからも直太朗の返事はない。千鶴は、部屋から部屋へと探し続け厨房に至った。厨房も、もちろん荒らされている。そして、ふと目をやると、地下の農園へと続く扉が開け放たれていた。千鶴は幸を残し地下へと下りていく。

地下の農園は一千平米もある。しかも、しばらく放置状態にあったため、荒れ果てて明かりも点灯していない。千鶴には地下空間の全てを把握することはできなかった。暗さに目が慣れるのを待つしかなかった。時間が経つにつれ、状況を徐々に把握していく。

「あなた……？」

農園の中央辺りに人が倒れているように見える。千鶴はその方向に駆け寄った。近づくにつれ次第に事態がはっきりとしてきた。千鶴は走りながら叫び続けた。

「あなた、あなた、あなた」

倒れているのは、間違いなく山形直太朗本人だった。直太朗は畑の真ん中にうつ伏せになり、少しも動かない。

「あなた、うそよ、うそ……」

千鶴は直太朗を抱き起こした。顔は土まみれになり、背中に回した手にはべっとりと血が付いた。前日の気を失っていた直太朗とは全く違う。

「起きて、起きて、一緒に日本に帰るのよ、起きて！」

地下室に千鶴の叫び声が響き渡った。地上にいた幸も、恐る恐る地下に下りて、二人に近づいてきた。

「お父さん、お父さん」

幸も泣きながら直太朗を揺り動かしたが、なんの反応も返ってこなかった。

直太朗は、必死になってこの地下室の真ん中まで逃げてきたのだろう。しかし、後ろから放たれた銃弾は、背中から心の臓を捉《とら》え胸まで貫通していた。白い開襟シャツの胸の辺りは、今も血のシミが広がり続けていた。

千鶴は直太朗の頬に自分の頬を当て、幸は直太朗の手を取り、二人はその場で泣き続けた。

しばらくすると、うつろな声で直太朗の遺体に語りかける。

「誰なの？　あなたを殺したのは誰なの？　ロシア人？」

すると、千鶴の目線の先に、土の上に残された赤い布切れが見えた。それは、中国共産党の党員が腕に巻く赤い腕章に思えた。

しかし、千鶴にも幸にも時間はなかった。千鶴は、おもむろに地下農園の片隅へと走り出した。そして一番端まで来ると、床に敷き詰められた土を両手で必死に掘り始めた。

千鶴に残された使命は、直太朗の分身ともいえる『大日本帝国食菜全席』のレシピを日本に持ち帰ることだった。

二十センチほど土を掘り進むと、金庫が顔を覗かせた。直太朗は出発直前にレシピを取り出そうとしたのだろう、金庫はそのままの状態で残っていた。暗証番号を回すと、中からは「夏」のレシピが出てきた。

レシピは、「春」「夏」「秋」「冬」の四部構成。直太朗は、そのレシピをいざという時のために、家の中の別々の場所に用心深く仕舞っていた。

地下農園から出てきたのは、「夏」。ハルビン駅に向かう前に、直太朗が千鶴に手渡したのが、「秋」。残りは、「春」と「冬」の二冊。

千鶴は直太朗の遺骸を地下に残し、幸の手を引いて一階の寝室を目指し駆け上がった。ベッドの横にはサイドテーブルが置かれている。鍵のかかったサイドテーブルの中に、「春」のレシピは仕舞われているはずだったが……

木製のサイドテーブルはめちゃめちゃに破壊されていた。もちろん、レシピも姿を消している。千鶴の口から、思わず犯人の名前がこぼれた。

「楊の奴……」

直太朗は隠し場所を頻繁に変えていたが、このサイドテーブルだけはずっと変えずにいた。この場所を知っているのは、直太朗と千鶴と……そして楊晴明だけ。

地下農園の土の中に隠したのは、楊がこの家を去った後のことだった。つまり、楊はその場所を知らない。さらに、遺体の近くに残されていた中国共産党の赤い布。楊晴明は、ソ連侵攻というどさくさに紛れ直太朗を殺害し、レシピを盗んでいったに違いない。

千鶴は、最後の一冊「冬」の隠し場所へと急ぐ。「冬」のレシピは、居間の押し入れにある、小さな箪笥の中に隠されていた。鍵をかけることもできるその箪笥は、楊も知らない隠し場所のはずだった。

しかし、その押し入れも開け放たれ、箪笥の中は空っぽだった。結局「冬」のレシピは発見されなかった。

「ど、どうして……」

傍らで見ていた幸は、千鶴の振り絞るような声を聞いた。

二人は、最後に地下の農園へと下りていった。千鶴はもう一度、直太朗を抱きしめた。

「お父さんに、最後のお別れを言い……」

その先は、もはや声にならなかった。

千鶴は、残された二冊のレシピをカバンの底に隠し、幸とともに満州から、日本へと引き揚げていった。

二〇一四年、八月

佐々木充は、三島の駅に向かう道すがら考え続けていた。

山形幸の病室を後にしてから、いまもずっと興奮は冷めていない。それほど、幸の話は衝撃的だった。幸自身も話し終わると、少し疲れた表情をしていた。それも無理のないことだと思う。八歳の少女が目にした父の最期。トラウマになってもおかしくない話だった。

佐々木は、自分に問いかけた。

「このまま、レシピ捜しを続けるべきか……」

楊晴明は、『大日本帝国食菜全席』の四つのレシピを集め、料理を再現すれば五千万円の報酬を約束すると言った。しかし山形幸の話では、その内の二冊は楊自身の手元にある。すでに楊晴明からの依頼内容に、確認こそ必要だが変更が生じてきていた。

さらに楊晴明が、もし山形直太朗を殺害していたとすれば、親の仇《かたき》に、その娘がレシピを引き渡すはずがない。いや、それ以前に、楊晴明がどうしてこんな無茶な依頼をしてきたのか、根本的な疑問が湧いてくる。

しかも楊は、共産党のスパイとして直太朗の近くに存在した。レシピ作りは本来の目的ではない。スパイをしている間に『大日本帝国食菜全席』にも、思い入れが湧いてしまったということなのか。

山形幸の話は衝撃的だったが、その一方で、佐々木の心の中に残ったものがあった。それは山形直太朗の料理に立ち向かう姿勢だった。

自分も料理に対してはストイックな方だと思っている。しかし、直太朗の話を聞くと、それはメジャーリーガーと高校野球選手ほどの開きがあった。

『大日本帝国食菜全席』のレシピを一度でいいから見てみたい。そんな気持ちが、心の中でどんどんと育っていくのがわかった。しかし、それは好奇心によるものであって、そのレシピを実際の仕事で生かそうとまでは思わない。

しかし楊晴明は、どうして七十年近くも前のレシピにそうまでこだわるのか？

そのレシピは現代でも通用するものなのだろうか。佐々木には、そんな古臭いレシピが、いまの時代に役立つとは到底思えなかった。

恵比寿に戻った時には、すでに六時を過ぎていた。

八月半ば、日も少しずつ短くなり、日没も近い。

マンションへと続く道を、買い物袋を提げて歩いていた佐々木は、その足をピタリと止めた。エントランスに予期せぬ人物が立っていたからだ。

「佐々木さん、待ってましたよ」

楊の秘書・劉だった。

佐々木は、山形幸の親類の女性から、自分が尾行されていることを教えられていた。それは、北京から戻ってからずっと続いていたのかもしれない。

その付きまとっていた人物が、この劉ということなのか？　劉は上着を小脇に抱え、もう一方の手に紙袋を持ってニコニコ笑っている。

「どうして、ここに？」

そう尋ねる佐々木の左手は、すでに束ねた髪をいじっていた。劉は呑気《のんき》に答える。

「楊先生が、佐々木さんが夏バテしていないか心配し、私に漢方薬持っていくようにおっしゃって」

劉は手に持つ紙袋の中から、《清暑益気湯《せいしょえっきとう》》とパッケージに書かれた漢方薬を取り出してみせた。

「今日も東京、とても暑かった。この薬には、人参、陳皮《ちんぴ》、黄柏《おうばく》、甘草《かんぞう》とか入っていて、中国人は夏に内臓が疲れるとこれに頼るんですよ」

「いや、そういうことじゃなくて。僕は自宅の住所とか教えていないですよね」

「ははは、確かに」

劉は何を今さらといった感じで無頓着に笑った。佐々木は、すでに自分の借金の額まで楊晴明とこの劉に知られている。住所ごときをプライバシーと呼ぶ価値などどこにもないということか。

しかし、尾行していたにしても、なぜいま佐々木の前に姿を現さなくてはいけないのか？このままレシピを捜し続けるべきかどうか迷っている、佐々木の心の揺らぎを見透かすようなタイミングでの劉の登場だった。

佐々木は少し探りを入れてみた。

「あの、北京からはいつ？」

「今日の朝ね。ちょうど中国大使館にも用事あって、仕事済ませてここに来ました」

到底信じられない来日の理由だった。しかし本当に今日、日本に来たというのなら、その理由は何なのだろう。佐々木は思いをめぐらした。

もし楊晴明が、佐々木がこの日、山形幸に会いに行くことを把握していたとしたら。幸から何を聞いたのか？　どんな収穫があったのか？　それを探らせるために急遽《きゅうきょ》、劉に日本に行くように指示したのかもしれない。

「佐々木さん、調査の方、順調ですか？」

佐々木は、心の中で「ほら、来た」と思い身構えた。

「ええ、なんとか」

「それはよかった。楊先生は佐々木さんに任せておけば、レシピは必ず揃うとおっしゃっていました」

「そうですか」

「では私の務めは完了したので、これで。今夜は東京楽しんで、明日北京に帰ります」

意外なことに、山形幸からの収穫について何も聞かずに劉はそのままマンションの前を立ち去ろうとする。佐々木は狐につままれたような気分になった。そして、少し気持ちの余裕も出てきた。

「劉さん」

「何か?」

「いまさらなんですが、楊さんはなぜ、あのレシピにそれほどこだわるんですかね?」

なぜ、佐々木がこんなことを聞いてきたのか……その気持ちを探るかのように、劉は佐々木の顔をしばし見つめた。そして、言葉を選ぶようにして話し始めた。

「満漢全席……いまもそれを超える料理は中国に存在しません。いや、世界にも見当たらない。

これはあくまで私の見解ですが、山形直太朗さんと楊先生で作り上げたレシピもまた、何百年と肩を並べるものが出現しない優秀なレシピなんではないでしょうか」

「それで、手元に取り戻したいってことですか？」

「たぶん」

「しかし、山形さんのご家族にとっても、それは同じことですよね。大切なものを手放したくはないのではないでしょうか？」

この質問を聞いた瞬間、劉の目つきが鋭くなったような気がした。佐々木も、「山形さんの家族」という言葉を軽率に口にしたことを後悔した。しかし劉は表情から、その鋭さを一瞬にして消し去った。

「そうかもしれません。これは難しい仕事。でも……」

劉の口調が、まるで佐々木を諭すような重いものに変わった。

「山形さんのご家族の元にレシピがあったとしても、それは文字の書かれた、ただの紙きれ。佐々木さんが料理にしてこそ、レシピに初めて命が吹き込まれる。楊先生は七十年近く経って甦ったその料理を食べてみたい、そう思っているだけではないでしょうか」

その考えに異論を挟む余地はなかった。

「でも困ったことがあったら、何でも相談してください。佐々木さんの秘書のつもりで善処しますよ」

佐々木は、それならばと一つだけリクエストした。

「では、僕に付きまとうことをやめてもらえますか？」

「ああ、ごめんなさい。今日はついでがあったから。中国大使館からここは近いから」

「いや、そうじゃなくて、四六時中尾行するのをやめてほしいんです」

劉はキョトンとした。

「この間、黒いワンボックスカーと軽いカーチェイスしたんですよ。あなたたちが雇った連中でしょ？」

劉は、相変わらず与《あずか》り知らぬことといった風に、不思議そうな表情を浮かべている。

佐々木はイラッとした。口から「しらばっくれんじゃねえぞ」という言葉が出そうになったが、それを呑み込んだ。

劉は真剣な表情で話し始めた。

「正直言いましょう。私にも楊先生が、佐々木さんにここまで思い入れる理由、よくわかっていません。たぶん境遇が似ているせいかな。

『大日本帝国食菜全席』を食べることは楊先生の最後の夢。でも楊先生の気持ち、それだけではないと思います。その料理を作り上げることは佐々木さんにも大きな意味がある。先生はそう考えているんじゃないでしょうか」

佐々木には、劉の言葉の意味が全く理解できなかった。伝わってきたことは、劉泰星は上司である楊晴明のことを尊敬しているのだということだけだった。

漢方薬の入った紙袋を佐々木に手渡すと、劉はマンションの前から引き揚げていった。


自宅に戻った佐々木は、缶ビールのプルトップを開けながらに、独り言をつぶやく。

「完全に、登場人物の一人になったな」

確かに、長い時間をかけて楊晴明と山形幸の間で紡がれた物語に、新しいキャラクターとして、佐々木は定着し始めている。映画で言えば、一時間を過ぎたあたりで登場し、話を引っ掻き回す役どころといった感じだろうか。

そんなことを考えながら佐々木は狭いキッチンに、帰りがけに購入してきた食材を広げた。ここのところ探偵ごっこに明け暮れ、すっかり料理から遠ざかっていた。

続いて納戸から、新聞紙に包まれた鍋を引っ張り出す。

店で使っていた調理道具や食器のほとんどは、トランクルームに放り込んであるが、この鍋だけは手元に残しておいた。新聞紙の中から、黒光りする土鍋が現れた。鍋底はいつ割れてもおかしくないほど、ひび割れ寸前の線が入り込み、相当な年季を感じさせる。

佐々木は自分を見失うと、必ずこの土鍋で料理をすることにしていた。昆布などを浮かべることもなく、鍋に水を張り火にかけた。そして、大根や水菜、豆腐、鶏の下処理を済ませていく。

もう一本缶ビールを取り出す時に、冷蔵庫の扉に張り付けてあるカレンダーに目が留まった。山形直太朗の命日の八月九日に赤いペンで丸が付けられ、《山形命日》とあった。酔った時にでも書いたのだろう。自分でも記憶がなかった。

それを見ながら佐々木は、決して信心深い性格ではなかったが、まるで直太朗の霊が自分を突き動かしているような気がした。

沸騰した鍋の中に、具材を浮かべていく。この鍋のことを佐々木は「魔法の土鍋」と呼んでいた。

その理由は、水から炊くだけで、鍋自体からスッポン風味の出汁が湧き出してくるからだ。その風味はスッポンに加え、肉類、甲殻類、乾物の出汁も脇を固める、豊かな味わい。恐らくは、前の持ち主がそれらの出汁を鍋に吸わせ、鍛え続けてきたと思われる。

大根や鶏は、その出汁を吸い込み、佐々木が何もせずとも、鍋が調理したように料理は仕上がった。

鍋を窓際に置かれた小さなテーブルに運び、スープをすする。いつものスッポンの味がよく出ていた。舌が感情を取り戻すと、再び色々な思いがこみ上げてきた。

幸の父親・山形直太朗はどんな人物だったのだろう。二百四品もの料理が連なる『大日本帝国食菜全席』は、どう構成されていたのか？　どんな食材が使われていたのか？

和と洋と中華が融合した、直太朗の才能と満州という幻の帝国があったから誕生した料理と出会ってみたくなってきた。先ほどの劉の言葉が影響しているのかもしれなかった。およそ七十年も前に作られたレシピが、時を超え、人を動かし、実際の料理として甦らせよと語りかけてくるような気さえした。

佐々木はこの日、病院が決めている面会時間が終わると同時に、看護師に病室から出るように促された。しかし、その間際、退院したらもう一度会ってもらえるという約束を山形幸から取り付けていた。

山形幸を病院に見舞った、その五日後。

電話がかかってきた。しかし、いつもとは様子が違った。佐々木の持つ携帯の向こう側にいたのは、なんと山形幸本人だったのだ。もちろんいままでは、親類の女性としか連絡を取っていない。佐々木の狼狽《ろうばい》ぶりは半端ではなかった。

山形幸はこう言った。

「今日、容体が落ち着いたので退院したのよ」

「それは……おめでとうございます」

「それほどめでたくはないかもしれないわね。単に病院は、治らない病人のためにベッドを一つ占拠されるのが嫌だったんだと思うわ」

「そんな……」

「明後日は、空いているかしら？」

「は、はい。大丈夫ですけど」

「まだ物語の続きがあるから。いつもの車でいらっしゃい。七時に迎えに行かせます」

朝の六時四十五分、佐々木がマンションの下で待っていると、いつもの黒塗りのセダンが到着した。しかし、例の親類の女性は乗っていなかった。

すっかり気心の知れた運転手が、車内で水筒に入ったコーヒーを振る舞ってくれた。以前の佐々木に対する警戒心は、山形幸の周囲からは完全に消え、まるで身内の一人のように扱われている。

車はいつものように尾行に気を使いながら修善寺に向かった。車内ではリラックスしていいはずの佐々木だったが、興奮を抑えることができなかった。

山形幸本人からの電話……それはまるで、何度デートの誘いを入れても無視され続けてきた女性から、ある日突然連絡が入ってきた、そんな感覚だった。

しかし、気分の高揚が頂点に達すると、今度は冷静な自分が目を覚ます。山形幸は、楊晴明の使いである自分になぜ積極的に接し始めたのか？　いまや「ミイラ取りがミイラ」のようになりつつある自分に、楊のレシピを持ち去ってくるように指示でもしようというのか。

そんなことまで心の中によぎり始めた。


車は修善寺に到着した。

ここを訪れるのもこれで三度目。最初は八月上旬。そして三度目の今日は夏の終わりに差し掛かり、耳を塞ぎたくなるような蟬の大合唱の代わりに、いまは鈴虫がその勢力を伸ばしている。

山形幸は、すでに応接室で車椅子に座って、佐々木の到着を待っていた。病院で見た時よりも、だいぶ顔色が良くなったなと佐々木は思った。

「今日はこれを持ってきました」

佐々木は、カバンの中からタッパーを取り出した。

「何かしら？」

「スッポンのおじやです」

佐々木はこの日少しだけ早起きをして、あの魔法の土鍋でこのおじやを作った。炊くだけで十分スッポンの風味はしたが、そこにスッポンの身も加えた。身からコラーゲンの部分だけを丁寧に取り除き、それと米とねぎだけを一緒に煮続けたものだった。

「まあ精が付きそうね。ただ、佐々木さんのお料理をいただいたら、私はいつ死んでもおかしくなくなるんじゃないかしら？」

「そんなことは……」

山形幸は冗談も言えるようになっていた。幸はタッパーの蓋を少し開けて匂いを嗅いだ。

「ああ、とてもいい匂い」

佐々木自身、どうして山形幸への土産の料理など作る気になったのか、自分でもよく分かっていなかった。ただ、幸が元気になってくれたら、それでいい。ここに来る前日、自然と馴染《なじ》みの食材店でスッポンを購入していた。

「佐々木さんは、あのレシピを見てみたい？」

「はい」

それはここのところ思い続けていた佐々木の本音だった。山形幸はタッパーの蓋を閉め、

「これは後でいただくわ」と言いながらテーブルの上に置いた。

「楊さんに、北京で見せてもらえばよかったのにね」

幸は、前回、病室で言った言葉を繰り返した。

「でも、幸さんの元にも、『夏』と『秋』のレシピはあるんですよね？」

「『夏』のレシピも、いまは楊さんの元にあるはずよ」

「えっ？」

まだ、依頼主の楊晴明から、佐々木には伝えられていない事実があったのか？　これ以上のサプライズはないと思っていた佐々木の頭脳が再び迷い始める。

「でも……この間聞いた時、ハルビンからお母様が、二つのレシピを持ち帰ったと言っていましたよね」

「そう、その時は」

「その時は？」

もしそれが真実なら、北京の楊晴明の元に、『大日本帝国食菜全席』のレシピの四冊中、三冊があるということになる。いよいよ、楊晴明という男が、佐々木にはわからなくなってきた。

そして佐々木は、電話での幸とのやり取りを思い出していた。

「『夏』のレシピのことが、幸さんが言っていた『物語の続き』なんですか？」

「まあ、そういうことね」

幸は、「その時」の後の話を、佐々木に語り始めた。

一九四五年（昭和二十年）、十月

日本は、戦後の混乱の中にあった。

そんな日本に、山形千鶴と娘の幸は、直太朗を失い満州から引き揚げてきた。

千鶴が目にしたのは、空襲で家を失った者、孤児、戦地から戻ってきた兵士たちの姿。みな一年後の自分の未来も予測できない、復興へのスタートラインに立ったばかりの状態だった。しかし、敗北感ももちろんあったが、空襲のないことへの安堵《あんど》感の方が勝っていることは、人々の顔を見れば明らかだった。

満州から戻ると、千鶴はすぐに直太朗の故郷・山中温泉に向かった。直太朗の実家を訪ねるのは初めてのことだった。

そこで直太朗の親族に、ハルビンでの直太朗の最期の状況を報告した。そして形見として、直太朗が大切にしていた宮内省に入る時に購入した包丁を置いてきた。しかし、そこで千鶴は、日本に持ち帰った『大日本帝国食菜全席』のレシピに関しては一切語らなかった。直太朗の母親から、他に遺品はないのかと、いくらせがまれても、それのことは触れなかった。

それ以降、千鶴は、「夏」と「秋」のレシピを、肌身離さず持ち歩くようになる。

東京に戻ると、千鶴と幸の二人はしばらくの間、三鷹《みたか》にある実家に身を寄せることになった。直太朗の元を離れた三年間も、やはりここで厄介になっていた。実家は、幸い空襲からは免れられたが、千鶴の父も戦前のような勢いは失っていた。

父は軍需産業会社の社長だったが、工場を空襲で焼かれ、残った財産もやがて進駐軍によって接収されることになる。

実家の助けも期待できなかった千鶴は、新宿の辺りに小さな家を借りる。食料などは新宿の駅前の闇市からの購入が基本だったが、この頃二人を助けたのが、直太朗の宮内省大膳寮時代の同僚・塩崎金太郎の夫婦だった。

この夫婦は、山形直太朗の死を心から悲しみ援助を申し出てくれた。塩崎は、戦後も大膳寮に勤めていたので、出入りの食品業者から食べ物を手に入れてくれた。この頃の大膳寮の料理人たちは、進駐軍のパーティなどによく駆り出されていたので、千鶴もそれに同行し、少し手伝っては物資を分け与えてもらった。

明くる年の三月。千鶴は、新宿の小さな定食屋で給仕の仕事を始める。お嬢様育ちの千鶴が働くのは初めてのことだった。もちろん、その店で出される料理は、直太朗の作っていた料理とは次元の異なるもの。それでも料理の残り物を、家で待つ幸の元に持ち帰れることは有難かった。

プライドも捨て、がむしゃらに働く千鶴だったが、その心を支えてくれていたことがあった。

給仕の仕事を続け、生計が少しだけ安定してくると、千鶴は不思議な行動を取り始める。仕事の空き時間を見つけては、有名店の食べ歩きを始めた。あっという間に貯金は底をついたが、色々なところに借金をしてでも、それを続けた。

最終的に千鶴がやりたかったのは、直太朗の残した『大日本帝国食菜全席』を実現すること。満州から持ち帰った「夏」と「秋」のレシピを料理として再現し、直太朗がどんな世界を目指していたのか、確かめたかった。

そのためには、優秀な料理人の手を借りなくてはならない。千鶴は自分の舌を使って、その料理人を探し続けたのだ。

食べ歩きを初めて半年。出会ったのが、横浜で小料理屋を営んでいる湯木《ゆき》壮一《そういち》という料理人だった。戦前、京都でも修業を積んだ男で、料理の腕は確かな上に、向上心も強かった。

千鶴は、自分が未亡人だということを全く口にせずに、五歳年下の湯木に近づいていった。湯木は、千鶴の上品な物腰と通常では考えられないほどの料理の知識に、瞬く間に心を惹《ひ》かれていった。そして、二人は付き合い始める。二か月が経った頃、千鶴は本当のことを打ち明けてみた。

自分が未亡人で十歳になる子供がいること。前の夫も料理人で満州の地で命を落としたこと。

湯木はそれを聞いても、同情をするばかりで千鶴のことを嫌いになることはなかった。

さらに、一か月ほどして……

「湯木さんに、是非見てほしいものがあるの」

桜木町《さくらぎちょう》にあるバーで、千鶴は『大日本帝国食菜全席』の二冊の分厚いレシピを差し出した。

湯木は不思議そうに、そのページを捲っていく。

「す、すごいな……」

それだけ言うと湯木は言葉を失った。そして五品ほどレシピを見ると千鶴に尋ねる。

「どうしてこんなものが。これは一体何のための料理なんだい？」

「満州に天皇陛下がいらっしゃる日のために、私の夫が作ったものなの。でも、これで半分。全部で四冊、二百四品の料理があるの」

湯木は啞然とした。左手は拳をきつく握り、ページを捲る右手のスピードはどんどん遅くなっていった。眉間に皺を寄せながら直太朗が書き綴《つづ》った文字を目で追っていく。

「信じられない。ここに書かれている料理は全て新作だ。いままでこの世の中に存在しない料理ばかりだ。しかも、その内容は緻密極まりない。こんなものを考え出す日本人がいたとは。きっとこれはいまの時点で、世界で最も優秀なレシピーだと思う」

湯木の声は少し震えていた。それを聞いて、千鶴は勇気を振り絞ってこう言った。

「湯木さん……これを再現できる？」

千鶴は、「このために、自分に近づいたのか？」という言葉を覚悟していた。いままでの愛情表現が、全てはこのレシピの再現のための臭い芝居だったのかと湯木から罵られても仕方のないことだった。

しかし、湯木はなかなかレシピから目を離そうとしない。そしてしばらくして、千鶴にこう返したのだ。

「僕で、いいのかい？」


二人は、幸も含めて一つ屋根の下で暮らし始めた。籍はしばらく入れないことにした。それは湯木が千鶴の気持ちを気遣ってのことだった。

湯木は自分の店が終わると従業員を全て帰した後、厨房にレシピを持ち込み、その再現に挑み始めた。そして、一品でも出来上がると千鶴に試食させる。

レシピ通りに作ったものだったが、なかなか納得のいく仕上がりにはならなかった。それでも湯木はくじけることなく、絶えず「夏」のレシピを持ち歩き、その再現に集中し続けた。

千鶴は当初、レシピを再現できる能力のある男としてしか湯木のことを見ていなかった。しかし、その誠実な人柄に次第に惹かれていった。そして、何よりも久しぶりに味わう平穏な日々に幸福を感じ始めていた。

レシピ再現に取り組み始めて数か月。

湯木壮一は苦しんでいた。レシピの再現に使える時間は、閉店後と店の定休日という限られたものだった。その制約があるにしても、まだここまで一品も料理を完成できないでいた。もちろんレシピ通りに作るだけなので、料理自体を仕上げることはできる。しかし、それを千鶴が食べてみると、どれもが美味しくない。

「夏」のレシピだけでも五十一種類の料理がある。湯木は初め、やりやすそうなものから手がけていった。それでもなかなかうまくいかないので、洋食や中華の色合いの強い料理にも手を出した。もちろん湯木には、和食以外のテクニックはない。知り合いの中華料理人や洋食の料理人を店に呼び出して一緒に研究した。

それでも、満足のいく味は出せなかった。

あまりに悩み続ける湯木を見かねて、千鶴は、

「もう、レシピーの再現を止めた方がいいかなと思っているの」

と、いつものように閉店後に作業をし、深夜遅くに戻ってきた湯木に思い切って言った。

湯木は、千鶴が用意した夜食を食べていたが、その箸が止まった。

「どうして、そんなことを言うんだい？」

「あなたが辛そうだから……それに」

千鶴の話を湯木は険しい表情で聞いていた。

「レシピーの再現ができなくても、私も幸もいま十分幸せなの。いいえ、ひょっとするとそんなものがない方がもっと幸せになれるような気がしてきたの」

そもそも、いまの生活が始まるきっかけは『大日本帝国食菜全席』のレシピの再現を自分が望んだからだった。

「私がお願いしたのに、こんなことを言って本当にごめんなさい。でも、いまの正直な気持ちなの」

「あのレシピーはすごく偉大なものだよ。その再現に携われることは、料理人の端くれの僕にとってはとても光栄なことだと思っている。

でも君は僕が料理人としてだけ、いまの挑戦を続けていると思っているのかい？」

千鶴には質問の意味がわからなかった。

「料理人の湯木壮一だけじゃない。男としての湯木壮一が頑張らせているんだよ。

山形直太朗という男は強烈な才能の持ち主で、千鶴はそこに惚れたんだと思う。才能という点じゃ僕は足元にも及ばないと思っている。でも、情熱だけは負けたくないんだよ。僕は千鶴からあのレシピーを見せてもらって以来、ずっと山形直太朗に嫉妬している。

辛そうだから諦めろ。冗談じゃない。君に憐《あわ》れみなんか受けたくないんだよ」

話を聞きながら千鶴の心は熱くなった。

「僕はね、とにかく一品だけでも料理を再現したい。それさえできれば千鶴の言うように、レシピーの再現を終了させてもいい。それもできなくて降参したら、僕は一生君に尊敬される男にはなれなくなる」

千鶴の目からポタポタと涙が落ち始めた。

「それができたら、僕は本格的に中華や洋食を学ぼうと思っている。あのレシピーは、和食に縛られていた僕を自由にしてくれたんだ」

「ありがとう。私、壮一さんのことが大好き」

この日の夜食は、千鶴が漬け込んだ鰆《さわら》の西京焼きと出汁の利いた茶漬け。千鶴は壮一の茶碗にお代りのご飯を盛って、その後はずっと泣き続けた。

そんなやり取りから間もない、八月の末。

その夜、千鶴は台所で湯木のための夜食を作っていた。湯木の帰りは十二時になることも一時になることもあったが、千鶴は必ず寝ずに待ち続けた。小学六年になっていた幸はすでに床の中にいた。

時計の針が十二時を指した頃、電話の音が家の中に鳴り響いた。

「もしもし」

湯木は店を出る時に電話をかけてくる。いつもの内容だと思いながら、受話器を手にした千鶴だったが、相手は湯木の店の近所でクラブを営む店主だった。

「えっ、本当に？」

千鶴の顔がみるみる青ざめていく。受話器を置くと、幸の部屋のふすまを開け叫んだ。

「幸、母さん、出かけなきゃ」

「えっ？」

幸は寝ぼけ眼で答えた。

「湯木さんの店が……燃えている。鍵ちゃんとかけて！」

千鶴は家から飛び出した。店までは自転車で十五分ほどの距離だった。千鶴はその道のりをペダルを踏んで猛スピードで駆け抜けた。

汗びっしょりになりながら店までたどり着いた千鶴の目に、まだ燃え続ける湯木の店が映った。

「ど、どうして」

自分ばかりがなぜ不幸になるのか、千鶴は運命を呪いたかった。

千鶴が着いた時には、すでに消防隊の必死の消火活動が続いていた。しかし、火の勢いはなかなか収まらない。燃え盛る炎の中から、消防士たちが湯木を担いで出てきた。湯木は全身に火傷《やけど》を負い意識のない状態だった。


その日以来、千鶴はひどいうつ状態に陥った。

湯木は一命は取り留めたものの、二度と包丁は持てない身体になっていた。その原因は火傷というよりも暴行によるものだった。

店の全焼と湯木の料理人人生の終焉。それだけでも十分、千鶴に衝撃を与えたが、意識の戻った湯木の警察への証言は千鶴をさらに苦しめることになった。

病室のベッドの上で包帯を巻かれた湯木を、三人の刑事が取り囲む。その傍らには付き添いの千鶴がいた。警察の事情聴取は、湯木の体力を考え、一回の時間を短くし何日かかけてゆっくりと聞き取りをするというものだった。

湯木の顔は、目と鼻と口だけを残し全てが包帯で巻かれていて、会話することも困難な状態だった。それでも、湯木は懸命にその時の状況を伝え続けた。

「犯人は……二人でした」

　あの日も店を閉めると従業員を全て帰し、湯木は一人レシピの再現に挑んでいた。すると、勝手口の方から二人の若い男が入ってきたという。

「犯人は、何か武器のようなものは持っていましたか？」

「それぞれ、木刀のようなものを……」

　刑事の一人が、千鶴に気を遣うように話しかけてきた。

「最近、この手の強盗が多いんですよ。あの辺りの飲食店は結構狙われる。奴らの目的は金目のものはもちろん、食材だったりする。腹を空《す》かせた連中が料理屋を襲うというわけです」

　戦後の混乱期では、当たり前の事件だと言わんばかりに刑事は話した。しかし、湯木の証言は刑事たちの予想通りの展開にはならなかった。

「それを使って襲ってきたのですね？」

「いいえ。彼らは最初、威嚇していただけでした。それで金庫を差し出したのです」

　湯木の対処はとても冷静なものだったようだ。

「食べ物を出せと言ってきたんじゃないですか？」

「いいえ。彼らは辺りを物色し始めました。そして……」

湯木は苦しそうなそぶりをした。千鶴は、脱脂綿で湯木の口の周りを湿らせてやる。刑事たちは間をおいて質問を続けた。

「そして？」

「厨房にあったレシピーを手にしたのです」

「レシピーとは何ですか？」

「調理の手順を書いたものです」

「なんで泥棒がそんなものを」

刑事たちは戸惑っていたが、千鶴にはその「レシピー」がすぐに分かった。間違いなく『大日本帝国食菜全席』のことだった。

「それで、湯木さんはどうされたんですか？」

「近くにあった包丁で抵抗しました」

「そこで乱闘になったということですか？」

強盗にとっては一瞬不意を衝かれた形になったようだが、所詮二人対一人。湯木は振りかざされる木刀の餌食になった。そして、その格闘のさなかに、コンロにかけていた油の入った鍋がひっくり返り、火は瞬く間に厨房に燃え広がっていったという。

「で、強盗は金庫とその料理の手順を書いたものを持って逃げたということですか？」

「いいえ。火の勢いが凄かったので彼らも慌てたのでしょう。金庫を置いてレシピーだけ持って逃げていきました」

「金庫を置いて、ですか？」

刑事たちは声を揃えて驚いていた。一人の刑事が少し皮肉交じりに言った。

「よっぽど、料理が好きな強盗だったんですかね？」

その「料理が好きな強盗」という言葉に千鶴だけは頭の中で反応していた。さらに刑事が尋ねる。

「強盗が逃げていく時、湯木さんはどんな感じでしたか？」

「私は全身を打ちのめされていて、記憶も遠のき、もう店から逃げることもままなりませんでした」

「放火でもないし、奪ったのも料理の手順書となると……」

千鶴には、刑事たちの気持ちの温度が徐々に低下していくのがわかった。千鶴にとっては命にも代えられないほどの大切なレシピだが、刑事たちにはその重要性が全く理解できていなかった。しかし湯木は、必死に『大日本帝国食菜全席』のレシピを守ろうとしてくれたのだ。その湯木の行動に千鶴は涙が出る思いだった。

湯木は証言を続ける。

「二人は、日本人じゃありませんでした」

「外人ですか？」

「恐らくは……中国人」

湯木は木刀で打ちのめされ、うすれゆく記憶の中にわずかに聞こえた二人組の言葉を残していた。それは、日本語ではなく中国語。

その話を聞いた直後から、千鶴の心は病んでいった。

二人組の背後には間違いなく楊晴明がいる。頭の中で、ハルビンの地下農園で目にした山形直太朗のことが重なってくる。千鶴の周りで犠牲者が出るたびに、レシピも姿を消していく。『大日本帝国食菜全席』というレシピは直太朗の命を奪い、いままた湯木の料理人人生を閉じさせた。

それからというもの、精神を病んだ千鶴もまた、寝たきりの状態に陥った。娘の幸は、そんな母・千鶴を看病し続けた。千鶴の病床で、幸は何度もこんな言葉を耳にした。

「私が誘わなかったら、湯木さんはこんなことにならなかったのに」

「あの時、なぜ止《や》めさせなかったのか」

「楊晴明が、今度は私たちを殺しに来る」

満州から必死に持ち帰り、直太朗の実家にも渡すことを拒絶したレシピ。それが、こんな事態を招くとは。

その事件の半年後。

千鶴は、幸が目を離したすきに風呂場に行って、首を吊《つ》ってしまった。

その時、幸はまだ十二歳。親類の間で、誰が幸を引き取るかの話し合いが行われた。その結果、石川県の山中温泉に住む直太朗の弟夫婦が引き取ることになった。

しかし、そこでも不審な強盗騒ぎは続いた。幸は、その居場所を転々としながら、最後は千鶴の親類が住む修善寺に行きついた。

二〇一四年、八月

山形幸が、ようやくたどり着いた安住の地、修善寺。

その屋敷の居間で、佐々木に語られた幸の母の死の経緯《いきさつ》。幸がこの事件のことを他人に話すのは初めてのことだった。

「犯人は、本当に楊晴明だったんでしょうか？」

「警察は捕まえることができなかったから、真実はわからない」

楊晴明がその実行犯だったのかもしれないし、裏で糸を引く首謀者だったのかもしれない。

しかし六十年以上経ったいまでは、なおのこと解明することは難しい。

ただ一つだけはっきりしていることは、『大日本帝国食菜全席』というレシピが、山形幸の両親の死に大きく関わっていたということ。そして、幸の元に残ったのは、「秋」のレシピ一冊だけということだった。

「山中温泉で経験したような盗難騒ぎは、その後も続いたんですか？」

「高校に入る前くらいまではね。だから、私は親類の間を転々としなければいけなかった。それ以上迷惑はかけられないから」

ここで佐々木は心の中にずっと引っかかっている、質問をしてみた。

「空き巣被害にあっていたのは、戦後の五、六年ということですよね。でも、その後はぱったり途絶えた」

「そういうことになるわね」

「楊晴明が、その空き巣に関わっている可能性は高い。しかし、その後はなくなった。そして六十年以上も経った今年、楊は活動を再開した。これって、どういうことなんでしょうか？」

しばらく山形幸は考え込んだ。

「初めは、父に裏切られたことに対する恨みから始まったことだと思うの。でも、そんな感情は長続きするはずはない。

彼は満漢全席も作れる料理人だから、このレシピの凄さは一番わかっている。しかも、父と自分の共同作業で完成したと勝手に思っている。自分が生きている間に、これを中国のものにしておきたい。そう考えたのかもしれないわね。でも、本当のところは私にもわからない」

山形幸の見立ても、佐々木のそれとさほど違うものではなかった。

「順子《じゅんこ》！　順子！」

山形幸のその声で、親類という女性が居間の扉から入ってきた。佐々木は彼女の名前を初めて知った。

「この子とは、もう三十年以上もここで暮らしているのよ」

順子は、佐々木ににこりと笑った。

「順子の母親は、私の従妹《いとこ》なの。以前はここで、順子の母親も一緒だったのだけどね。五年前に亡くなってからは私が母親代わり。お蔭で順子は私の介護に掛かりきりになって、すっかりお嫁に行き遅れてしまったけど」

順子は、またその話を始めたという顔で受け流している。

「このタッパーに入った料理を温め直してくれる？　これは、佐々木さんが作ってくださったスッポンのおじやなの」

順子は、タッパーを手に部屋から出ていった。

「その後、湯木壮一さんはどうされたんですか？」

「湯木さんは右手の握力は戻らなかったけど、自分がオーナーになって料理屋を始めたわ。そうなることを知っていたら、母もあそこまで自分を責めなかったと思うのだけど」

「そうでしたか」

しばらくすると、順子は器に移し替えたおじやを運んできた。幸はレンゲでそれを掬い上げる。湯気とともに出汁の香りが部屋に立ち上った。

「ああ、美味しい」

「それはよかった」

「これは、とても思いやりに満ちたお料理ね」

「はは、そんなことを言われたのは初めてです」

佐々木は照れ笑いした。

「というより、料理に思いやりを込めたことなんか一度もないんです」

「珍しいわね。よくテレビとかで料理は愛情なんて言う料理人が多いのに」

「少しだけ、自分のことを話してもいいですか？」

「是非、聞いてみたいわ」

「僕のいまの仕事は、死期の近づいた患者さんに、『最期の料理』を作ってあげることです。でも、その前は小さな料理屋をやっていたんです」

佐々木自身、どうしてこんなことを言い始めたのか、わからなかった。幸の母と湯木壮一の壮絶な話を聞いて興奮しているのかもしれない。自分の心をコントロールできなくなっていた。

「その店がうまくいかなくて、借金を作っていまの仕事を始めたんです。その原因は、僕の料理に対する姿勢だったと思っています。直太朗さんや湯木さんのような心が、僕にはなかった。僕は料理を、単なる武器だと思い続けていたんです」

「武器？」

「料理自体は好きで始めたことなんですけど、それがいつの間にか世間を見返すための武器になっていったんです。

料理は不思議なもので、それを作って食べてもらう時、作る側と食べる側は平等な立場になります。どんな家に生まれたとか、いま、どんな地位にいるとか関係なくなる。『旨い』と言わせることができれば、僕はその人よりも上に立てたような気分がしたんです。その一瞬のために料理を作っていた。

全ては、自分の生い立ちが影響しているんですけど……」

「生い立ち？」

佐々木は、留まることなく話し続けた。

「子供時代がとても不幸だったんです。それでそんな発想になってしまった。それが裏目に出始めたのは、店をやり始めてからでした。

僕自身は、一つの料理に勝つとか負けるとか、病的に人生を賭けているわけですから他の者とは温度差がある。ミスをした人間を殴ることなんてしょっちゅうでした。店の連中には、本当にひどいことをしたと思っています」

山形幸は、苦しそうに自分の弱みを絞り出す佐々木を静かに見守っていた。そして、一つ一つの言葉から佐々木の人生を読み解こうとしていた。

「でも、いまの仕事の『最期の料理』には、素直に向き合えたんじゃない？」

「あれは、元々お金のために始めた仕事なんです。借金を抱えて、自分の店はないのに人にも使われたくなくて。消去法で選んだんです。

でもその仕事は、意外にも僕に向いていました。

料理人になってからずっと食べ歩きを続けてきました。高級なものからB級のものまで何でも。それは味を盗むためにやっていたことですが、この『最期の料理』には役に立ったんです。僕の舌は、一度食べたらその記憶を決して忘れないんです。その舌の記憶に照らし合わせれば、大概の料理を再現することができました」

「でも、思いを込めることはなかった？」

「もちろん『最期の料理』も戦いだと思っていましたから、旨い、懐かしいと言われないと、その勝負に勝ったことにはならない。そういう思いは込めましたけど……」

佐々木自身もこんなことを人に話すのは初めてだった。親友の柳沢にだって、弱音を吐いたことは一度もない。

それがいままでたった三回しか会ったことのない山形幸に、自分を曝《さら》け出している。まるで山形幸という心療内科医に、心の膿《うみ》をしぼり出すように話し続けていた。

「だとしたら、とても不思議ね。このおじやには思いが籠もってしまっているわよ」

「そうでしたか……」

佐々木は、苦笑いした。

「食べる側の幸さんが、僕を少し変えてくれたのかもしれませんね」

山形幸から電話をもらった直後、佐々木はこの「スッポンのおじや」を作ろうとすぐに心に決めた。病気で衰弱した幸の役に立ちたいと思った。スッポンの身からコラーゲンだけを取り出す時も、土鍋で煮ている時間も、その思いは途切れることなく続いた。幸に作った料理には間違いなく愛情が籠もっていた。

「佐々木さんは、ずいぶんと苦しんできたのね」

「妙な話に付き合わせてしまって、すみませんでした」

「いいえ、聞けてよかったわ」

そして、山形幸はこう言った。

「父が残したレシピを見れば、佐々木さんは変われると思うわよ」

「えっ？」

それは、山形幸が重く閉ざされた『大日本帝国食菜全席』の扉の鍵を開けた瞬間だった。

山形幸の家を訪れた、その三日後のこと。

佐々木充は夜の九時を過ぎた頃、柳沢のいる中野の『竜虎飯店』に立ち寄った。

二人が挟むテーブルには点心の入った蒸籠《せいろ》が湯気を上げている。中には、海老《えび》餃子、ちまき、腸粉《ちょうふん》（チャーシューを包んだ米のクレープ）などが入っていた。そして店の入り口には早々と「閉店」の札がかけられた。

「で、本当に見たのか？」

柳沢が、青島ビールを佐々木のコップに注ぎながら尋ねる。

「見た」

「どんな感じだった？」

「五十一品で二百ページほどあった」

「そんなに？　一つの料理に四ページも使うのか？」

「お前、算数できるんだな」

「おい、そこ茶化すところじゃないでしょ。確かに中卒だけどな。ラー油はいるか？」

柳沢は蒸し餃子を指さしながら言った。

「塩とオリーブオイルあるか？」

「あのさーお客さん、うちは中華だからさ。でもそれって合いそうだな。今度、店でやってみるか」

佐々木は三日前、山形幸の修善寺の邸宅で、ついに『大日本帝国食菜全席』の「秋」のレシピを見せてもらった。その報告をするために『竜虎飯店』に立ち寄ったのだが、柳沢は頼んでもいないのに店仕舞いし、その一部始終を聞く態勢を整えた。

佐々木は点心を摘みながら、その時のことを柳沢に語り始めた。


幸は、順子に指示して居間にそれを運ばせた。

それは、桐の箱に大事に仕舞われていた。

「これが例のレシピよ」

山形幸は軽く言ったが、それは山形直太朗が満州の地で命がけで作り上げたもの。それを妻の千鶴が日本に大切に持ち帰り、幸が必死に守り抜いてきたもの。

「私が死んだらお棺の中に一緒に入れてもらうつもりだから、佐々木さんはこれを見る最後の人になるはずよ」

佐々木は一回唾を飲み込んだ。まるでやっと探り当てた古文書を前にする歴史学者の気分だった。しかし、冷静に幸の「佐々木さんがこれを見る最後の人」という言葉を解釈してみると、楊晴明には絶対に渡さないという意思表示にも聞こえる。

「どうぞ開けてみて」

幸に促され、佐々木は桐の蓋を恐る恐る取り除いた。

中に収められていたのは、半紙に包まれ紐《ひも》でまとめられたものだった。紐を解いて半紙を開くと分厚い本が姿を現した。表紙には、「秋」というひと文字だけが毛筆で書かれている。右端に二つ穴が開けられ黒い綴り紐が通されていた。

「開いてもいいですか？」

この言葉は、幸へというよりも山形直太朗に発したのかもしれない。緊張しながら表紙を捲ってみる。一枚開いただけで埃臭《ほこりくさ》いにおいが鼻を突いた。

「す……すごい」

一ページの中に、几帳面《きちょうめん》な小さな文字が、紙が惜しいかのようにぎっしりと隙間なく埋まっている。戦前の難しい漢字なども含まれていて読むだけでもひと苦労だったが、佐々木はひと文字ひと文字丁寧に目で拾っていった。

一つの料理の冒頭には、まず、なぜこの料理を、今回『大日本帝国食菜全席』の一品に選んだかという理由、二百四品の中の役割が語られている。

例えば、「秋」のレシピの前半の料理に含まれる「栗《くり》と牛蒡《ごぼう》の二色茶碗蒸し」なら、こんな感じだ。

《栗も牛蒡も秋を代表する食材である。栗は日本では縄文時代から食べられ、古くから栽培もされてきた食材。牛蒡は中国から薬草として渡来し、平安時代の宮中で薬として利用されてきた食材。いずれも日本人には馴染みの深いものである。

栗は木の上で、牛蒡は地中で秋の時期成熟を迎える。その二つを茶碗蒸しの中で二層にすることで、地下と地上の秋を一度に味わってもらうことができる。

これを前半の料理としたのは、秋の到来を客人に十二分に感じ取ってもらうことにある。さらに栗には、胃腸を温めて内臓の働きをよくする成分が含まれている。牛蒡もまた食物繊維の働きで整腸作用がある。いずれもこれからの長い料理に備える前菜には適した食材といえる。

前菜には汁物を好む客も多い。しかし、その汁物は他の季節に任せることにして、この「秋の章」では茶碗蒸しという形で胃と身体を温めてもらう。

最初は上の層の栗を味わい、続く下の層の出現で驚かせ牛蒡の味を楽しむ。最後は、その両方を混ぜて味わう三度の楽しみが込められた料理である》

このような解説が、全ての料理に書かれてあった。

料理の前半から、秋ならではの食材が、和洋中の技法をまとって次々と登場した。

其《そ》の一　鶉《うずら》と松茸の春巻き・松茸ソース
其の二　栗と牛蒡の二色茶碗蒸し
其の三　時知らずのタルタル・イクラと烏骨鶏《うこっけい》の卵黄金ソース
其の四　丹波大納言を射込《いこ》んだ蓮根揚げ
其の五　酔っ払い上海蟹《シャンハイがに》・オクラとろろ添え
其の六　ゆり根の月餅《げっぺい》・黒トランペットのソース

……

具体的な作り方に入ると、材料はもとより調理道具の選び方も、その理由とともに事細かに書き込まれている。下ごしらえについても、食材の掃除の仕方、扱い方から、包丁の入れ方、その方向からサイズまで正確に指定されていた。文字だけではなく全ての工程に挿絵が入っていた。
そして何よりも佐々木を驚かせたのは、レシピにある料理で佐々木の知識の中にあるものは一つもなかったことだった。予想していたことだが、読み進むうちに、和と洋と中華以外にも、ロシア料理、インド料理、東南アジア料理、中東のイスラム料理、北アフリカの調理法まで登場してきた。それを適材適所で用い、絶妙な組み合わせを施していた。

　これだけ多彩な料理技術が書かれたレシピ本は、世界広しといえど他に存在するはずもない。劉が語っていた「何百年と肩を並べるものが出現しない優秀なレシピなんではないでしょうか」という言葉が実感できた。

　佐々木は夢中になって読みふけった。それを見ながら幸はぽつりと言った。

「父がこのレシピを書いたのは、食材も何も手に入らない時期でした。全ては空想で作られたものなのよ」

　確かに山形直太朗の死の直前までの三年間は、戦時下ということもあり食材を手に入れることは難しかった。そんな中、試作品を作ることもなく、直太朗は空想の中でここまで細かいレシピを完成させていたのだ。

「直太朗さんは、もはや料理人じゃない。アーティストですね」

　佐々木は、その豊かな空想力を称《たた》えて「アーティスト」という言葉を使った。

「そう思う？　私にはそうは思えないわ」

　幸は、あっさりと否定した。

「レシピを見ていて気づかなかったかしら？　盛り付けの回数のこと」

「盛り付けの回数？」

佐々木は改めてレシピを見直した。しかし、幸の言っていることの意味がよくわからなかった。

「どの料理も最後の盛り付けにかける手順は多くて五回ほど。もっと少ないものもいっぱいあるのよ」

よく見てみると確かにその通りだった。これほど精密な料理なのに、こと盛り付けに関しては、その手順は異常にシンプルなものだった。

「父の頭の中には、大勢の来賓が思い浮かんでいたはずなの。その人たちを相手にいかにスムーズに間隔を置かずに料理を出せるか。そのためには盛り付けに時間がかかってはダメだと思ったんだわ。

味だけを追求しているのならアーティストでいいと思うけど、現実の作業にも重心をかけていたら、それはやはり職人の仕事なのよ」

「なるほど……」

このレシピには味だけでなく、仕上げの手順も計算に入れていたということなのか。佐々木がいままで一度も考えたことのない行為だった。

「レシピは、オーケストラなら楽譜、機械の製造だったら組み立ての設計図みたいなもの。楽団の人々や工場の作業員がいかに再現しやすいか、それも大きな要素になる。父の頭の中には、自分も含めて二十人ほどの料理人が、広い厨房で同時にどんな動きをするのか、それが全て入っていたのでしょう。

私はね、佐々木さんに一番感じてほしかったことは、そのことなのよ」

「えっ？」

突然、直太朗のレシピの話から自分の話題に移り、佐々木は戸惑った。すると、幸はポケットから小さく折り畳んだ紙切れを取り出し、佐々木の前に置いた。

「開けてみて」

その紙は黄ばみ、昔のものだとわかる。佐々木は手に取って開いた。

「おみおつけのつくりかた」

幸は、にこりと笑った。

「これは直太朗さんが書いたものですか？」

紙には、『大日本帝国食菜全席』と同じ癖の字とイラストで、豆腐とお揚げの味噌汁の作り方がすべて平仮名で書かれている。イラストも子供が喜びそうな絵だった。

「一度ね、これを見ながら父と一緒に、お味噌汁を作ったことがあるのよ。おかかを研ぐところから全てね」

その光景を想像すると微笑ましかった。

「佐々木さんは、レシピを書いたことがある？」

「ええ、もちろん」

幸のその質問は、少し自分を見下したものだと感じた。佐々木は、レシピくらいは日常の作業として当たり前に書いているし、書き溜めたノートだってある。

「それは自分のためのメモ？　それとも他の人のためのもの？」

その言葉を聞いて、佐々木は幸が伝えようとしたことが、やっと呑み込めた。佐々木は悔しそうに答えた。

「自分のためです。僕は人のためにレシピをいままで書いたことがない……」

それは仕方のないことでもあった。佐々木の修業時代、親方や先輩からは、料理は見て覚えろと言われ続けてきた。

その癖で、自分が店を始めても、助手の子たちに作り方を一度見せて、それを真似るように言ってきた。そして、それができないと佐々木は助手たちを殴りつけてきた。

「レシピを教えないで見て覚えろでしょ。料理業界の本当に悪い習慣。でも……佐々木さんが人のためにレシピを書かなかったことは、それだけの理由だったかしら？」

この質問に佐々木はまた途方に暮れた。何が言いたいのかわからない。

「他人を信用してみたら、いいんじゃないかしら」

それはもはや料理の話ではなかった。佐々木がレシピを書かなかった理由、それは人生の中で他人を信用してこなかったことにあると言うのか。

「料理も、店も……人生も、みんなで作っていくものなのよ、きっと」

佐々木の話に、柳沢は箸を止めてじっと聞き入っていた。しかも、少し嬉しそうな表情を浮かべて。

「幸さんて、凄いね」

柳沢が考え深げに言った。

「ミツル君、その言葉は堪えたでしょ」

佐々木は苦笑いしながら頷いた。山形幸の助言は、柳沢もずっと言い出せなかったことだった。

「でも、すっきりしたんじゃないか？」

「ああ、すっきりした」

柳沢はニコニコ笑って、佐々木のグラスに青島ビールを注ぎ入れた。

「よっしゃ。では村田満くんの成人のお祝いに、フカヒレ料理を振る舞いますか」

「この店に、フカヒレなんてないでしょ？」

「失礼だな。ちゃんと裏メニューで常連には出しているの」

そう言うと柳沢はテーブルから立ち上がって、厨房に向かおうとした。

「ちょっと待って。もう一つ大事なことを言うのを忘れていた。山形直太朗のレシピの中に凄い書き込みを見つけたんだ」

「書き込み？　凄い？」

柳沢は身体が自然と反応したかのように、再び椅子に腰かけた。


佐々木は、その後も幸の居間でレシピを読み続けた。

屋敷の外では、最後の力を振り絞る蟬の声と多数派を占める鈴虫の声が入り乱れていた。

佐々木は一品一品、最終形の味をイメージしながら読み進めた。その様子を幸は静かに見守っている。桐の箱から「秋」のレシピを取り出してから、もう一時間以上が経っていた。

ここにいる時間で全てを読み終わるはずもないと思った佐々木は、後半は駆け足でページを捲っていった。そして、最後のページにたどり着くと不思議な文字を目にした。

「これは、何語ですか？」

「さあ……」

裏表紙の左上のところにレシピの文字よりもさらに小さな字で、短い文章が荒々しく書きなぐられていた。それは見慣れない言語だった。

「直太朗さんが、修業に出たのはパリだけですよね」

「そうよ」

その文字が、フランス語ではないことはわかっていた。

「ハルビンで、他の国の人との交流があったんでしょうか？」

「さあ。あの街は元々ロシアが占領していたから、ロシア人は多かったわね。母から、外でロシア人を見ても絶対に近づいてはいけないといつも言われていたわ」

山形直太朗のレシピは全てが完璧なものだった。無駄なものは排除され、直太朗のメッセージを凝縮したようなものだった。そのレシピの中に、書きなぐられたその文字は明らかに異質な空気を醸し出していた。

「そうだ。私が唯一ロシア人と会うことができたのは、ハルビンで一番古いホテル。そこのロシア料理を食べに、三人でよく出かけていたわね」

「何というホテルですか？」

「名前は忘れてしまったわね。ただ、街の一番の繁華街の中にあったはず」

「これだけ、メモを取ってもいいですか？」

「どうぞ、ご自由に」

佐々木は、注意深くその不思議な文字を自分の手帳に書き写した。

「で、その言葉は、ロシア語だったのか？」

柳沢が、ただでさえ大きな目を見開いて尋ねた。佐々木はカバンから手帳を取り出し、柳沢の目の前で、そのメモのページを開いた。

「これは、ロシア語じゃないな」

「そう、似ているが違う。実は、すごく意外な言葉だった」

「これが、何語かわかったのか？」

「修善寺の帰り、有栖川《ありすがわ》公園の都立中央図書館に寄ったんだ」

「ミツルが？　笑っちゃうな」

「そこで辞書を引っ張ったら、あったんだよ、同じ文字が」

「先生、もうそろそろ教えてください」

柳沢は、頭を下げるそぶりをした。

「これは……ヘブライ語だよ」

「なんだ、それ？　何人が使う言葉なんだよ？」

「そっからか。まあ、いいでしょう。ユダヤ人の言葉さ」

「ユダヤ人？」

佐々木はニコニコしながら、柳沢のコップに青島ビールを注ぎ入れた。

「そのヘブライ語で、直太朗さんは、何と書き残したと思う？」

「そうだな……愛する妻へ捧げる。そんなところだろう。当たってる？」

「これは、ユダヤ人に伝わることわざだった」

「ことわざねえ」

佐々木は、図書館で手帳の中に書き込んだ文字を読み上げた。

「愚か者にとって老年は冬、賢者にとって老年は黄金期」

「なんだ、それ。全く意味がわからない。お前わかったのか？」

「文字通り解釈すれば、若い頃頑張った者には幸福な老後が待っているが、遊びに明け暮れた者には辛い老後が待っているっていうことだろう。いかにもユダヤ人的な戒めだ。でも、そんな教訓を山形直太朗が、わざわざレシピの最後に書き入れて伝えたかったとは到底思えない。

これは山形直太朗が残した、何かのメッセージなんだよ」

「暗号ってことですか？」

「そういうこと。実はさ、図書館に行く前に、この文字は『ヘブライ語』じゃないかと直感的に思っていたんだ」

「どうして？　ミツルの人生とどこも接点ないでしょ、ヘブライ語」

もちろん佐々木はこれまでユダヤ人との付き合いもなかったし、彼らが使用する「ヘブライ語」の文字など、見たことも聞いたこともない。なぜ佐々木は「ヘブライ語」をイメージしたのか。それは文字を見たとき、脳裏に「あの時」のことが鮮やかに甦ったからだった。

それは、二週間以上前に訪れた南房総にあるホスピスでのやり取り。満州からの引き揚げ者だった松尾俊哉がこう言っていた。

「うちの工場はユダヤ人の女性を結構雇っていたんだよ」

「満州でユダヤ人ですか？」

「意外だろ？」

「なんで、ユダヤ人がいるんですか？」

「いたんだよ、それが」

山形直太朗が書き残した文字と、満州にはユダヤ人が多かったという松尾の言葉が頭の中でリンクした。

佐々木は、その勘を頼りに有栖川公園内の図書館を訪れた。真っ先に向かったのは、辞書のコーナーだった。その中から佐々木は迷わず、『現代ヘブライ語辞典』を手にした。すると、その辞典の中には、修善寺で書き写したアラビア語と似たような文字がずらりと並んでいた。読みは当たった。

続いて確認しなくてはいけなかったのが言葉の意味。文法などはわかるはずもない。一つ一つの単語から意味をひもとくしかなかった。しかし、その意味はあっけなく判明した。

「これは、ことわざか……?」

一つの言葉を突き止めると、そこにはことわざとしてメモに書いた文章がそのまま紹介されていたのだ。

「愚か者にとって老年は冬、賢者にとって老年は黄金期」

佐々木は、その日本語を何度も何度も口にしてみた。

「愚か者」とは誰のことなのか? 楊晴明をさしているのか。では、「賢者」は誰だ? 恐らく直太朗は死ぬ間際にこれを書き残したのだろう。その時の直太朗の気持ちになれと、佐々木は自分に言い聞かせた。

しかし、なかなかその暗号を直太朗が書き記した理由まではたどり着けなかった。

図書館での調査としてはこれでもう十分だった。しかし、せっかく来たのだからと、佐々木は満州についても調べてみることにした。書棚を歴史のコーナーへと移動すると、満州帝国に関する書籍は思った以上にいっぱいあった。

それらの本には、当時の満州の写真なども多く掲載され、幸の語った言葉が佐々木の中でビジュアル化されていった。

本によると、日本が満州の一部を手に入れたのは日露戦争に勝利してのことだった。日露戦争によって獲得したのは、満州の南の端っこにある遼東半島の、さらにその南端にある「関東州」というところの租借権。この小さなエリアから満州全土を日本軍が手に入れたのは、「満州事変」がきっかけと書かれていた。

昔、歴史の授業で聞いた言葉だが、もちろん内容など記憶になかった。

一九三一年、九月十八日の深夜。奉天の柳条湖《りゅうじょうこ》付近で満州鉄道の線路が爆破された。関東軍はこれを中国人の仕業と騒ぎ立て、戦線を満州全域に拡大していった。そしてその全てを制圧し満州国を作り上げてしまったという。しかしこの「満州事変」の発端となった柳条湖事件は、関東軍参謀の板垣征四郎《いたがきせいしろう》大佐、石原莞爾中将らが練り上げた計画で、関東軍の自作自演だった。

その話を読んで、佐々木は中学校時代のある事件を思い出した。札幌の中学校に通っていた佐々木は、両親がいないということで絶えず苛めの対象にされていた。

ある日、佐々木の机の引き出しから同級生の筆箱が見つかった。その同級生は「貧乏人に筆箱を盗まれた」と騒ぎ立てた。しかし、担任がよく調べたところ、それはその生徒が自分で佐々木の机の中に入れたことがわかった。

「満州事変」は、この中学校で起きた事件レベルの、全く程度の低いものだった。

そんな事件の果てに、一九三二年（昭和七年）三月、満州国は誕生した。ちょうどその頃、山形直太朗と千鶴は満州のハルビンに渡ってきたはずだ。

佐々木が思いにふけっていると、館内放送が閉館の時間が近づいていることを告げた。

佐々木には、あと一つだけ調べておきたいことがあった。それは、幸が連れられていったというハルビンで一番古いというホテルについてだった。急いで、ハルビンの街の歴史をたどった。

そのホテルは、ハルビン一の繁華街、中央大街に建てられた、ハルビン初のホテル、『馬迭爾賓館《モデルンホテル》』であることがわかった。そして、そのホテルの詳細を目で追っていくと、佐々木は思いもよらない記述と遭遇した。

「何が書かれていたんだ？」

柳沢が興味深そうに尋ねた。

「そのホテルの創業者が書かれていた」

「誰だったの？」

「ロシア系の……ユダヤ人だった」

「また、ユダヤ人か」

山形直太朗がレシピに書き残した暗号が、ユダヤ人の使うヘブライ語。そして、幸を伴いよく食事に行っていたホテルのオーナーもまたロシア系のユダヤ人。

「ハルビンには、まだ山形直太朗に関わる秘密が隠されていると思う。そこで、柳沢に頼みがあるんだ」

「どんな？」

「明日、俺の通訳になってほしい」

「冗談でしょ。俺はヘブライ語はしゃべれないぞ」

「中国語のだよ。明日、俺のガイドとしてハルビンに行ってほしいわけだよ」

「うそだろ？　それはない。絶対にない。店はどうすんだよ」

「休業補償はする」

「いやいやいやいやいや」

しかし、長い付き合いの柳沢には、佐々木の目が本気であることはすでに察知できていた。

「だってハルビンに行って、何すんだよ？」

「『馬迭爾賓館《モデルンホテル》』で、山形直太朗の手がかりを探す」

「七十年近く前の手がかりなんて、あるはずないでしょ。それにさ、レシピは、三冊が楊の爺さんが持っていて、一冊を幸お婆ちゃんが持っているってことで、解決したんだろ？」

「いや、ハルビンにはまだ二人が知らないことがあるはずなんだ」

「あるはず？　マジ？」

「頼むよ」

「昔っから、本当に乱暴だよね」


その日、佐々木は『竜虎飯店』を後にして家に戻ると厨房に立った。

すでに柳沢の店の料理で腹はいっぱいだった。厨房に立った理由は、自分の腹を満たすためではなかった。

マンションのキッチンには、ウズラ、春巻きの皮、そして奮発して購入した早掘りの松茸などが並んでいる。佐々木は、山形幸の家で『大日本帝国食菜全席』のレシピを読みながら、その料理を作ってみたいという衝動に駆られていた。

もちろん幸の前でメモを取ることはルール違反だと思い、必死でその文字を目に焼きつけた。帰りの新幹線に乗り込むと、その記憶をメモ帳に書き写した。いま目の前に並ぶ食材は、その再現に使うものだった。

直太朗がつけた料理名は、「鶉と松茸の春巻き・松茸ソース」。

佐々木も自分の料理の自信作に、「鮎の春巻き」がある。直太朗はどんな春巻きを考えたのか興味があった。料理を再現するのはマンションの狭苦しいキッチンだったが、佐々木は山形直太朗に敬意を払い、コックコートを引っ張り出し袖を通した。

佐々木はまずスープ作りから取り掛かった。春巻きということで、それは直太朗が楊晴明から教わったものだろう、中華風の出汁だった。

柳沢から、以前、中華のスープには四つのランクがあると聞いたことがある。一番下から「二湯《アルタン》スープ」「毛湯《マオタン》スープ」「上湯《シャンタン》スープ」、そして、頂点を極めるのが「頂湯《ディンタン》スープ」。澄んだ出汁に、老鶏のガラや豚ガラ、香味野菜、金華ハムなどを加えれば加えるほど高級なスープになっていく。

山形直太朗のレシピに書かれていたスープは、その「頂湯」の工程に、さらに干しアワビ、干し貝柱、干し椎茸などの乾物を贅沢に加えたものだった。出汁を引きながら、佐々木は独り言をつぶやいた。

「俺のバックには関東軍はついていないからね」

高価な干しアワビや金華ハムなどは諦めた。直太朗の料理を忠実に再現することは、金銭的にも時間的にも不可能なことだった。だいたいでいい。直太朗が目指した世界を感じることができればよかった。

出汁が取れたら、続いてウズラを捌いていく。そして、直太朗の指示通りに小さめにカットしたウズラの身を、スープとともに当たり鉢で擂っていった。緩いミンチ状態になったウズラに、生姜汁や砂糖、少量の卵白を加え、それをスープの上に浮かす。ふわふわとしたウズラの泡がスープの表面を埋め尽くしていく。その泡状のものを丁寧に掬い取って、そこに食感のアクセントづけに小さく砕いたくわいやナッツを適量混ぜる。これを春巻きのあんに使う。

春巻きの皮も市販のものを使う。しかし、春巻きの要領で皮にあんを乗せようと思っても、それは柔らかすぎて包み込むことは不可能だった。レシピには春巻きの皮を筒状にし、その中にあんを流し込むように書かれていた。

そして、ここでようやく主役の松茸が登場する。

薄くスライスし、それを短冊《たんざく》状にする。棒状の春巻きの皮の中に、四本ずつ短冊状の松茸を入れて蓋をし、最後に油で揚げれば、「鶉と松茸の春巻き」が出来上がる。

皿の脇には山椒と混ぜた岩塩を盛った。佐々木は、窓際の小さなテーブルにその皿を運ぶ。

ついに、山形直太朗のレシピを初めて試食する時が来た。

春巻きを割ってみる。封じ込められた松茸の香りが、一気に佐々木の鼻腔《びこう》を占領した。続いてウズラのドロッとしたソースが溢れ出る。

中国人は春巻きの皮のパリパリと、中のあんのドロッとした食感のメリハリを楽しむという。この料理は、そのあんをギリギリにまで液状化したものだった。

佐々木はその料理を口にした。食感や香りは想像以上だった。しかし……

「なんで、こんなことに」

佐々木は呆然《ぼうぜん》としながら箸を置く。これだけ手間暇をかけた料理なのに、大きな問題を抱えていた。

「味が……ぼけている」

春巻きを見つめながら佐々木はつぶやいた。確かに、山椒入りの岩塩をつければ、味は足りる。しかし、春巻きの中のあん自体に豊かな味が感じられなかったのだ。

天才だったはずの料理人・山形直太朗が命がけで作り上げたレシピ。その完成品の味が「ぼけている」。

「レシピで、見落としたものがあったのか？」

それ以外の原因は考えにくい。佐々木は頭の中で、もう一度直太朗の文字やイラストを追い続けた。しかし、もし仮に見落としたものがあったのなら、もうこの場所では取り返しはつかない。

「落ち着け。まずは落ち着け」

佐々木はテーブルから立ち上がり、窓から見える夜の景色で気を紛らわせながら、考え続けた。

「これは凄いレシピなんだ。その辺の若造が作ったものとは、訳が違う」

しかし、冷静になって思い返してみると、直太朗の他の料理にも同じような傾向があった。レシピを目で追いながら、このまま作っても「味がぼける」と思えたものが、いくつもあったのだ。そして千鶴の夫・湯木壮一のことを思い出した。湯木もレシピの再現を続けたが、一品も旨い料理は作れなかったという。

「このレシピには、まだ秘密がある」

佐々木にはそう結論づける以外、手立てがなかった。

佐々木と柳沢を乗せた中国南方航空の機内は、夏休みを日本で過ごした中国人で溢れかえっていた。

大声で会話する中国人は想定済みといった感じで、柳沢は耳栓とアイマスクをして眠りについた。その横で佐々木はあの言葉を呪文のように呟き続けた。

「愚か者にとって老年は冬、賢者にとって老年は黄金期」

ユダヤ人に伝わることわざ。そして、山形直太朗が『大日本帝国食菜全席』のレシピの最後に書き記した暗号。

山形直太朗は、あの言葉で何かを伝えようとしていたはずだ。そのヒントがハルビンの地にはきっとあるはず。佐々木はことわざを何度も口にするうちに、その思いは確信へと変わっていった。


「さぶ」

ハルビンの空港に降り立った柳沢の第一声だった。この日の気温は二十度を下回っていた。

佐々木はいつものよれよれのワイシャツと黒いパンツ姿だったが、柳沢はTシャツに半ズボンだった。

「いろいろとチェック入れたのに、基本的なところをぬかったあ」

ハルビンは緯度的には北海道の稚内とほぼ同じで、よく晴れていたがこの気温は仕方のないことだった。

二人はホテルに荷物を置くことなく、ハルビンの街を見て回ることにした。

「言われなきゃ、ここはロシアだな」

柳沢はカメラでハルビンの街に立ち並ぶ、ロシア風の建築物をパチパチと撮影しながら言った。至る所にロシア語の看板も目につく。

もちろん、ここは昔から中国の土地だった。川岸にある小さな漁村だったが、ロシアが東《とう》清《しん》鉄道を引いたあたりから発展し始め、アジアとは全く異質な風景が出来上がったようだ。石畳の道や歴史ある建物の数々は、当時「東洋のモスクワ」「北満の上海」と呼ばれていたことを納得させた。

伊藤博文が暗殺されたハルビンの駅前には、満州鉄道が造った旧『ヤマトホテル』が名前を変えて今もホテルとして使われている。かつて日本とロシアが争奪戦を繰り返した街。その面影は随所に残っている。

スターリン公園に着くと、佐々木は地図を広げた。柳沢が覗き込む。

「ここが、中央大街か」

「ホテルは、さほど遠くはないね」

佐々木が、地図の中にある『馬迭爾賓館《モデルンホテル》』のところに赤ペンで丸印をつけた。二人はホテルに行く道すがら、ユダヤ教会に立ち寄ってみた。

「ユダヤ教の教会なんて初めて見た」

柳沢がシナゴーグと呼ばれる教会をカメラに収めた。教会の屋根には三角形を二つ重ねた星形、ユダヤ教のシンボルであるダビデの星が取り付けられている。窓枠にもその意匠はあしらわれている。しかし、近づいてみると、

「ありゃま、ここは学校になっているぞ」

柳沢が指摘した通り、建物の入り口には《ハルビン市朝鮮族中学校》と書かれている。

「時代の流れを感じるねえ」

山形直太朗がこのハルビンに住んでいた時代は、ソ連やナチスドイツの迫害を逃れてきて、この街には大勢のユダヤ人がいた。しかし、そんなユダヤ人たちも戦後、再びヨーロッパに帰ったり、アメリカへ移住したりしたはずなのだ。柳沢の言うように時間の流れを感じざるをえない。はたして、いまも山形直太朗の痕跡はこの街に残っているのか。

ようやく二人はハルビンで一番の繁華街、中央大街に到着した。石畳でできた道は、昔は馬車が行き来していたのかもしれない。ロシアの土産物屋も多く目立ち、そのショーケースの中にはずらりとマトリョーシカが並んでいる。

その中央大街の真ん中に『馬迭爾賓館《モデルンホテル》』は存在した。フランスルネサンス様式の重厚な造りだった。

「俺たちには似合わないホテルだなあ」

半ズボン姿の柳沢が思わず口にした。生演奏のバイオリンの音色が聞こえるロビーは木目の濃い茶色と壁の白の二色にほぼ統一され、階段の手すりなどにはアールヌーボーの曲線的な金属の装飾が施されている。

ここは、ほぼ百年前の一九一三年、ロシア系ユダヤ人によって建てられていた。はたして、いまもこのホテルのオーナーはユダヤ人のままなのだろうか。

佐々木は、レセプションに立つ中国人の女性に柳沢の通訳を介し尋ねた。

「ミツル君、よかったね。オーナーはまだユダヤ人のままだったよ」

「会うことはできるのか？」

さらに柳沢が通訳する。

「いないってさ。ここにはあまり顔を出さないようだよ。どうする？」

何日もハルビンに滞在するわけにはいかない。とりあえず明日まで待って会えないようなら対策を練ることにした。

夕食は、ホテルのメインダイニングのロシア料理にした。

ここは、恐らく幼い頃の幸が直太朗に連れられてきた場所だ。レストランの中は客もまばらでガランとしていた。

二人はテーブルに着くと、ロールキャベツとロシア風のラビオリ・ペリメニ、マッシュポテトとハルビンビールを注文した。幸が訪れた頃はウェイターはロシア人だっただろうが、いまは全て中国人の女性たちだった。

最初に運ばれてきたのはロールキャベツだった。柳沢が料理をカメラで撮影していると、佐々木が大きな声を上げた。

「おい、これ、かつお出汁じゃないか？」

柳沢も、ロールキャベツのスープに鼻を近づけると、

「確かに、かつお出汁、使っているな」

ロールキャベツはスープ皿にそれぞれ二個ずつ盛り付けてある。その周囲に注がれているスープから日本らしいかつお出汁の香りがうっすらとした。

佐々木が、スープをスプーンで掬い上げ口に運ぶ。

「コンソメとかつお出汁がうまく調和している」

「やっぱり、日本が占領していた名残があるんじゃないか」

そう言うと柳沢は、ロールキャベツをフォークとナイフを使って二つに割った。

「凄いな、餅が出てきたぞ」

今度は柳沢が大きな声をあげた。佐々木も軟らかく煮られたキャベツにナイフを入れてみ

た。すると、キャベツの内側にあるひき肉の団子の上に、餅が載っていた。スライスしたゆで卵がミンチの上に載ることはあるが、その卵の代わりに小さな餅がトッピングされていたのだ。

「まるで雑煮とロールキャベツをミックスしたみたいだ。旨い」

興奮した声をあげる柳沢に対し、佐々木は二つに割られたキャベツを前に身じろぎもしない。

「おい、どうしたんだ？　食わないのか？」

「これは……山形直太朗の料理だ。そうに違いない」

「えっ？」

佐々木はすでにテーブルから立ち上がろうとしていた。

「間違いない。このホテルのオーナーに早く会おう」

自分の意思ではなく、まるで誰かに操縦されているように、佐々木はロビーを目指した。柳沢も慌てて佐々木の後を追った。

ロビーに着くと、柳沢はレセプションに立つ中国人女性にオーナーとの面会を願い出た。あまりに二人が勢い込んでやってきたため、女性は初めクレームと勘違いしたようだったが、柳沢がしつこく説明するとオフィスの方に消えていった。

しばらくすると女性は戻ってきた。柳沢が通訳する。

「明日の十一時にここで待てとさ」

「会えるんだな？」

「まあ、優秀な通訳の交渉のお蔭だね」

「確かにな。上等なウォッカでもご馳走してやるよ」

佐々木は、すぐにでも修善寺の山形幸に電話をかけたくなった。幸にはハルビンを訪れることは伝えていない。きっと驚くはずだ。しかし、佐々木は思いとどまった。明日、もっと確たる証拠を突き止めてから幸には報告する。そう決めた。

その夜、佐々木はほとんど眠りにつくことなく時を過ごした。


翌日の朝。佐々木は、柳沢との待ち合わせの時間よりも三十分も早く、ロビーに下りてきた。こんなこともあろうかと持ってきていたスーツを着込んでいる。落ち着かない様子で立ったまま時間を過ごしていると、柳沢が暗い表情でやってきた。

「どうした？　浮かない顔をして」

柳沢は唇をかんだ。いつもは明るい柳沢が、佐々木もほとんど見たことのないほど落ち込んでいる。

「さっき、日本のオーナーから電話があってさ」

そう言うと柳沢はロビーのソファに力なく腰かけた。佐々木も横に座る。

「店を急に休んだから？」

「いやそうじゃなくて……店がやばそうだって言うんだよ」

「やばいって潰れそうってことか？」

「まあ、そういうことだ」

柳沢は一つため息をついた。柳沢が店長を務める『竜虎飯店』は、都内に三店を出す小規模なチェーン店だった。柳沢は、そのうちの一つの店長でありながら全ての店を統括する立場にもあった。

「王さんていったっけ、店のオーナーは？」

「そうだよ。昔は横浜中華街で料理人をやってた華僑なんだ」

柳沢はため息交じりに話し続けた。

「うちの店って中野のほかに、高円寺と荻窪《おぎくぼ》にあるだろ。でも最近、どこも売り上げが落ちていてさ。

まあ俺も悪いんだけどさ、どの店も開店からもう三十年くらい経っていて、内装や食器が古臭くて若い客が寄りつこうとしなくなったんだよ。で、王さんと二人で話して一軒ずつリニューアルしようってことになっていたんだ。銀行からの融資も決まっていたし、その時の料理だってもう考え始めていたんだ」

確かに柳沢の店はいつ行ってもガラガラだった。柳沢は、深夜はいつも満席と強がっていたが現実はそうではなかったのだろう。

「そしたらさ、王さんの話では昨日突然、銀行がこれまでの融資をそっくり返せと言ってきたって言うんだよ。リニューアルのための融資はその後の話だって。

返済が滞っていたのは間違いないらしいけど、急にそんなこと言われてもさ。融資の話も一度はちゃんと約束していたのにだよ。とにかくひどい話なんだ」

「銀行はどこなんだ」

「華僑共済銀行」

柳沢は舌打ちしながら続けた。

「王さんは、いまのままだと返済は無理だと思うんだ」

「それは店を手放すってことなのか？」

「まあそういうことだね。投了って感じだよ」

「ふーん。日本にすぐに帰らなくていいのか？」

「まあ俺がここ何日か急に頑張っても、焼け石に水の話だから……」

佐々木も色々な原因から店を畳んだ。柳沢は社員だから安定していると思っていたが、料理人という商売は、「安定」などどこにも存在しないということなのか。それでも多額の借金に縛られる佐々木に比べれば、ずっと軽い話だったが。

二人の元に、レセプションの中国人の女性が近づいてきて柳沢に話しかけた。

「オーナーのオフィスにお連れしますってさ」


二人は、ロビーの奥まったところにあるオーナーのオフィスに通された。

部屋の片隅には小さな祭壇が設けられ、そこには刺繍されたダビデの星が飾られている。このホテルのオーナーはいまでも間違いなくユダヤ教徒であることを示している。応接セットのテーブルには、二人のための中国茶が用意されていたが、このユダヤ風の空間と中国茶の組み合わせに、さすがに佐々木は違和感を覚えた。

二人は押し黙ったままオーナーの登場を待った。オーナーのデスクに置かれた時計がコチコチと時を刻む。佐々木は落ち着かない様子でいつものように束ねた髪をいじり続けていた。柳沢は、まだ今朝の国際電話のことが引っかかっているのか、暗い表情で俯《うつむ》いたままだった。

しばらくしてノックの音がすると、オフィスの木の扉がゆっくりと開いた。

二人は勢いよくソファから立ち上がった。入ってきたのは、杖《つえ》を突いた肌の白いロシア風の紳士だった。右足が悪いのだろう、それを杖でかばいながら二人の元に歩み寄ってきた。

　ユダヤ人といえば、黒い服に身を包み長いひげを生やした人物をイメージする。佐々木はそんな定番の姿を想像していたが、このオーナーは、白い口ひげだけで顎ひげはなくスーツもグレーの三つ揃いという出で立ちだった。しかし、わし鼻と彫りの深い顔は、ユダヤ人の特徴をよく表していた。

　ユダヤの老紳士は、にこやかに二人に話しかけてきた。

「ようこそハルビンへ。私はデービッド・グーデンバーグといいます」

　片言だが日本語だった。老紳士は二人にソファに座るように手で勧めたが、興奮を隠せない佐々木は立ったまま話し始めた。

「昨日、このホテルのレストランで不思議な料理に出会いました。日本の雑煮とロールキャベツが合わさったものです。あれは、どうやって作られたのですか？　誰が教えたんですか？」

　初めにこやかに聞いていた紳士だったが、突然、今度は中国語で話し始めた。それを柳沢が聞いている。柳沢は大きく頷いて通訳した。

「早口すぎてわからなかったとさ。日本語のヒヤリングは、それほど得意じゃないって」

　柳沢は改めて中国語に翻訳しグーデンバーグと名乗る紳士に、佐々木の言葉を伝えた。

「あの料理はもうずいぶん前のことですが、このホテルを訪れた日本人から教わったものです」

柳沢の和訳を聞きながら、佐々木は身体の震えを抑えることができなかった。

そして佐々木は思い描いていた手順を踏んだ。ズボンのポケットに手を突っ込む。手帳を取り出そうとしたのだが、慌てすぎてどこに入れたのか思い出せなかった。ようやく胸の内側のポケットにそれを発見した。

手帳のメモのページを老紳士の目の前に差し出すと佐々木は尋ねた。

「この言葉をご存知ですか？」

そこには《愚か者にとって老年は冬、賢者にとって老年は黄金期》とヘブライ語が記されていた。山形幸の家で佐々木が手帳に書き写したものだ。

老紳士は胸ポケットから老眼鏡を取り出すと、そのメモを見つめた。そして、老眼鏡をゆっくり外すと、目をつぶり一つゆっくりと深呼吸した。彼はメモから何を感じ取ったのだろう。佐々木はやきもきした。

老紳士は佐々木の方を見ながら、今度は日本語で言った。

「お待ちしていました」

佐々木は全身に鳥肌が立ち、目の前がくらくらした。そして、頭は熱くなっていた。老紳士は両方の手で佐々木の右手を包み込んだ。そして、中国語で続けた。それを訳す柳沢の声も震えている。

「このユダヤに伝わる言葉を……山形直太朗という日本人に教えたのは、私の父・ジョセフ・グーデンバーグです」

山形直太朗の暗号は、六十九年ぶりに、ハルビンに残された秘密の扉を一瞬にして開け放った。

デービッド・グーデンバーグは、二人をソファに座らせると、山形直太朗に関する自分の記憶の全てを語り始めた。

一九三七年（昭和十二年）、十二月

ジョセフ・グーデンバーグと山形直太朗が初めて会ったのは、太平洋戦争が始まる四年前のことだった。その年は、夏頃から北京西南の盧溝橋《ろこうきょう》での事件をきっかけに日中戦争が始まり、戦火は中国全土に飛び火、日本軍と中国軍は激しい戦闘を繰り返していた。

山形直太朗と千鶴の満州での暮らしも、すでに五年。直太朗はその年末、三宅少将から届いた手紙を持って、『馬迭爾賓館《モデルンホテル》』を訪れた。

三宅の手紙には要約するとこんなことが書かれていた。

十二月二十六日にこのホテルで、第一回の「極東ユダヤ人大会」が開催され、そこには満州はもとより、上海、天津《てんしん》、神戸、チチハルなどからユダヤ人の代表が集まってくる。そのユダヤ人たちに料理を披露するようにと。

その目的は、ドイツから迫害を受けて逃げ延びてきたユダヤ人と日本が親交を結ぶことで、アメリカに存在する巨大なユダヤ資本を満州の企業に投下させたいというものだった。

直太朗は満州に渡ってから一度も他人のために料理を作っていなかった。久しぶりに自分の料理を人に味わってもらえる。三宅の手紙を目にして気分は高揚した。

しかし、直太朗はこれまでユダヤ人に料理を作った経験はない。パリの修業時代に得ていた情報では、ユダヤ人は戒律が厳しく料理に関しても偏りが激しい。しかも民族大会の開催日まで、直太朗の持ち時間は十日しか残されていなかった。

『馬迭爾賓館《モデルンホテル》』は、直太朗の家からさほど遠くないところにあった。

手紙を受け取ったその日、早速ホテルを訪れてレセプションでオーナーとの面会を申し出たが、不在だと言われた。

翌日も訪れ同じことを願い出たが、レセプションにいたロシア人は少し困った顔をしながら「不在」の言葉を繰り返した。

大会までの日数は限られている。直太朗は仕方なしにホテルの入り口のソファに腰かけ、オーナーと思《おぼ》しき人物の出現を待つことにした。

「ひょっとすると、自分は避けられているのかもしれない」

そんな思いが頭をよぎった。もし意図的に避けられているのだとしたら、その理由は何なのだろうか。

ひたすら待ち続けていると、レセプションの中にいままで見たことのなかった身なりのいい男性が姿を現した。直太朗はソファから立ち上がると、一目散にその男性の元に駆け寄った。

「ムッシューはこちらのオーナーの方ですか？」

流暢なフランス語を話す日本人に驚きながら、その男性はうっかり答えた。

「そうですが」

直太朗は「シメた」と思い、フランス語で話し続けた。

「私は山形直太朗といいます。パリで二年ほど料理の修業をしていました。ハルビンに住み始めて五年です。このホテルの前は何度も歩いたことがあり、一度は泊まってみたいものだと思っていました。

そのオーナーとお会いできて光栄です」

直太朗は得意のフランス語でとにかく親しくなることに専念した。すると、オーナーは観念したのか自分の名前から語り出した。

「私はジョセフ・グーデンバーグです。実は……あなたがここに来た目的はわかっています」

直太朗は心の中で「やっぱりそうだったか」と思った。直太朗との面会は、意図的に避けられていたのだ。

「満州の政府から今回の意向は聞いています。間もなくここで第一回の『極東ユダヤ人大会』が開催され、その大会の後で日本料理を振る舞いたいと」

「そうです。私はその料理を監督せよと言い渡され、ここに来たのです。私は日本料理人ですが、パリで学んだ最新の料理も知っています。その全てをここで披露したいのです」

直太朗は西洋の流儀に倣い握手をしようと手を差し出した。しかし次の瞬間、事態はそれほど簡単なことではないということに気づかされた。

グーデンバーグは、直太朗の差し出した手を無視して話し続けた。

「大会を容認してくれた政府には感謝しています。ナチスに追われ満州に逃げてきたユダヤ人を迎え入れてくれたことも、有難いことだと思っています。

これはあくまで私個人の感情です。誤解しないで聞いてください。私がこの地にやってきたとき、ハルビンは中国人のものでした。私たちロシア人はその中国人との関係を育みながら、この街を長い時間をかけて発展させてきました。

そこにある日突然、日本軍がやってきて色々と卑怯《ひきょう》な手段を講じて我が物にしてしまった。

私はナチスも嫌いですが、日本人も好きにはなれないのです。

ユダヤ人の大会はここで開催します。しかし、その後のあなたの料理は必要ない。このホテルの厨房にいるロシア人だけで料理は作ります。どうぞ、このままお引き取りください」

直太朗はショックを隠せなかった。黙ってホテルを後にするしかなかった。

翌日。直太朗は、風呂敷包みを抱えて再度ホテルを訪れた。

直太朗はレセプションを通り過ぎ、メインダイニングに向かった。そして、ホールの担当者に料理長を呼んでもらう。直太朗はここの料理長もフランスでの修業経験があると予想していた。出てきた料理長にフランス語で語りかけると、その予想は的中し二人の会話は弾んだ。料理長もロシア系のユダヤ人だった。直太朗はこう切り出した。

「最近、このホテルの宿泊客は日本人が増えていると思う。あと二週間ほどで正月がやってくる。その時に日本人客が大喜びする料理を考えてきた」

直太朗が風呂敷包みから出した深底の器には、ロールキャベツが載っていた。

「冷めていることは気にしないで味だけをみてほしい」

料理長はスプーンでスープをひと掬いし口に入れた。

「これは、日本と西洋を合わせたものか？」

「そうだ。ロシア料理のフュージョンだ。キャベツを割ってほしい」

言われた通りにすると中からは餅が顔を出した。料理長はそれを食べる。

「旨い。しかもユニークだ。この料理は何なんだ？」

「日本人は、正月になるとスープに餅を浮かべた雑煮というものを必ず食べる。だから、ロシア料理のロールキャベツと日本の雑煮を合わせてみた。どうだろう、これをレストランの今度の正月料理に加えてみては」

料理長は怪訝《けげん》な顔をして尋ねた。

「ムッシュー山形が、この料理を私に薦めるメリットは何なんだ？」

直太朗は真剣な表情になって話し始めた。

「今度ここでユダヤ人の大会が行われると聞いた。そこには故郷を追われ、ここまで逃げてきたユダヤ人が多く出席するはずだ。私はナチスドイツが大嫌いだ。満州に来たユダヤ人たちを料理で歓迎したいんだ。

だからその友好の証《あかし》として、大会でこの料理を出してほしい」

料理長は、そのアイディアは素晴らしいと言ってくれた。すると、直太朗は少し難しい顔をして続けた。

「しかし、オーナーが許可してくれるかどうか……」

「なんだそんなことを心配しているのか。オーナーには俺が話すから問題などない」

間もなく、グーデンバーグが料理長に連れられレストランに顔を出した。料理長が全ての話をしてきたのだろう、グーデンバーグはやれやれといった表情で直太朗に近づいた。

「あなたはなかなかの策士だ。料理長はすっかりあなたを気に入ってしまったようだ。しかし私の結論は変わらない。お引き取りください」

　グーデンバーグは入り口の方を指さした。料理長も申し訳なさそうな顔をしている。直太朗はにこりと笑って言った。

「私は昨日、あなたにここを追い出された後、二軒のレストランを回った。お蔭で腹がパンパンになった。一軒はロシア料理の店。そこでロールキャベツの作り方を教えてもらった。そして、もう一軒は……」

　直太朗は風呂敷包みから、ロールキャベツとは別の料理が入った小さな鍋を取り出した。二人の前に置くと蓋を開けた。

「これは、マッツァーボールスープだ」

　料理長が大きな声をあげた。マッツァーボールスープとはユダヤ人の代表的な料理だった。マッツァーとは酵母を入れない原始的なパンのことで、そのパンの材料をこねて丸め、チキンスープで煮ると、マッツァーボールスープという料理になる。

　直太朗はそのマッツァーとブリや椎茸、白菜、大根、牛蒡といった日本の鍋に欠かせない食材を合わせ、マッツァー鍋を作り上げていた。

「ユダヤのレストランでこの料理を教わりました。グーデンバーグさん、少しでいいので味をみてほしいんです」

料理長もニコニコ笑ってオーナーに試食を勧めた。二人の空気に押されるようにグーデンバーグはマッツァー鍋を味見した。

「悔しいが……旨い」

料理長はその言葉を聞いた瞬間、手を叩いて喜んだ。

直太朗とグーデンバーグ。二人が国と民族を超えて、親友になったのはこの時からだった。

ジョセフ・グーデンバーグは、モスクワのほかパリでもホテルのサービスの修業を積んだ男で、資金を集めた後このハルビンで念願のホテルを立ち上げていた。ユダヤ人としての誇りも高く、自分のホテルで第一回の「極東ユダヤ人大会」が開かれることは大変な喜びだった。

その開催まで、あと一週間余り。

大会の後の宴会料理を、直太朗はここの料理長と共同で作ることを許された。しかしあまりに時間がなかった。グーデンバーグはすっかり直太朗のことを気に入っていたので、宴会料理は全て日本料理で構わないと言い出していた。そうでもしないと大会に間に合うはずがないと思っていたのだ。

しかし、直太朗は譲ろうとしなかった。

「もちろん料理は和食を中心に考えますが、そこに西洋、ロシア、ユダヤの要素を加えます。そうしないと意味がない。今回の宴の目的は、美味しいものを食べる以上に、みんなが仲良くなることですから」

直太朗の信念にグーデンバーグは感動した。ナショナリズムが跋扈《ばっこ》していたこの時代、日本のみならず各国が、自分たちが一番であることを主張し他を認めなくなっていた。その中で直太朗の考えは全く異質なものだった。

直太朗は、ロシア料理とユダヤ料理の技法を短期間で習得し、宴会用のレシピを作り上げた。

そして、一九三七年十二月二十六日。

『馬迭爾賓館《モデルンホテル》』で、第一回の「極東ユダヤ人大会」が開催された。大会ではナチスドイツによる迫害を非難し、アジア各地に身を寄せるユダヤ人はみんなで協力し合って、この難局を乗り切っていくことが宣言された。

その後、ホテルの大広間に二百人ほどのユダヤ人が集まった。そこには、日本の有力企業の社長や関東軍の幹部の姿もあった。

そこに、直太朗とロシア人コックたちが共同で作り上げた料理が振る舞われた。餅を入れたロールキャベツやマッツァー鍋を中心に、民族の誇りを尊重しながらも他民族を尊重する料理が次々に出てきた。

　もてなされる皿に、ユダヤ人はもとより、日本人も目を丸くし舌鼓を打った。そして直太朗の狙い通り、食べれば自然と国境を越えた会話が生み出された。

　客の多くが「これを作った料理人は誰だ？」とホテルのウェイターに尋ねたが、直太朗が表に出ることは決してなかった。

　全てはこれから訪れる「使命」のためだった。

二〇一四年、九月

佐々木充と柳沢は、ジョセフ・グーデンバーグの息子・デービッドの話を静かに聞いていた。

「実は『極東ユダヤ人大会』のパーティに、私もウェイターとして参加していたのです。ウェイターと言っても当時はまだ八歳でしたから、マッツァー鍋を運ぶ一回だけのスペシャルウェイターでした。その鍋は銀食器でしたから、大変重かったのを記憶しています」

柳沢が日本語に訳すと、佐々木は少年時代のデービッドが、恐らくは蝶ネクタイの正装で重い鍋をゆらゆらと運ぶ姿をイメージした。

「私の役はウェイターでしたから、その日の厨房も目の当たりにしていました。いつもとは様子が全く違って、そこは戦場のようでした。

その戦場で指揮を執っていたのは、もちろん直太朗さんです。ロシア人の巨人のようなコックたちの間を小柄な直太朗さんは、ちょこちょこと走り回り大声で指示していきます。そのたびに巨人たちは『ウィ、ムッシュー』と応じていました」

直太朗は元々宮内省大膳寮の料理人だった。大勢を相手にした料理はお手のものだっただろう。水を得た魚のように厨房を走り回っていたに違いない。

「その日以来、直太朗さんは時折ホテルに顔を出すようになりました。私は十五歳の頃、コックになりたいと真剣に考えるようになりました。明らかに直太朗さんの影響です。ホテルの厨房にばかりいる私に、父は渋い顔をしていました。

ある日、私は直太朗さんに『なぜ、直太朗さんの料理には色々な国の要素が入っているのか？』と尋ねたことがあります。すると彼はこう答えました。

それは人生と一緒です。色々な人と出会った方が、人生はより豊かになります。できれば、自分となるべくかけ離れた人と出会った方がいい。その分、発見や驚きが広がりますからね。料理も同じことなのです。

そういう意味では、このホテルも一緒じゃありませんか？　色々な国籍、様々な人種がここで出会う。そこからは新しい発見や調和が生まれる。まあ、どの仕事を選んでも志は一緒ということです」

デービッドの話に佐々木が付け足した。

「結局、直太朗さんにうまく丸め込まれたってことですね」

「その通り。それ以来、私は少しずつホテルのサービス業にも興味を持つようになりました。直太朗さんは、私にとって人生の先生のようなものだったのです。それなのに……」

突然、デービッドの顔が曇った。膝の上で合わせた手が小刻みに震えている。

「私は、直太朗さんを死なせてしまった」

「えっ？」

佐々木が思わず、声をあげた。

終戦間際、ハルビンから引き揚げる直前、直太朗はその命を失った。山形幸の話を信じれば、その犯人は楊晴明のはずだった。その直太朗の死にデービッドはどんな形で関与しているというのか。

「直太朗さんが亡くなったのは、忘れもしない、一九四五年の八月九日。その日はソ連がこの満州に進駐してきた日です。その日、私はとんでもないミスを犯してしまった」

「ミスですか？」

佐々木は身を乗り出して聞いていた。

「あれから六十九年も経ったいまでも後悔し続けている。私の人生で一番のミスでした」

デービッド・グーデンバーグは、当時の辛い思い出を語り出した。

一九三七年（昭和十二年）、十二月

「愚か者にとって老年は冬、賢者にとって老年は黄金期」

この言葉を直太朗が耳にしたのは、第一回「極東ユダヤ人大会」の開催当日の早朝のことだった。

徹夜明けの厨房には直太朗とジョセフ・グーデンバーグ、二人だけが残っていた。コックたちはほとんどの準備を整え、一旦ホテル内で仮眠をとっていた。

「宴は必ずうまくいく。直太朗、君に感謝しているよ」

グーデンバーグは、ウォッカの入ったグラスを傾けながら直太朗を労《ねぎら》った。

「直太朗は、日本で天皇陛下の料理を作ってきたのだよね」

「ええ、そうです」

「それがなぜ、この満州に渡ってきたんだい？」

直太朗は少し困った顔をした。

「それについては、グーデンバーグさんにも話すことはできないんです。ただ、僕はこのハルビンでずっとレシピーだけを作り続けてきました。なかなか食べてもらえることのないレシピーをです。それは会話のない独り言みたいなものです。僕は少し疲れていました。ですから今回の仕事は本当に楽しかった。久しぶりに自分の料理を食べてもらうことができる。つくづく料理というのは、作ることは一割、食べることが九割といったものなんだと痛感しました」

グーデンバーグも、直太朗の本音の言葉を聞くのは初めてだった。

「その作り続けたレシピーも必ず日の目を見ますよ。そして喝采を受けることは間違ないと思う」

さらに、グーデンバーグは語り続けた。

「ユダヤの教えにこんな言葉があるんだ。『愚か者にとって老年は冬、賢者にとって老年は黄金期』。これはユダヤ人がいかに勤勉を美徳にしているか、よく表した言葉なんだ。しかし直太朗の勤勉さは、我々ユダヤ人以上だ。君は、間違いなく黄金の老年を迎えることができるだろうね」

直太朗は、このことわざをグーデンバーグから授かった時、自分がユダヤ人から本当に認められたような気がして心の底から嬉しかった。

二人の出会いから、八年後。

山形直太朗の運命の日。一九四五年八月九日。午前零時、ソビエト軍が満州の四方向から侵攻を開始した。

その日の昼過ぎ、ハルビンの街から引き揚げるという時、直太朗は自宅の玄関先で千鶴に意外なことを言い始めた。

「先に、幸を連れて駅に向かってくれ」

「あなたは、どうするの？」

「一つ、どうしてもやらなきゃいけないことがあるんだ」

直太朗は、『大日本帝国食菜全席』の「秋」のレシピを千鶴に委ねると、二人を送り出した。

直太朗は厨房に戻り、残された食器類の中から九谷焼の盛り鉢を取り出して風呂敷に包み込んだ。さらに、居間の押し入れにある小さな簞笥を引っ張り出し鍵を開けた。その中に隠されていたのは、「冬」のレシピだった。そのレシピを紺色の袱紗《ふくさ》にくるむと革のカバンに仕舞い込み、直太朗は外に走り出した。

この日のハルビンには真夏の太陽が照り付けていた。街は逃げ惑う日本人で混乱状態だった。直太朗はハルビンの市場に向かった。本当の目的地は方向が違っていたが、遠回りをしてでも自分を尾行する憲兵をまかなくてはならなかった。直太朗は、革のカバンと風呂敷包みを手に人をかき分け必死に走り続けた。

たどり着いたのは『馬迭爾賓館《モデルンホテル》』だった。

「直太朗、まだハルビンにいたのか？」

迎え入れてくれたのはジョセフ・グーデンバーグだった。直太朗の顔からは汗が噴き出していた。グーデンバーグは、息を切らしている直太朗に冷たい水を振る舞った。

「今日は、大切なお願いごとをしに来ました」

「なんでも聞こう。でも、とにかく早く逃げた方がいい」

「妻と娘は、もう駅に向かいました」

「二人はハルビンに戻っていたのか。せっかく帰ってきたのにもう出発しなきゃいけないとは残念だな。全くひどいことだ。ソ連は日本と戦わない条約を結んでいたのに、アメリカに日本が負けそうになると、それを破棄して攻め込んできた」

「まあ、国同士なんてそんなものですよ」

そう言うと直太朗は風呂敷包みを解いて九谷焼の器を取り出し、グーデンバーグの前に置いた。

「あなたには大変世話になった。価値のわからんソ連兵に壊されるよりも、あなたに譲ろうと思って持ってきたんです」

「素晴らしい器……」

九谷焼は、西洋でも高い評価を受けていた。

「じゃあ、戦争が終わるまで預かることにしましょう」

グーデンバーグはにこりと笑った。

「いやいや、預かってほしいものは他にあるんです」

直太朗はカバンの中から袱紗に包んだ「冬」のレシピと一通の封書を取り出した。

「これは、私が満州に来て心血注いで作ったレシピーの一部なんです。あなたにこれを預かってほしい」

グーデンバーグは日本語は読めなかったが、以前、直太朗が言っていたハルビンに来てずっと書き続けているレシピだということがすぐに分かった。

「直太朗、あなたの勘は正しいと思う。やはりあなたはなかなかの策士だ。ソ連軍はハルビンを攻撃しても、たぶんこのホテルは攻撃してこないと思う。器とともにレシピーと手紙は大事に保管しておくことにするよ」

直太朗は、目の前にあった冷たい水を一気に飲み干した。もう二度と会うことがないかもしれない日本人の親友の顔をグーデンバーグは見つめた。

「あなたからは色々なことを教わった。あなたの料理に対する思い、いや、他人に対する思い、それは私の生き方を変えた。もちろん、それはホテルを経営する上でも大切な教えだった」

「そう言ってもらえると本当に嬉しい。いま思うと、十三年もここで暮らした私が、唯一残したことかもしれない……」

直太朗は少し寂しそうな表情を浮かべた。

「まだ人生は終わりではない。絶対に生き延びて日本に帰ってほしい」

「そうですね。でも、私は憲兵に付きまとわれています。捕まらずにハルビンを出られるか」

直太朗の表情が一転必死なものに変わった。

「このレシピーを取りに来るのは、私ではないかもしれない。そして、いつのことになるか予想もつかない。あなたには一つ記憶してもらいたいことがあるんです」

「記憶すること……？」

「次にここを訪れる者は、必ずヘブライ語の『ある言葉』を口にします」

「ある言葉？」

「あなたに教えてもらったユダヤのことわざです。『愚か者にとって老年は冬、賢者にとって老年は黄金期』。この言葉を口にする者が現れたら、レシピーとこの封書を渡してほしいんです」

グーデンバーグは何度も頷いた。

「命に代えても守ってみせる。でも直太朗、あなたに取りに来てほしいから、絶対命を粗末にしてはいけない。命さえあれば、直太朗には老年、いやもっと早くから必ず黄金期が訪れるのだから」

グーデンバーグは、両方の手で直太朗の右手を強く握りしめた。

ソ連軍はすぐそこまで迫っていた。一刻の猶予もなかった。グーデンバーグは、息子のデービッドを呼び寄せると、すぐに馬車の用意をさせた。デービッドは、この時十六歳になっていた。

そして、直太朗をホテルの通用口の方に連れていき、辺りを用心深く確認すると、息子と直太朗を馬車に乗せた。

「デービッドよ、頼んだぞ。私が地球上で最も大切に思っている友人だ」

そう言うと、グーデンバーグは涙を溜めながら二人の乗る馬車を見送った。

馬車は人を掻き分けながら、スピードを上げて直太朗の自宅を目指した。

デービッドは手綱を握りながら、横に座る直太朗に語りかけた。

「私は、直太朗さんとの別れが本当に辛いんです」

いまにも泣きそうな顔をするデービッドに、直太朗は優しくこう話した。

「デービッド、君はこれまでお父さんを避けてきたよね。それはお父さんが偉大すぎるためだったと思う。でも、そのお父さんはいつまで生きていると思う？　明日までかもしれない、今日、命を失うかもしれない。生きているうちにできるだけ話すんだ。時間を惜しまず話さなくてはいけない」

その直太朗の言葉は、とても重い響きを持ってデービッドに伝わった。

馬車は直太朗の自宅に到着した。

「ここで待っていますから、早く準備を整えてください。父からハルビン駅まで送るように言われています」

しかし、それを直太朗は断った。

「君まで巻き添えにはできない。君は大切な親友の子供だ。危険な目にあわせたら僕は一生後悔することになる。お父さんによろしく伝えてくれ」

デービッドは弱った表情をしたが、直太朗は聞き入れなかった。

「そうですか。では、せめてこれを」

デービッドが差し出したのは、折り畳んだハンケチほどの大きさの赤い布だった。直太朗が開いてみると、そこには黄色くハンマーと鎌、赤い星が描かれている。ソ連の国旗だった。

「ソ連兵がやってきたら、これを腕に巻き付けてください。直太朗さんは顔立ちが西洋風だから、きっと役に立つと思う」

「ははは、ロシア語はスパシーバ（ありがとう）しか、知らないけどな」

「それで、十分」

「では、スパシーバ」

「いえ、こちらこそ、スパシーバ！」

こうしてグーデンバーグの息子・デービッドと別れ、直太朗は家の中に入っていった。

悲劇は、その直後に起こったのだった。

二〇一四年、九月

ハルビンで最も歴史のある『馬迭爾賓館《モデルンホテル》』。

そのオーナー室で、佐々木充と柳沢、そしてデービッド・グーデンバーグは、まるで山形直太朗に黙禱《もくとう》でも捧げるかのように沈黙していた。部屋には、置時計のコチコチという音だけが聞こえている。

デービッドが話してくれたのは、自分が十六歳の時の記憶。彼はすでに八十五歳の老紳士になっていた。

佐々木はタイミングを気遣いながら尋ねた。

「直太朗さんを見たのは、それが最後だったわけですね」

デービッドは頷いた。

「私があの時、父の言葉通りに直太朗さんを駅まで送っていれば、あんなことにはならなかったのです。人生最大のミス……」

デービッドは、まるで神に懺悔《ざんげ》でもするように言葉を絞り出した。

恐らくはその直後、山形直太朗は何者かの手によって殺害され、遺体をハルビン駅から引き返してきた千鶴と幸が発見したのだろう。

いずれにしても直太朗の命は、神のちょっとした匙《さじ》加減で、生と死、どちらに転んでもおかしくない状態だったのだ。

「直太朗さんを殺害した犯人は、中国人の可能性はありますか？」

「可能性はあると思います。共産党の抗日活動が息を吹き返していましたから。しかし警察が機能する時代でもありません。結局、いままで真相はわからないままです」

デービッドは上着のポケットからハンカチを取り出し、目に溜まった涙を拭き取った。

「直太朗さんは、馬車の上でデービッドさんに言ったのですよね。お父さんの命は明日までかもしれない、今日、命を失うかもしれないから、生きているうちにできるだけ話せと。

そうだとしたら、直太朗さんは自分が死ぬのを悟っていたような気がします」

それは佐々木の、デービッドへのせめてもの慰めの言葉だった。

しかし、佐々木が話の中で最も気になったのは、直太朗が死の直前、レシピをデービッドの父親に預けに行っていたことだった。いままで山形幸から、四冊のレシピのうち「夏」と「秋」は千鶴が満州から日本に持ち帰り、「春」と「冬」は楊晴明が盗み取ったと聞かされていた。ジョセフ・グーデンバーグに「冬」を預けたとなると、楊晴明が終戦の時に持っていたのはおのずと残りの一冊、「春」のレシピだけだったことになる。

「なんだか天国の直太朗さんが、早く目の前の二人に、あれを披露しろと言っているような気がしてきました」

そう言うとデービッドは立ち上がり、デスクの一番下の鍵のかかった引き出しを開けた。そして、アンティークの小物入れを取り出し、佐々木たちの前に置いた。

「彼はいつになるかわからないが、ユダヤの『愚か者にとって老年は冬、賢者にとって老年は黄金期』ということわざを口にした者に、このレシピと封書を授けよと言いました。そして佐々木さんは、今日、私にその言葉を伝えました。私は、預かっていたものを佐々木さんに譲ろうと思います」

柳沢の通訳がなくとも、佐々木は全ての言葉が理解できるような気がした。

デービッドが蓋を開けると、日本風の紺色の袱紗が出てきた。

「袱紗の中を見てもいいですか？」

「どうぞ」

佐々木が袱紗を開くと、表紙に《冬》と書かれたレシピが出現した。

「ミツル、これは大変なことだよな。だって幸さんも楊晴明も、ここにあるって知らないんだもんな」

柳沢のその言葉は間違っていなかった。二人の知らない事実が明かされた瞬間だった。

佐々木は、改めて山形幸の元で書き写したヘブライ語のメモを見直した。

「愚か者にとっての冬……この『冬』は、『冬』のレシピを表していたんだな。このことわざが書かれていたのは『秋』のレシピ。その暗号の言葉はヘブライ語。

『秋』に続く『冬』は、ヘブライ語を話すユダヤ人が持っている、そして、それを見つけた賢者には黄金期が訪れると。直太朗さんの残したクイズに、やっと俺たちは解答できたってことだな」

「なるほど、言われてみればそうかもしれない」

「残りの三冊全てが誰かの手に渡っても、直太朗さんはこの『冬』を守り抜きたかったんだろうな。一冊でも集まらなくては『大日本帝国食菜全席』は成立しない」

柳沢は、レシピの下に置かれていた直太朗の手紙を手に取った。

「読んでみようぜ」

「いや、俺たちじゃダメだ。これは幸さんにそのまま渡そう」

佐々木は、柳沢から手紙を取り上げ袱紗の上に戻した。

「あっ、まだ大事なものを忘れていました」

そう言うとデービッドは部屋に置かれた大きな金庫の中から、風呂敷包みを取り出してきた。結び目をほどくと、中からは九谷焼の盛り鉢が出現した。

「これも、直太朗さんが父に預けていったものです」

正確に言えば、これは直太朗がグーデンバーグにプレゼントしたものだった。

「直太朗さんのご家族は、まだご健在ですか？」

「奥様は、帰国して数年後に亡くなられましたが、娘さんは健在です」

「では、この全てをお届けください」

佐々木は、デービッド・グーデンバーグから、「冬」のレシピ、封書、そして九谷焼の器を受け取り、その全てを六十九年ぶりに山形幸の元に届けることにした。


「いやー、大収穫だったな」

柳沢が興奮冷めやらぬ表情で隣の佐々木に語りかけた。二人は、ハルビンから札幌に向かう飛行機で日本への帰途についていた。

「お前の読みがズバズバ当たっていくしな。あのホテルに狙いを定めたのが勝因だったよ」

その言葉を聞いて佐々木は改めて、柳沢の人の好さを感じた。

今朝、柳沢には辛い電話がかかってきていた。自分の店が銀行から融資の返済を迫られ潰れるかもしれないというもので、それは間違いなく柳沢にとって死活問題になる電話だった。

しかし、機内で横に座る柳沢は、佐々木の「大収穫」を素直に喜んでくれている。人のために喜んだり泣いたりすることができる、佐々木は自身の性格とは無縁の、羨ましい人柄だと思った。

柳沢は札幌行きのチケットを佐々木に見せながら言った。

「おい、札幌を経由していくんだから寄り道しようぜ」

「お前、東京に急いで帰らなきゃ店やばいんじゃないのか？」

「それはまだオーナーの仕事。札幌には俺たちの大事な場所があるでしょ」

柳沢が寄り道しようと誘ったのは、孤児院『すずらん園』のことだった。

「お前、孤児院を出てから一度も帰ったことないだろ？」

柳沢の言うように、佐々木は中学卒業と同時に上京し、それ以来、『すずらん園』を訪れたことはない。

佐々木は二歳の時、札幌の孤児院『すずらん園』に預けられた。

孤児院の園長から聞かされているのは、佐々木の父親は陶芸家で、母親は父の中学の同級生。しかし両親は不遇な末路をたどった。佐々木が誕生して間もなく母親は精神を患い自殺。父親も、佐々木が二歳の時に病気で他界。佐々木は、わずか二歳にして天涯孤独の身となった。

佐々木が『すずらん園』に預けられた時持っていたのは、わずかな衣服とわずかなおもちゃ、そして土鍋だったという。そう、あの炊くだけで出汁の出る土鍋は父親が残した唯一の遺品だった。

入所してからは、孤児院の園長が佐々木の父親代わりになった。柳沢にとっても、それは同じだった。

「園長はだいぶ前に亡くなって、もう娘さんが『すずらん園』を継いでいるって知っていたか？」

「いや、知らない」

佐々木は、中学卒業と同時に『すずらん園』を飛び出してから、連絡すら取っていなかった。

「いまにして思うと、園長って本当にグルメだったと思わないか？」

「俺たちの食事、全部園長が作っていたもんな」

「俺たちがいる間、夕食には一度も同じ料理が出てこなかったんだよ。これって普通の家庭でもありえないことだもんな。味も抜群だった。俺たちがこうして料理人になれたのも、園長のお蔭だと俺はいつも思っているんだ」

孤児ということで学校でいつも苛めにあっていた二人は、下校時間になると一目散に孤児院に戻り、料理をする園長の傍らで手伝いを続けた。園長は、二人にとっての料理の師匠といってもいい。

「今回、園長の墓にも行きたいんだよ。ちょうど十三回忌なんだぜ、今年」

柳沢の気持ちはすでに固まっていた。

「俺は、またにするよ」

佐々木は珍しくすまなそうな声で言った。

「転職したら、その時帰る」

その言葉に柳沢はニコニコしながら言った。

「ほおー、ミツル君成長しましたねえ。じゃあ今回は俺一人で行ってくるわ。その決意は墓の中の園長に伝えておくぞ」

佐々木の「転職したら、その時帰る」という言葉は本音だった。いまのふわふわした状態で孤児院に戻る気にはなれなかった。しかし、それ以上に気持ちの中にあったのは、修善寺の山形幸の元をできるだけ早く訪れ、ハルビンの報告をしたいということだった。

新千歳《しんちとせ》空港に着くと佐々木は柳沢と別れ、出発ロビーで羽田行きの飛行機を待った。

佐々木の胸ポケットの携帯が振動し始めた。取り出してみると、電話をかけてきたのはまたしても「非通知」の相手だった。

佐々木は出ることをためらった。携帯は一度切れ、間をおかずもう一度震え始める。放置していても何も解決に繋がらない。そう悟って通話ボタンを押した。

「もしもし」

「佐々木さん、お元気ですか？」

楊晴明の秘書・劉だった。まるで、佐々木がこの時間に札幌でトランジットをすることを知っているかのようなタイミングだった。

佐々木は、またつけられているのではないかと思い周囲を見回した。出発ロビーには多くはないが数十名の観光客がいて、怪しい人物を判別することなどできなかった。

なかなか返事をしない佐々木に、劉は言葉を続けた。

「佐々木さん、よく頑張っていますね。楊先生も、その成果をとても楽しみにしていますよ」

どうやらハルビンに行ったことはバレているらしい。

佐々木自身、こうして見張られていることに、もううんざりしていた。山形幸が自分の持っているレシピを、親の仇の楊晴明に譲らないことも明白だった。そろそろけりをつける時が来ていた。佐々木は、劉の用件も聞かず自分の思いを告げた。

「あのー、もらった電話で悪いんですけど、一度楊さんに会いに北京を訪ねてもいいですかね」

この先制攻撃に受話器の向こうの劉の反応が止まった。少しの間があって、会話が再開する。

「それは大変いいことです。楊先生も佐々木さんのためなら、いくらでも時間を作りますよ」

「いつ頃、伺えばいいですか？」

「そうね、いつがいいだろう。あっ、その前にちょっと気がかりな情報が入ってきたんです」

佐々木はようやく自分の思惑通りに事が進むと思ったのだが、劉はまた自分のシナリオに佐々木を引き戻そうとしている。その予感は的中した。

「佐々木さんのお友達に、柳沢健さんという方がいますよね」

佐々木は面食らった。劉はなぜ柳沢の名前を持ち出したのか。佐々木は携帯を強く握りしめた。

「柳沢さんが働く『竜虎飯店』のオーナーさんが問題を抱えているという情報が、こちらに入ってきました。

先日、『華僑共済銀行』の頭取が楊先生を訪ねてきました。そこでの相談事は、『竜虎飯店』の借金について。頭取は困っていました。返済時期をずらし続け全然返していないらしいんです。

『竜虎飯店』のオーナーは王さんといいます。実は楊先生は、頭取とも王さんともとても仲がいい。そこで、頭取が相談を持ちかけてきたんです」

それは、佐々木が今朝、柳沢から聞いたばかりの情報だった。

柳沢の話では、店のリニューアルに対する融資の話を『華僑共済銀行』と決めていたのに、突然それまでの借入金を全て返済しろと迫ってきたという。もちろん、リニューアルをして店を立て直そうとする『竜虎飯店』に、いますぐ返済する力などは残っていなかった。

そこに楊晴明が介在していたとは……劉は話し続ける。

「そこで、楊先生は改めて『竜虎飯店』について調べました。すると、そこの総料理長が佐々木さんの友人・柳沢健さんとわかったんです」

佐々木は必死になって頭を整理しようとしていた。劉が語っていることは、恐らく作り話に決まっている。

「楊先生は温かい心持っています。頭取に悪いようにはしないでほしいと頼み込んだようです」

作り話だとは思ったが、楊晴明は佐々木が「最期の料理」を作った日本の華僑の大物・周蔡宜とも親交のある人物だった。『華僑共済銀行』の頭取が知り合いであってもおかしくはない。

「しかしです……」

劉の本題はここからだった。

「もし万が一、楊先生と佐々木さんの関係が怪しくなると、楊先生の温かい気持ちもどうなってしまうことか。私は、そんなことには絶対ならないと思ってますが」

劉は回りくどい言い方をしたが、言いたいことがやっとわかった。柳沢は人質に取ったのだから、命令には素直に従えということなのだ。

恐らく佐々木の周辺を調べたところ、柳沢の名前が挙がったのだろう。そして、柳沢の弱みを探したところ『竜虎飯店』の借金が浮上してきた。しかも、その借金の運命を握っているのは、知り合いが頭取を務める『華僑共済銀行』。

これは佐々木の心を操る武器に使える、そう思ったのだろう。

しかし、自分の仕事に柳沢の人生を巻き込むのはあってはならないことだった。佐々木は心の中で「汚い手を使いやがって」とつぶやいた。頭の後ろに束ねた髪をいつもよりもずっと強く左手でギュッと握りしめる。

佐々木はもはや爆発寸前だった。

すると劉は次の話に移った。佐々木の懐に飛び込むような内容だった。

「佐々木さんは、何度か山形直太朗さんの娘さん・山形幸さんに会いましたよね」

もうごまかしても始まらない。

「ええ……」

「山形幸さんは、きっとレシピを持っていたのでしょう。でも、そのレシピを楊先生に譲るわけがない。佐々木さんはそう思ったんじゃないでしょうか」

佐々木は手錠にでも繋がれ身動きの利かない気分だった。劉は確かな情報を持ち佐々木の感情を見事にコントロールしていた。

「佐々木さんはきっと悩んだでしょう。私はこうやってしつこく追い回す。でも山形幸さんも気の強い女性。簡単に折れる人じゃない。こうなると、解決策が見つかるもんじゃない」

劉は幸のことも全て把握しているのか。それとも知っているふりをしているのか。劉は妙なことを言い始めた。

「実は、私も楊先生から催促ばかりされて困ってます。佐々木さんもやはり困っている。お互い、間に挟まれて困っている。違いますか？」

「…………」

「そこで……」

劉の次の一言に、佐々木はさらに驚かされた。

「もう、私たちが間に入るのは止めにしませんか？」

「えっ？」

「ここは、楊先生と山形幸さん、お二人で話し合ってもらった方がいいんじゃないでしょうか」

「話し合ってもらう？」

「そう、それしか解決法はないと思っています。だから、佐々木さん。もうひと踏ん張りして、山形幸さんを北京まで連れてきてくれませんか？」

劉は、まず柳沢を人質に取り、外堀をすっかりと埋めた上で本丸への総攻撃を仕掛けてきた。佐々木にはそんな風に思えた。

「私も、考えに考え抜いた作戦。佐々木さんにも協力いただきたいのです」

劉の弱り果てたという声の芝居は完璧なものだった。

「ちょっと、待ってください」

しかし、劉は佐々木の言葉を遮った。

「いいですか、佐々木さん。水は高い方から低い方にしか流れない。これは必然の流れです。私たちも身を任せるより他に手立てはないと思います」

「ですから、ちょっと考えさせてください」

佐々木は、そう言うと携帯を一方的に切った。佐々木は自分の心臓が異様に速いテンポで鼓動しているのがわかった。

劉は、あくまで自分の考えということを強調していたが、全ては楊晴明の策略に決まっている。おいそれと乗れるはずもない。しかも、山形幸は明日をも知れぬ病床の身、海外旅行などできるはずもなかった。しかし、柳沢の件もある。

出発ロビーであれだけ気持ちが高揚していた佐々木は、もうどこにもいない。佐々木は、重い足取りで羽田行きの飛行機に搭乗していった。


帰国した、その翌日。

佐々木は新幹線、伊豆箱根鉄道を乗り継いで修善寺に向かった。修善寺に行くのもこれで四回目。しかし、今回は山形幸にはアポは取っていない。佐々木は幸を驚かせたかったのだ。

空席だらけの車内はのんびりとした雰囲気だったが、佐々木はひとり難しい顔で窓から外の景色を眺めていた。

劉が提示した難問。これをどう解決に導いたらいいのか……しかし、それは解のない方程式のようなものだった。もちろん、絶えず佐々木のことを気遣ってくれる柳沢に迷惑をかけることはできない。今朝方、柳沢からは孤児院の子供たちと一緒に撮った、呑気な写メールが携帯に送られてきていた。

修善寺駅から、いつもの黒いカバンと風呂敷包みを手にタクシーに乗る。本来、この道のりは、ハルビンの戦利品を幸の元まで届けるワクワクしたものになるはずだった。しかし劉からの一本の電話のせいで、邸宅が近づくにつれ気分はどんどん落ち込んでいく。

山形幸の邸宅に着くと、いつものチャイムを鳴らした。

顔を出した順子は、少し驚いた表情をしたが佐々木を家の中へと招き入れた。

「いま、お医者様が往診に来ているので寝室にお連れしますね」

「少し待ちますよ」

さすがに寝室に入るのは気が引けた。

「居間まで連れていくのが、ちょっと……」

「そんなに調子が悪いんですか？」

順子はため息交じりに続けた。

「良かったり悪かったりですが、あの入院以来とても弱気になって……今度のお正月は迎えられないとか、そんなことばかり言うんです」

結局、佐々木は山形幸の寝室に初めて通されることになった。ちょうど主治医が点滴をセットしている最中だった。

「こんな格好でごめんなさいね」

佐々木は短い間に、山形幸がずいぶんと小さくなったような気がした。命のカウントダウンが始まっているのか、顔色もいままで見てきた中で最も悪い。どう見ても北京まで行ってほしいとは頼めない状況だった。

佐々木は気持ちを切り替えて、幸を元気づけるように努めることにした。

「実は、昨日まで……幸さんの故郷に行っていたんですよ」

「えっ？　満州に？」

佐々木の突然の行動に幸は驚いている。点滴をセットし終わって主治医が部屋を後にすると、幸は少しだけ身体を起こした。

「ハルビンに行ってきました。とても綺麗な街でしたよ。幸さんは、戦後一度も行ってないんですよね？」

「私にとっては不幸な記憶しかないから」

「今日は、いっぱいお土産を持ってきました」

まず佐々木は、ポケットから四つに折り畳んだ赤い布を取り出し、山形幸に差し出した。この布切れは、ハルビンのロシア土産物屋で購入したものだった。

「これは、何？」

「これと同じものを、幸さんとお母様は、直太朗さんが亡くなった日、地下の農園で見たはずです」

「あの布のことを言っているの？」

幸は思い出したようだった。確かにその赤い布は、直太朗の遺体の横で目にしたのと同じものに見えた。あの日、地下農園でこの布を発見したことで、母の千鶴は、中国共産党の党員がそこにいたと思い込み、真っ先に楊晴明の顔を思い浮かべた。

「広げてみてください」

幸が布を広げると、そこには黄色いハンマーと鎌、赤い星が描かれていた。

「これはソ連の国旗？」

「そうなんです。同じ赤い布なのでお母様は勘違いされたと思うんですが、地下農園で見たのは恐らく中国共産党の旗ではなくソ連の国旗だったんです」

佐々木がハルビンで色々な手がかりを摑んで帰ってきたことが、幸にもようやくわかり始めた。

「あの日、直太朗さんは、お母様と幸さんを家で見送った後、ある人たちと会っていたのです。その布は亡くなる直前、そのある人たちの一人が直太朗さんに手渡したものです。ソ連軍が攻めてきたとき、ロシア人だとカモフラージュできるようにと」

「よくわからないのだけれど、犯人は楊晴明ではないと言いたいの？」

「いえ、それはわかりません」

山形幸は少しイライラした表情を浮かべた。もったいぶる佐々木に、早く結論を言ってほしそうだった。

「ただ一つだけハルビンに行って、はっきりわかったことがあります。直太朗さんが銃で撃たれた日、千鶴さんは楊晴明が『春』と『冬』のレシピを奪っていったと思いましたね。しかし、それが間違っていることがわかったんです」

幸はすぐに否定したい気持ちでいっぱいだった。

しかし、目の前にいる佐々木という若者はハルビンで確たる証拠を手にしてきたように見える。七十年近く止まっていた時計を、この若者は動かし始めたということなのか。幸は、佐々木の次の言葉を待つしかなかった。

するとと佐々木は持ってきた革のカバンの中から、袱紗包みを取り出し、幸が横たわるベッドの上に置いた。

「これを見てください」

幸が袱紗を広げた。

「信じられない。どうして……？」

言葉に詰まった。楊晴明が奪い取ったとずっと信じていたものがいま目の前にある。六十九年ぶりに自分の元に帰ってきた「冬」のレシピ。幸は、そのページをなかなか捲ることさえできなかった。高鳴る気持ちを抑えることで精一杯だった。

「これを保管してくれていたのは、幸さんも連れていかれたことがあると言っていた、ハルビンで一番古い『馬迭爾賓館《モデルンホテル》』のオーナーの方でした」

「なぜそんなところに、父は……？」

いつも冷静な山形幸が混乱を隠せないでいる。佐々木は直太朗とグーデンバーグの出会いから、あの運命の日、八月九日の出来事を幸に伝えた。

「全ては、『秋』のレシピの最後のページに書かれていたメッセージのお蔭でした」

話を聞きながら幸はようやく落ち着きを取り戻し、「冬」のレシピをゆっくりと捲り始めた。その目にはうっすらと涙が浮かんでいるようにも見えた。

そして佐々木は持ってきた風呂敷包みを解き、九谷焼の器を幸に披露した。

「これも、直太朗さんがレシピと一緒にグーデンバーグさんに預けていったものです」

それは四角い九谷焼の盛り鉢だった。九谷焼の特徴は、赤・黄・緑・紫・紺青の五色の絵の具を厚く盛り上げること。直太朗の盛り鉢には、その五色で鳳凰《ほうおう》と椿《つばき》が色鮮やかに描かれていた。

器を手にした幸の感情が一気に高まった。涙が頬を伝っている。

「これは、何か特別なものだったんですか？」

幸は器をひっくり返すと一点を指さした。そこには、「N」という文字が彫られている。

「これは……直太朗さんの作品ですか？」

幸は小さく頷いた。

「父が、料理人になることを志した頃に作った九谷焼……」

佐々木は山中温泉を訪れた日のことを思い出した。山形直太朗は北大路魯山人に憧れ、料理を始める前、九谷焼の工房で働いていた。直太朗は親友のグーデンバーグに、自分の料理人人生の礎ともいえる一品をプレゼントしていたのだ。

「本当に凄いお土産ね。生きている間に、こんなものに出会えるとは思ってもみなかった」

その言葉だけで、ハルビンまで行った甲斐があったと佐々木は心の底から思えた。そして、最後にあの封書を差し出す。

「これも直太朗さんが、グーデンバーグさんに託したものです」

佐々木も、その内容を知らない山形直太朗の手紙。

「もう少し、身体を起こしてもらってもいいかしら」

幸はサイドテーブルに置かれた老眼鏡をかけ、その手紙を読み始めた。便箋が十枚以上はあろうかという手紙は、遺書にしては長すぎると佐々木は思った。

読み進むうちに、幸の表情はみるみる険しくなっていく。

山形直太朗は自分の死後のためにあらゆる手段を講じていた。この手紙にも、生きている間には口にできなかった秘密の情報が盛り込まれていると思われる。

全てを読み終わると、幸は一つ大きく息をついた。

「それは、幸さん宛てのものだったのですか？」

幸はそそくさと手紙を畳み封筒の中に入れた。まるで、その中に込められた秘密を外に漏らすまいとするかのように。

「いいえ。誰に宛てたというものではなかったわ」

「というと？」

「当時、話せなかったことを後世に残したかった、そんな内容」

佐々木はやはりと思った。

「でも、これで……『大日本帝国食菜全席』の本当の役割がやっとわかったわ」

「本当の役割？」

幸は『大日本帝国食菜全席』の一部分、「冬」のレシピを見つめながら、

「父の苦しみが、やっとわかった……」

とぽつりと言うとじっと目をつぶった。幸は、間違いなく満州にいた頃の自分と父の姿を思い出しているに違いない。

そして目をゆっくり開けるとしっかりとした声で言った。

「これで私の元にレシピが二冊。そして北京の楊晴明の元に二冊。佐々木さんのお蔭で、対等の立場になったわね」

ちょうど四季を二つに割ったように、幸の手元には「秋」と「冬」があり、楊の元に「春」と「夏」がある。

「佐々木さん、日本に戻って間もないのに申し訳ないのだけれど……」

まさか、北京に向かえということなのか？

山形幸がそんなことを頼むとも思えなかったが、佐々木は少し動揺した。

「私と一緒に、楊晴明の元に向かってもらっていいかしら？」

「えっ？　身体は大丈夫ですか？　その身体では無理ですよね？」

「だって、佐々木さん独りでは荷が重すぎるでしょ？」

奇《く》しくも、山形幸は劉が要求していた方向に行動しようとしている。劉が、電話口で佐々木に言っていた言葉が思い出された。

水は高い方から低い方にしか流れない。これも必然なのか。

いずれにしても、幸は直太朗の手紙を読んで北京行きを決めた。この展開も、全ては直太朗が作り上げたシナリオなのかもしれない。

「もうそろそろ、楊晴明とも決着をつけなくちゃいけないものね。私が生きている間にね」

それは山形幸の悲壮とも思える決心だった。

ちょうどその時、点滴が、最後の一滴を落とした。


一週間後。

台風が沖縄に接近し夜半過ぎから東京でも強い雨が降っていた。

朝の七時、いつものように黒塗りのセダンが恵比寿のマンションの下に姿を現した。ただいつもと違っていたのは、その後部座席に山形幸が座っていたこと。

「佐々木さん、早くからご苦労様ね」

佐々木が乗り込むと幸は声をかけた。

「調子はいかがですか？」

それには答えず幸はにこりと笑った。助手席には、空港で見送るためか、順子が腰かけている。車は、ワイパーを忙しなく動かしながら羽田空港に向けて走り出した。

「最初に、この人に会った時も台風だったな」

佐々木は心の中でつぶやいた。幸は可愛らしいベージュ色のワンピースを着ている。身体は痩せ細り、胴回りなど人間のそれとは思えぬほど細くなっている。髪を綺麗にポニーテールにし濃い目のファンデーションで顔色の悪さを必死に隠していた。

佐々木は一週間前、劉に山形幸とともに北京に向かうという連絡を入れた。その時、劉は電話口でこう言った。

「よかった。お見事です。これでお互い、背中の重い重い荷物を下ろせますね。四つのレシピが揃えばいよいよ佐々木さんが調理する時。私も『大日本帝国食菜全席』の二百四品の料理、見てみたいですね」

佐々木には、楊晴明と山形幸が同じテーブルに着いても、それがイコール、四つのレシピが揃うことに繋がるとはとても思えなかった。

羽田空港の国際線ターミナルのエントランスに着くと、運転手がトランクから幸用の車椅子を降ろした。順子はそれを勧めたが、幸は無理に歩き始めた。

北京行きの便は台風のせいで出発が遅れている。その待ち時間、順子が佐々木に近づいてきて小声で言った。

「私は反対したんですけど、どうしても北京に行くって聞かなくて。お医者様にも許可など取らなくていいって」

これまで見たことない心細そうな表情を浮かべていた。順子は本人も常備しているのですがと言いながら、一日三回の薬と万が一の時の薬を佐々木に手渡し、絶対に目を離さないようにとそればかりを口にした。

佐々木は、搭乗ゲートの手前で携帯のメールをチェックした。一通、柳沢からの受信があった。

「なんか突然、銀行が返済の先送りもリニューアルの融資もＯＫに。こっちのスーパー運気をミツル君にもお裾分けーグッドラック！！！」

どうやら山形幸の北京行きで、楊晴明の裏工作は中断したのだろう。何も知らない柳沢からのメールだったが、佐々木の心配事の一つが解決したことは間違いなかった。

色々なところに拡散した問題点はようやくひとところに焦点を定め、決戦の時を待っていた。その戦いのため、佐々木と幸を乗せた飛行機は、台風の間隙を縫って羽田空港を後にした。

北京の空港の到着ロビーには、眼鏡をかけた劉が待ち構えていた。

「山形幸さんですね。私は楊晴明の秘書を務めています、劉泰星と申します。よろしくお願いいたします」

佐々木が押す車椅子に座る幸は、劉に軽く会釈をしただけだった。

「北京はここ三日、とんでもない暑さが続いています」

確かに、空港の建物から外に出ると強い陽差しが照りつけていた。気温も三十度を軽く超えている。病身の山形幸には堪える暑さだった。

空港の前には、楊晴明の実力を誇示するかのように、中国共産党の旗を立てた黒塗りの車が用意されていた。

「今回、山形幸さんと佐々木さんは、国賓待遇ね」

この演出は、決して二人を歓迎するために行われているものではない。アウェーの地に乗り込んできた気分にさせ、むしろ威圧するためのものだと佐々木は思った。

車は赤い旗をなびかせ、楊晴明が待つ『釣魚台国賓館』を目指した。

初めのうちは、劉は助手席から半分身体を後部座席の方に向け、しゃべり続けた。しかし、佐々木も山形幸も無反応だったため無言になった。

幸は背筋をまっすぐ伸ばし、ずっと目をつぶったままだった。佐々木が空港で購入したミネラルウォーターにも一切口をつけない。

佐々木が初めて北京を訪れた時のように、車は天安門広場を横切って進む。

あの時は、高額報酬を餌に「最期の料理」を作ってほしいということで、ここまで誘《おび》き出された。そして楊晴明から、五千万出すから山形直太朗の遺族が持っているだろう『大日本帝国食菜全席』のレシピを捜してこいと依頼された。そして二か月余りたった今、佐々木はその遺族のセコンドのような立場で、楊晴明の元に戻ろうとしている。まさに「ミイラ取りがミイラになる」ということわざの通りに。

しかし冷静になって考えると、ミイラ取りがミイラになることは全て楊晴明の想定内だったのかもしれない。そうなると、自分は山形幸を北京に連れてくるための、釣糸の先につけられた餌にすぎなかったのか。

もしそうなら、命がけでこの地を訪れた山形幸にはどんなに謝っても謝り切れない。佐々木は、車の中でどんどん暗い気持ちになっていった。

「気分はどうですか？」

「大丈夫よ」

そう言うだけで幸はやはり目を開けようとはしない。結局、幸は北京の風景を一度も見ることなく、車は『釣魚台国賓館』の前に到着した。

国賓とわかった守衛たちは、敬礼して車の通過を見守る。いよいよ決戦の地に、佐々木と山形幸は入っていく。

ここで、山形幸と楊晴明はどんなやり取りをするのか？

楊晴明のことだから、幸も予期せぬ策を巡らせているに違いない。幸もそれなりの心の準備をして、この北京までやってきているはずだ。車椅子を押し、山形幸の薬を持つことしか役割のない佐々木だったが、緊張感だけは増していった。

そして車はやはり、こぢんまりとした古い洋館の前に停まった。

劉の先導で、車椅子に乗った幸とそれを押す佐々木は長い廊下を進んでいく。着いたのは、楊晴明のプライベートルームのある、不如帰や梅の彫刻が施されたあの観音開きの扉の前だった。

劉が扉を開けると、すでに楊晴明の姿があった。やはり毛沢東の肖像画の前で人民服に身を包み、百歳近くとは思えないほどまっすぐ背筋を伸ばして立っていた。ただ違っているのは、前回は眼鏡の奥の鋭い視線で佐々木を迎えたが、今回は、

「幸ちゃん、ご無沙汰ですね。北京までよく来てくれました」

と楊は、にこやかに山形幸を迎え入れた。

「まだ五歳にもなっていなかった幸ちゃんが、こんなに年とったのだから私も年寄りになる、当たり前のことね」

佐々木には、楊がことさらに幸への親近感を取り繕っているように思えた。

「楊さん、お久しぶり」

「佐々木さんもようこそ。もっとこちらへ」

楊は大きなテーブルに近づくように手招きした。しかし、思えばこの楊晴明は山形幸の父親を殺し、母の二番目の夫にも重傷を負わせ、母を自殺に追い込んだ可能性のある男。佐々木は車椅子を押すことをためらった。

「もう少し、楊さんに近づけて」

幸は佐々木の気持ちを察したのか、車椅子を押すように指示した。何気ない会話が続いているが、そこには重い空気が流れている。それを察するように、部屋の片隅にぶら下がる鳥かごの中で、九官鳥が身じろぎもせずに三人の様子を眺めている。

「幸さんが来るというので、とびきりのお茶を用意させました。ひと休みしてください」

テーブルにはすでに三人分の中国茶が準備されていた。しかも椅子が一脚だけ、車椅子が入りやすいように外されている。

「幸さん、お身体は大丈夫？」

「足が少し悪いだけで、とても元気ですよ」

幸は相手に弱みを見せたくないのか、本当の体調には触れなかった。

「今回は、私たちのために、佐々木さんは本当によく頑張ってくれました」

楊が丸い眼鏡の奥で、じろりと佐々木を見つめる。楊が口にした「私たち」の言葉を聞いて佐々木はすぐに思った。「ミイラ取りがミイラになった」、楊はそう言いたかったのだろうか。

幸はゆっくりとお茶に口をつけた。そして、しばらく続いた沈黙。まるで激しい戦いの前の、つかの間の静寂のような時が過ぎた。

「私、わからないことがあるの」

幸が静かに話し始めた。

「どんなことかな？」

ついに本題に入った。

「どうして楊さんがレシピを必要とするのか？　それがわからないの」

楊晴明は、少し間を取って答えた。

「私は、幸さんのお父さん、山形直太朗さんのこと本当に尊敬していた。世界で一番優秀な料理人と思っていたくらい。そして、その直さんと心血注いで作り上げた『大日本帝国食菜全席』も、私にとっては分身のようなもの。

直さんが亡くなって、それを私が譲り受ける。これは当然のことといまも思っている」

幸は、ことさらゆっくりとした口調で尋ね続ける。

「本当にそれだけかしら？」

「それはどういうことかな？」

「私は、もっと感情的なものを感じるのだけれど」

山形幸は、犯行内容よりも先に犯行の動機から尋問しているようだった。しかし、楊晴明は本音を語るのだろうか。

「幸さんにここまで来ていただいたのだから、今日は本当のことを言いましょう。全て」

佐々木にとって予想外の楊晴明の言葉だった。楊は、一回お茶に口をつけた。

「直さんは、私のクビを切った。それも突然。幸さんはまだ小さかったから、よく覚えていないと思うけど」

「いいえ。あの日のことは記憶にあります。あんなに怒っている父を見たのは初めてでしたから」

「そうだったか。直さんがクビにした理由、それは私が中国共産党のスパイだからというもの。その情報は、関東軍の三宅中将が直さんに伝えたもの。でもそれは根も葉もない嘘だった。あれは冤罪《えんざい》だ。

　私はとても裏切られた気分だった。当時は、そんな嘘を簡単に信じた直さんのことがとても恨めしかった。

　そしてクビを切られた日から、せめてレシピを手に入れたい、ずっとそう思っていたよ。それは私の意地。幸さんの言う通り感情的なものだったかもしれない」

　いままで、佐々木には感情を表したことのない楊が、悔しそうな表情を浮かべている。山形幸の存在がそうさせているのか、楊は自分を曝け出していた。

　その態度から、嘘をついているようには佐々木には思えなかったが、当時、楊晴明が共産党のスパイだったかどうか、確認する術などいまの世に残っているはずもない。

「それだけの理由なら、自分の気持ちを抑えつければ、どうにかなったかもしれない。でも生きていると自分の力だけじゃ、どうにもならないこと起きてくる。日本は太平洋戦争に負けて、満州帝国は一瞬で滅亡した。

　中国共産党は、日本軍と日本人にとても感情的だった。それは仕方ないこと。ずっと日本は他人の土地で勝手なこととして、中国人にとてもひどいことし続けたからね。そうした怒りは、その日本軍に加担した者にも向けられた。

この時、私の立場、とても微妙なものになった。

日本に協力したといっても、みんな時代の流れの中で自分の意思というよりも仕方なくその道を選択しただけ。溥儀皇帝はその象徴。でも、共産党の人たちにとって、理由なんて関係なかった。

中国の歴史ではいつもそう。時の権力者は前の権力者とその仲間を根絶やしにする。その繰り返し。だから、私が日本軍に加担して『大日本帝国食菜全席』のレシピを作っていたとわかると、厳しい罰を受けなくてはいけなくなる。レシピ作りは、関東軍の三宅中将に命令されてやったことだけど、共産党には同じこと。

『大日本帝国食菜全席』は私の誇りだった。でも戦争が終わると、私にとって急に邪魔なものに変わってしまった」

佐々木は、楊にレシピをけなされた幸の気持ちを察していた。しかし、山形幸は冷静に尋問を続けた。

「証拠が、共産党に先に見つかってはまずかったということかしら？」

「そう。気持ちはそう。ただ、幸さんにはいろいろ誤解されていることが多いと思う」

「誤解？　どんなことを誤解しているのかしら？」

楊晴明は、山形幸をじっと見据えてこう言った。

「幸さん……幸ちゃん、僕はお父さんを殺してはいない」

佐々木は、山形幸の身体が一瞬びくりと反応したように思えた。もしかすると、幸はこの北京まで楊晴明の謝罪の言葉を聞くために来たのかもしれないが、楊はそれをきっぱりと否定した。

しかし、それは佐々木もハルビンを訪れてからずっと気になっていたことだった。幸と母の千鶴が、直太朗の遺体の横で発見した赤い布。二人は、それを中国共産党のものと思い込み、楊晴明は有力な容疑者になった。

しかし、佐々木が摑んだ真実は、その赤い布はユダヤ人のデービッド・グーデンバーグが、直太朗が暗殺される直前に手渡したソ連の国旗だった。

ところが、それだけで楊晴明の無実が立証されるはずもない。山形直太朗の家の中で、「春」のレシピの隠し場所を知っていたのは、直太朗本人と千鶴と楊晴明のみ。その「春」のレシピは、千鶴が駆けつけた時にはすでに盗難にあった後だった。

真実は、一体何だったのか？

楊晴明は眼鏡を外して、あの日のことをゆっくりと話し始めた。

一九四五年（昭和二十年）、八月九日、午後二時

真夏の昼下がりのハルビンの街に、太陽が容赦なく照りつけていた。

楊晴明は、山形直太朗の家の前にいた。もちろん家からは見えない物陰に隠れ、息をひそめていた。

そこまで全力で走ってきたことと、激しい緊張感から、顔からは汗が玉となって噴き出している。じっとりとした手をズボンの右側のポケットに入れて、その存在を確認したのは……短銃だった。

直太朗の家は静寂を保っていた。楊は自分を落ち着かせることに集中した。そして心の中で同じ言葉を繰り返した。

「これしかないんだ。決して間違っていない」

楊は、山形直太朗の元を離れてからこの四年間、憔悴《しょうすい》した日々を送り続けてきた。『大日本帝国食菜全席』という偉大な仕事から外されたこともあったが、楊にとって直太朗は、仕事仲間という以上の師と仰ぐ存在だった。

四年前。直太朗が楊をクビにした理由は、中国共産党のスパイだということだった。その時、直太朗に対し楊は、「そんな仕事してない。絶対ありえない」と否定し続けた。しかし、事実はもう少し複雑だった。

清は満州族が作った国だった。そして、清朝を崩壊させたのは孫文《そんぶん》を中心とする漢民族だった。漢民族は中国の大多数を占める民族だ。

満州帝国も溥儀を皇帝に据え、一見、満州族の国家に思えるが、その八割は漢民族が占める国だった。

そして、楊晴明もまた漢民族だった。

当時の中国には、孫文らの結成した国民党と毛沢東の共産党の二つの勢力があった。どちらも抗日という考えで一致し、楊の知り合いも両方の党に多く所属していた。

楊が訪れた満州にも、抗日運動を続ける共産党の友人が何人かいた。そしてその友人たちから、行動を共にするように何度も誘われていた。

しかしそれを思いとどまらせたのは、山形直太朗という尊敬する料理人の存在であり、『大日本帝国食菜全席』というレシピへの執着だった。

楊晴明は、そうした経緯について直太朗には一切告げていなかった。変な詮索をされたくなかったからだ。しかし、同胞を裏切ってまで、日本人の山形直太朗に思いを寄せ、『大日本帝国食菜全席』のレシピを作り続けてきた楊にとって、それとの決別という事態は人生でも最大にショックな出来事だったのだ。

楊は、自分を切り捨てた山形直太朗のことを日々呪い、何も手につかない生活を送り続けてきた。

さらに憲兵からも身を守る必要があった。憲兵たちは執拗《しつよう》に楊の周囲を嗅ぎまわった。楊はその住処《すみか》を転々とし、追跡からどうにか逃れていた。

そしてもう一つ、楊を追い詰めていったのが、ある噂だった。

同胞たちの間に、楊晴明は日本軍に手を貸し、満漢全席を超える料理を作っていたという噂が広まっていたのだ。日本軍の満州撤退は、楊の立場を決定的に悪くすることになった。

楊晴明がソ連軍の侵攻を知ったのは、八月九日、その日の朝方のことだった。

街に出てみると、日本人が散り散りになって満州から引き揚げ始めていた。

もし山形直太朗が中国共産党に捕まり、『大日本帝国食菜全席』のレシピが党員の手に渡ったら……楊はこの状況をどう打開したらいいのか、短い時間で必死に考えた。

そして、出た結論のままに行動を開始した。向かった先はハルビンに存在した中国共産党の八路軍の地下組織の本部だった。

日本軍の引き揚げを聞いて、そこには満州に住む中国人たちが大勢集まりごった返していた。そこで楊は共産党員として日本人と戦うことを志願する。

地下組織を出てきた時には、腕には赤い腕章、ポケットには一丁の短銃を忍ばせていた。

楊は走って山形直太朗の家を目指した。到着した頃には、楊の顔からは汗が玉となって噴き出し、服は汗で体に張り付いていた。

直太朗の家は静まり返っていた。

「もうここを引き払った後なのか?」

楊の心に不安がよぎった。もし直太朗がレシピを持って逃げる途中、共産党員の手に落ちレシピが露見したら元も子もない。いずれにしても、楊には家の中に入っていくことしか選択肢は残っていなかった。

しかしこの後、予期せぬ展開が立て続けに起きた。

楊が家に向かって進もうとしたその時、遠くから馬の蹄《ひづめ》の音が聞こえてきた。楊は慌てて物陰に隠れた。楊の視線の先に、ロシア人が手綱を握る馬車が現れ、家の前で停まった。

楊は、「まさか」と思いながら目を凝らした。しかしその予想は的中する。ロシア人の横には、標的である山形直太朗その人が座っていたのだ。

楊の鼓動は一気に高まった。

馬車の上で、直太朗はロシア人から赤い布を渡されていた。そして声も楊の元に漏れ聞こえてくる。直太朗は馬車から降りながらロシア人にこう言った。

「ははは、ロシア語はスパシーバしか、知らないけどな」

「それで、十分」

「では、スパシーバ」

「いえ、こちらこそ、スパシーバ！」

馬車は去っていった。直太朗は憲兵の尾行を気にしているのか、辺りに視線を配ると、その後、家の中に入っていった。

楊晴明にはフランス語による二人の会話の意味はわからなかった。もしかすると、「すぐに会おう」と話していたのかもしれない。いずれにしても、すぐに行動を起こす必要があった。

楊晴明は深呼吸を一つした。

そして、これから自分がしなくてはいけないことを心の中でもう一度整理した。直太朗を殺す必要はない。銃で脅してレシピさえ手に入れればいいのだ。その後、もし直太朗が共産党に捕まっても自分の名前だけは出さないように釘を刺す必要がある。身勝手な話だと思ったが、それくらいの貸しはある。

しかし、もし直太朗が抵抗したら……

と、次の瞬間だった。

バン！　家の中から鈍い小さな銃声が聞こえた。間違いなくその音は山形直太朗の家から聞こえた。一体家の中で何が起こったのか？　直太朗が自殺を図ったのか？　楊は、必死になって銃声の理由を想像した。しかし、その全貌が把握できるはずもなかった。

そしてもう一度、自分のポケットにある銃を確認した。

「考えても埒《らち》は明かない。行くしかない」

楊は勝手口に回り込み、家の中に忍び込んだ。物音を立てぬように注意深く進むと、居間の方向から声が聞こえてきた。直太朗の声ではなかった。家の中には山形直太朗以外に、侵入者が存在したのだ。

楊は、見つからぬよう動きを止め聞き耳を立てた。

「見つからないぞ。表紙に《大日本帝国食菜全席》って書いてあるんだよな」

「そこまではわからない」

「一体、どこに隠したんだ」

「全部で四冊あると聞いている」

聞こえてきたのは綺麗《きれい》な日本語だった。声の種類は二色。そして、彼らの捜しているものもまた、楊と同じ『大日本帝国食菜全席』のレシピに違いなかった。

二人の声はしたが、直太朗の声は聞こえてこない。この二人に銃撃され、すでに絶命しているのかもしれないと楊晴明は思った。

男たちは、家のあちこちを物色し続けた。

「一冊もないぞ。もう燃やしたんじゃないか？」

「だが手ぶらでは本部に帰れない」

二人は、なかなか見つからないレシピにイライラしていた。

「時間がないぞ。間もなくソ連が攻めてくる。もう関東軍はみんな引き揚げたんだ。こんなところで時間を潰していたらソ連兵の餌食になっちまう」

「しかし……三宅中将に叱られるぞ、このままじゃ」

三宅？　その名前に、楊晴明は耳を疑った。

三宅中将は、山形直太朗に『大日本帝国食菜全席』のレシピ作りを指示し、さらに楊晴明を、そのレシピ作りのために直太朗に紹介した人物だった。全ては三宅中将から始まったことだった。

その三宅中将がいま部下に命じ、直太朗の家の中でレシピ捜しをさせている。三宅の指示で家宅捜索をしているとしたら、この二人は間違いなく憲兵だ。

楊晴明は中国共産党よりも先にレシピを手に入れたかった。それと同じように、三宅も軍の機密文書である『大日本帝国食菜全席』のレシピを、憲兵を使って回収したかったのか。

「構うもんか。きっと中将だって、さっさと逃げ出しているに違いない」

「おい、言葉を慎め。仕方ない。中将には我々が到着する前に、山形がレシピーを燃やしたと報告しよう」

「山形を殺したことは何と言う？」

「抵抗したんだから、それは問題ないだろう」

「じゃあ、これで撤収でいいんだな」

「おお」

憲兵たちは玄関から外に出ていった。楊は急いで、直太朗の姿を捜し回った。居間にも寝室にも直太朗の姿はなかった。部屋の中はひどく荒らされている。楊は厨房から地下農園へと下りていった。

広い地下の農園は明かりもなく薄暗かった。楊は必死になって目を凝らした。次第にその暗がりに目が慣れてくると、農園の中央にうつ伏せに倒れている人影を発見した。

「直さん！」

楊は走って近づくと、直太朗の身体を抱き起こした。しかし、憲兵の放った銃弾は背中から心臓を捉え、直太朗は即死状態だった。

長く恨み続けていたが、一緒にレシピ作りをし尊敬し続けた料理人・山形直太朗の死。まだぬくもりを持つその身体は、自分と一緒にいた頃よりもずいぶんと痩せ細っていた。そして、いまいる地下農園は自分が主に担当し、多くの農作物を収穫していた場所。楊晴明はその場でおいおいと泣き始めた。

「三宅さん……ひどすぎるよ。あなたのために頑張っていた人をよくも……」

楊は、直太朗の頬に自分の頬を重ねた。

しかしその一方で、自分で手を下さずに済んだ安堵が首をもたげる。楊は複雑な気持ちのまま本来の目的に立ち戻った。

直太朗を元のうつ伏せに戻して家の中に戻り、レシピを捜し始めた。三宅中将も憲兵たちも、家捜《やさが》しをすれば簡単にレシピは見つかると思っていたのだろう。しかし、山形直太朗はとても用心深い男だった。それは楊晴明の方がわかっている。

まず向かったのは寝室だった。直太朗は以前、ベッドのサイドテーブルにレシピを仕舞い込んでいた。

予想通りそこには鍵がかかっていた。楊は、厨房から肉の骨を切断する包丁を持ってきてサイドテーブル自体を壊しにかかった。破壊されたサイドテーブルの中から、楊の思った通り「春」のレシピが出現した。

「よし、あと三冊だ」

楊は肩掛けカバンの中に、乱暴に「春」のレシピを仕舞い込んだ。

憲兵たちは一冊も発見できなかったのだから、「夏」「秋」「冬」の三冊も残っているはずだった。直太朗がよく仕舞っていた厨房の引き出し、居間の押し入れに置かれた小さな箪笥の引き出し、記憶にある場所を捜しまくった。玄関に置かれた直太朗のカバンは、すでに憲兵たちが中のものを広げていたが、もう一度捜してみた。

しかし、見つけられたのは「春」のレシピ一冊だけだった。

「一体どこにあるんだ。どこに？」

時間だけが刻々と過ぎていった。もう一度、あのロシア人が戻ってくるかもしれない。楊晴明の焦りは頂点に達していた。

楊はもう一度地下に下りてみる。目の前には、一千平米はあろうかという地下空間が広がっている。この農園の土の下に隠されているというのか？　しかし、どこから掘り返したらいいのか見当もつかない。

すると、玄関の方から物音が聞こえた。さらに声もした。

「あなた」

それは千鶴の声だった。楊は動揺した。そして、直太朗に手を合わせると、日本語で、

「直さん……ご苦労様でした」

その一言だけを残し、一冊のレシピだけを持って、楊は地下の農園から厨房へと続く階段を駆け上がり勝手口から姿を消した。

二〇一四年、九月

楊晴明の話を、山形幸は身じろぎもせずに聞いていた。

その姿は、騙されてはいけないという防衛本能が働いているようにも見えた。

部屋の一番目立つところに毛沢東の肖像画が飾ってある。楊の人生は、満州族の築いた清朝に始まり、日本軍の関与する『大日本帝国食菜全席』のレシピ作りに協力し、そしていま、漢民族の作った中国共産党の中枢に身を置いている。

その時々で自分の身の置きどころを変えてきた楊晴明が、まるで毛沢東の肖像画に見張られているように佐々木には感じられた。

佐々木は、これで山形直太朗の死の間際の話を三人から聞いたことになる。一人は山形幸、もう一人はデービッド・グーデンバーグ、そして今日の楊晴明。

佐々木は混乱する頭の中で、これまでの話と楊晴明によってもたらされた新しい情報をすり合わせていた。

楊の言葉が本当ならば、山形直太朗殺害の真犯人は日本の憲兵ということになる。その一方で「春」のレシピは、幸の言っていた通り楊の手に落ちていた。

楊は幸の方を見ながら、大きくはないがしっかりとした声で言った。

「信じてほしい。これは全て真実。直さんを殺したのは日本の憲兵。それを命令したのは、関東軍の三宅中将」

佐々木は、もうすぐ百歳にもなろうかという老人がいまさら嘘をつく必要はないだろうと判断していた。しかし、その一方でこの告白を幸が信じるとも思えなかった。

佐々木は幸の反応を見守った。すると幸は自分を押し殺すようにこう言った。

「信じましょう。むしろ、そうであってほしいと思っています」

「よかった」

楊は長い時間、背負い続けてきた十字架をやっと降ろせたという風に大きく息を吐き出した。そして、目の前のお茶を少し口にした。

佐々木は山形直太朗のことを思っていた。自分の死の真相が六十九年ぶりに娘に伝わったのだ。きっと天国でホッとしているのではないだろうかと。

しかし、山形幸はまだ厳しい表情で楊晴明を見つめている。

「でも……湯木壮一さんを襲ったのも、楊さんよね」

幸の強い口調が響いた。部屋にまたしても緊張が戻る。

「あれは、不幸な出来事」

「不幸？」

山形幸は楊晴明を睨みつけた。楊もその自分が発した「不幸な出来事」という言葉は、幸の感情を逆なでする不用意なものだったと気づいたようだ。慌てて説明を加え始めた。

「なぜ、そんなことになったのか。幸さん、それを次に聞いてほしい」

父・直太朗の死に関して、幸は楊晴明の告白を信じた。しかし、これで全てが決着したわけではない。もう一つの事件が残っていた。

幸の母・千鶴は日本に戻ると、料理人の湯木壮一と結ばれた。そして、『大日本帝国食菜全席』のレシピの再現を湯木に委ねた。

湯木は毎日自分の店が終わるとその作業に没頭した。しかしある日、店でレシピの再現をしているところを、中国語を話す二人の男に襲撃される。暴漢は、湯木を殴打し二度と包丁の握れない身体にし、そこから「夏」のレシピを奪っていった。さらにその事件は千鶴の心に大きな痛手を与え、半年後、千鶴は首を吊って自殺してしまった。

この事件に関して、楊晴明はどう申し開きをするのか。

楊晴明は、言葉を慎重に選びながら語り始めた。

「戦争終わって、私は満州から北京に戻った。私は、両親がやっていたような小さな店でも開いて静かに生活したかった。

でも、私の元に何度も共産党員が尋問に来た。日本人と共同で満漢全席を超える料理を考えたという噂はずっと消えなかったから。

しかし証拠はない。共産党員はその証拠探しに躍起だった。捜索は、日本まで及んでもおかしくなかった。

私は、残りの三冊のレシピ、千鶴さんが日本に持ち帰ったと予想していた。それ以外、考えられなかった。私は日本の知り合いに頼んで、千鶴さんの居場所捜し始めた。それはとても偶然、簡単に突き止めることできた。私の同胞は横浜に多かったから。

そして、千鶴さんの新しいご主人が横浜の店でレシピの再現を続けているという情報も私の元に入ってきた。私はやっぱりと思った。そこで……」

楊晴明は、次の言葉を口にすべきかどうか迷っているようだった。

「あなたは何をしたの？」

幸が静かな声で問い詰めた。楊も諦めて話を再開した。

「そこで、私は、日本にいる仲間にそれを奪ってほしいと頼んだ。それは、裏の仕事をするプロだった。

私はレシピを泥棒してくれと頼んだだけ。でも、湯木さんから激しい抵抗を受けた。それであんなことに……幸さん、これは、本当に申し訳ないとずっと思っている」

「それで、湯木さんは料理人の人生を絶たれ、母は自殺したんですよ。レシピなんかのために。あなたの保身のために」

「……………」

山形幸は、厳しい言葉で追及した。

「父に対し、楊さんが感情的になっていたのはわかります。しかし、母はあなたの恨みを買うようなことをしましたか？

私が満州の家の中で見ていたのは、まるで家族のように楊さんと接する母の姿だけ。その母が、あなたのしたことがきっかけで……」

さすがに楊は、少し涙ぐむそぶりを見せ俯いたままだった。

「そして、私も何度も襲われたわ。それで私の人生も台無し。何度、父の形見のレシピを捨ててしまおうと思ったか」

佐々木は、なす術なく幸の横の席でやり取りを見守っていた。あまりに興奮する幸の様子を見ながら、その体調も気がかりだった。ポケットに入っている、順子から預かった不測の事態のための薬を手で確認した。

しかしこれで、ハルビンの家からなくなった「春」のレシピに続き、二冊目の「夏」のレシピも、幸が言っていた通り楊の手元にあることになる。

しばらく沈黙が続いた。六十年以上の時を超え、陽《ひ》の当たる場所に引き出された真実の数々。その犠牲者たちを悼むかのような沈黙だった。

「でも正直に言ってもらって助かったわ。それはあまり期待していなかったから」

「そう言ってもらえると有難いよ……幸ちゃんに」

少し冷静さを取り戻した山形幸は、改まった口調で聞いた。

「楊さん、まだ父のことを恨んでいる？」

楊は眼鏡をかけ直して答えた。

「私は直さんを尊敬していたし愛していた。直さんが、私を共産党員と言ったのは真っ赤な嘘。あれは冤罪みたいなもの。ただ、全てはもう六十年以上も前のことだから……」

「私もまだ小さかったけれど、父と楊さんが楽しそうに料理を作っていた様子をいまも思い出せるわよ。でも、ある日突然二人は決裂した。そしてその気持ちのすれ違いは、色々な不幸な出来事を引き起こした。

私が今回、この北京に来た目的はね、それを修復することにあったの」

佐々木は、その幸の発言を驚きとともに聞いた。

幸は出発前の修善寺で、「私が死ぬ前に楊晴明と決着をつける」と語っていた。佐々木は、その言葉を『大日本帝国食菜全席』を取り戻すことだと理解していた。

しかし今回の旅の目的は、直太朗と楊晴明の関係の「修復」にあると幸は言う。

「楊さんの元にはいま、『春』と『夏』のレシピがある。それは間違いないわよね？」

楊は、一瞬、佐々木の方をちらりと見て申し訳なさそうな表情を浮かべた後、素直に答えた。

「その通り」

楊は、自分の元に二冊のレシピがあるにもかかわらず、佐々木に四冊のレシピを捜してこいと命じた経緯がある。もちろん、これまでの話で全ては明らかになっていたので、佐々木は別に不愉快に思うこともなかったが。

「そして楊さんは、残りの二冊はずっと私の元にあると思い込んでいた」

楊は頷いた。

「しかし、事実は私の元にあったのは『秋』のレシピだけなのよ。『冬』のレシピは他の場所にあった」

楊晴明は、佐々木がハルビンに行ったことまでは把握しているだろう。しかし、そこで「冬」のレシピを手に入れて、日本に持ち帰ったことまでは知らないはずだ。

「楊さん、それはどこにあったと思う？

父はあの運命の日、母と私を家から送り出すと、『馬迭爾賓館《モデルンホテル》』に向かったの。

『馬迭爾賓館《モデルンホテル》』は知っているわよね。中央大街にあったハルビンで一番古いホテル。

そこで、ロシア系ユダヤ人のグーデンバーグという方に『冬』のレシピを預けたの。父はソ連軍が攻めてきた時、そこが一番安全だと思ったの。あなたが、家に押し入る前に見た、馬車を操っていたロシア人というのはその息子さんよ。

つまり、あなたや憲兵が家捜しする前に、もう『冬』のレシピは『馬迭爾賓館』に移されていたの」

楊晴明は驚いた顔で聞いていた。幸は佐々木に言った。

「私のカバンから、手紙を出してもらえるかしら？」

佐々木は、目の前で繰り広げられた激しいやり取りのせいで、すっかり自分がハルビンから持ち帰っていた手紙のことを忘れていた。

全ての情報が出揃ったような気がしていたが、まだ大事なアイテムが残っていた。山形幸は北京に来ることを、その手紙を読んだ瞬間に決断したのだった。

山形直太朗が書き記した手紙には、楊晴明に伝えなくてはいけない内容があったのだろう。そして、それは幸の言っていた「修復」のカギを握る事柄に違いない。

佐々木は、その手紙をカバンから取り出し、幸の目の前に置いた。

「父は、グーデンバーグさんに『冬』のレシピを渡すと、もう一つこの手紙も預けていたの」

楊も、佐々木がテーブルに置いた封筒を見つめている。

「これは佐々木さんがハルビンに行って、『冬』のレシピとともに譲り受けてきたものです」

しかし、佐々木もまだその手紙の内容を知らない。

「楊さんが、父からクビを切られたのは、いつだったかしら？」

「忘れもしない。日本が真珠湾攻撃する少し前。一九四一年の秋。

直さんが、三宅中将に呼び出され新京に行った日。帰ってくるなり直さんは人が変わったように、私を罵倒した」

「父は、三宅中将から楊さんが共産党のスパイだと教えられた。それで合っているわよね」

「その通り。でも、それを信じた直さんが間違っている」

山形幸は、封筒から便箋を取り出した。

「この中には、私も初めて知る『大日本帝国食菜全席』の真実が綴られていたの」

幸は、その手紙を読み始めた。

《この手紙をグーデンバーグ氏から、受け取ってくれたあなたはどんな方だろう。千鶴？　幸？　それとも全く別の方だろうか。

いずれにしても確かなことは、私がこの世の中には存在していないということだけです。これから私は、生きていた時代には決して話すことのできなかった真実をこの手紙に綴ろうと思っています。

私が満州の地を訪れたのは昭和七年のことでした。その時は情けない話ですが、自分の使命について何も聞かされていませんでした。

私は満州に渡ったその日、関東軍司令部の三宅太蔵中将（当時は少将）から、その使命を聞かされました。内容は天皇陛下の満州行幸に向けて『大日本帝国食菜全席』という献立をお披露目当日までに作り上げること。それは満漢全席の品数を超えなくてはいけないこと。そして秘密裏に作業を進めることを命じられました。

それは世界にも類を見ない壮大な料理ですから、話を聞いた時、私は武者震いし料理人になって一番の幸福を感じました。私はハルビンの地で、三宅中将から紹介された中国人・楊晴明とともにその作業に取り掛かりました。

そして、完成した献立は春夏秋冬の四部構成で、それぞれ五十一品、合計二百四品というものでした。自宅の地下に農園も作り、食材の調達にも気を配りました。

しかし、満州への天皇陛下行幸はなかなか実現せず、気がつけばハルビンに移って九年の歳月が経っていました。

迎えた昭和十六年十月六日。私は三宅中将から新京の司令部に呼び出されました。そこで私は『大日本帝国食菜全席』の本当の目的を教えられたのです。

これから書き記すことは天に誓って真実です》

そして、手紙の中には山形直太朗と三宅中将の生々しいやり取りが克明に書き記されていた。

一九四一年（昭和十六年）、十月六日

日本軍が真珠湾の奇襲攻撃に踏み切り、太平洋戦争が始まったのが、一九四一年十二月。その二か月前のことだった。

その頃、直太朗は、『大日本帝国食菜全席』の二百四品のレシピを全て完成させていた。微調整は繰り返していたが、いつ本番を迎えても問題のない状態になっていた。

直太朗は出発前から緊張していた。およそ九年ぶりに三宅が上京を促してきたのには、大きな理由があると思ったからだ。直太朗の予想する大きな理由とは、『大日本帝国食菜全席』がついにお披露目の機会を得る、その命令が下るのではないかということ。それは直太朗にとっても楊晴明にとっても待ちに待った瞬間だった。

「いまここに、溥儀皇帝が入られる新しい宮殿を急ピッチで造っているところです。それも来年には完成するはずです」

三宅は、執務室で直太朗にこう語りかけた。

直太朗は九年前のことを思い出していた。結婚間もない千鶴と日本を出発し、満州に到着

すると真っ先に三宅を訪ねた。すると、三宅は毛筆で《大日本帝国食菜全席》という文字を綴り、直太朗にこの地の任務について伝えた。

その日から九年。三宅は棚から酒の瓶とグラスを持ち出した。

「いいウォッカが手に入りましてね。どうです一杯」

「これは、バカラのグラスですか？」

「嬉しいですね。わかってくれたのは、あなたが初めてだ。しかも、ロシアの宮殿で使われていたアンティークだそうで、つい手が出てしまったのですよ」

三宅はグラスを傾けながら、満州事変を企てた石原莞爾は陸軍大学校の同期で、自分も石原のような大仕事をこの地でやりたいのだと直太朗に語った。

「では、本題に入りますか」

直太朗は背筋を伸ばした。

「来年は、何の年かおわかりですか？」

「はい、満州国が建国して十周年を迎えます」

「そうです。三月一日でちょうど十年。ヨチヨチ歩きだったこの国が、十年で大きく発展を遂げた。もう、そろそろ……」

三宅は立ち上がると一度敬礼してから言った。

「天皇陛下に満州をご覧になっていただく、その時が訪れたと思っています」

「ということは？」

直太朗も身を乗り出した。

「来年の十周年の祝いの宴には、本土からこの地にお出ましになっていただき、山形さんに作ってもらった料理を振る舞おうと思っているのです。場所も、溥儀皇帝の新しい皇居。全ての舞台が来年整うわけです。その日は、世界各国から来賓と記者を招き、このニュースを世界中に発信します」

宮内省大膳寮の主厨という職を捨て、妻とやってきた満州の地。楊と二人三脚で昼夜の別なく作ってきた『大日本帝国食菜全席』が、ようやく日の目を見る時が来たのだ。

直太朗は目頭が熱くなるのを感じた。しかしそれに対し、三宅の表情は厳しくなっていく。

「そこで、山形さんには、一つ大事な任務をお伝えしなくてはいけない。これは軍の最高機密ですから、もちろん他言などしたら軍法会議にかけられます」

直太朗は、三宅が伝えようとしている「任務」について、全く予想がつかなかった。

「来年の三月。『大日本帝国食菜全席』は、日本の歴史、いや世界史に大きく刻まれる料理になる」

三宅はソファから立ち上がった。

「山形さん、あなたはいつもお国のために役立とうと思っていますか？」

「もちろんです」

「宜しい」

三宅は座っている直太朗の左後方に立った。直太朗はその三宅から殺気のようなものを感じ取った。一体、三宅は何を伝えようとしているのか？

三宅は直太朗の左肩に手を置き、顔を近づけると耳元で囁いた。

「では陛下に料理をお出しする際、その料理に……毒を盛ってもらいたい」

「はっ？」

直太朗は耳を疑った。

三宅の言っている意味がさっぱりわからなかった。軍の中枢にいる三宅が、畏れ多くも天皇陛下に毒を盛れと言っているのである。それはクーデターを意味するのか、その発言だけで死罪も免れない、とんでもない内容だった。

直太朗はすっかり動転し過呼吸寸前の状態に陥っていた。いま耳にしたことは悪夢なのか、それとも単なる聞き間違いなのか。しかしもう一度聞き直そうにも、あまりに恐ろしい内容でそれもままならない。

三宅は、再びソファに腰かけるとゆっくりと話を続けた。

りますが」

「私の同期の石原莞爾は、南満州鉄道を爆破し、それを中国人の仕業に見せかけたことがあります」

三宅は、言葉のトーンをさらに下げ話を続けた。

「そして、今回もあの時と同じように中国人が陛下を狙おうとした、という具合にしたいのです」

「と、というと……」

どうやら陛下暗殺というのは、またしても世界を欺くための三宅の考え出した策略であることが、直太朗にもようやくわかってきた。

「もちろん料理は毒見の者が必ず試食をしますから、陛下の身に危険はありません」

そう言われても、直太朗にはそんな大それた計画を自分が遂行できるとも思えない。この部屋から早く逃げ出したい、そんな気持ちでいっぱいになった。

三宅は、今回の作戦のキーマンが自信なさそうにしていることに少し気分を悪くしたようだった。

「山形直太朗。ここは、日本男児の根性を見せなければいけない」

その表情は、バカラのグラスにウォッカを注いでいた人物とは全く別人のものに見えた。

「いいですか、繰り返します。もちろん、料理は毒見の者が食べますから陛下の身に危険は及びません。あなたが陛下を暗殺するなんてことは、万が一にも起きえないのです。

ただ、犯罪は残る」

自分に犯人になれということなのか。直太朗は、次の三宅の言葉に耳を塞ぎたくなった。

三宅は、そんな直太朗の目を見据えて言った。

「その犯人の名は……楊晴明」

「えっ？」

「そしてその後ろで糸を引いたのは、かつて楊晴明を使っていた満州皇帝の溥儀」

「…………」

直太朗は言葉を失った。三宅の頭の中には、初めて『大日本帝国食菜全席』のレシピを考えるように命令した時から、このとんでもない計画が出来上がっていたのだろうか。

いやそれ以前から、この狂気の戯曲のキャスティングは始まっていた。

宮内省大膳寮に適当な人材がいないかを調べ上げ、後々問題が起きても大丈夫なように退職させて満州の地に来させる。その役に選ばれたのが山形直太朗。さらに溥儀に関わりのある料理人を調べ、白羽の矢を立てられたのが楊晴明。

二人はここまでシナリオ通りに役をこなし、いよいよその壮大なエンディングを迎えようとしているのか。

もちろん、この芝居の主役はあくまで皇帝の溥儀だ。満州建国から十年。十分役割を果たした溥儀皇帝を、お払い箱にするということなのか。

以前、楊晴明からこんな話を聞いたことがあった。

関東軍は溥儀に日本人女性との結婚を勧めてきた。それは、満州帝国に日本人の血を引く世継ぎが必要だったためだ。溥儀はそれに対抗するかのように第四夫人まですべて中国人女性にしていた。しかし、それでも子供はできなかった。

業を煮やした関東軍は、弟の溥傑《ふけつ》に日本人の嵯峨《さが》浩《ひろ》を娶《めと》らせた。もはや、溥儀は関東軍にとって不要の皇帝でしかなくなっていたのだ。

その危機感を十分に感じ取っていた溥儀は、関東軍に毒殺されるのではと恐怖の日々を送っていた。しかし三宅はその裏をかき、溥儀を陛下毒殺の首謀者に仕立て上げようとしているのだ。

しかし、直太朗にとってそんな事情はどうでもいいことだった。シナリオは三宅が作り出した妄想だが、自分が九年の歳月をかけて作ってきた『大日本帝国食菜全席』のレシピは実際に存在する。その『大日本帝国食菜全席』が謀略のカモフラージュのために発案されたものだったとは。

しかも、その謀略のために自分を慕っている楊晴明を裏切り、犯人に仕立て上げねばならない。直太朗の動揺を察したのか、三宅は厳しい口調で続けた。

「もちろん、あなたには断るという選択肢は残されていませんよ。これはお国のためなのです。みな各戦地で命を投げ出して頑張っている。恨みもない人間を殺し続けている。あなただけに我儘《わがまま》が許される道理があるわけがない。

　この満州がしっかりすることは、本土にどれだけの効果があるか。この作戦は、今後の日本にとって大きな意味があることなのです」

　もちろん、直太朗は簡単に「承知しました」とは言えなかった。

　冷静に考えると、溥儀が自分の身に危険が及ぶ、そのような毒殺計画を自ら画策するわけもない。これはあまりに幼稚な計画だと思った。

　しかし、三宅はいま直太朗の目の前で、大真面目な表情でこちらの出方を待っている。なかなか返答しない直太朗に、三宅は威圧的な口調で最後通告を行った。

「もし、断ればどうなると思います。私にも、あなたの身の安全は保障できなくなる。そうなったら、あなたの奥様や娘さんもこの地で路頭に迷い、本土に帰っても、非国民の汚名を背負い続けることになる」

　直太朗は、もはや逃げ道を失った。

「どうです。了解できましたか？」

三宅は、今度は優しい口調で同意を催促した。

「は……はい」

直太朗は、両手の拳をぎゅっと握りしめて返答した。

「それは、よかった。

あなたを信じていないわけではありませんが、今後あなたの近辺には憲兵が見張りにつくことになります。次の指示もその憲兵からさせましょう」

最後に、直太朗は消え入りそうな声で質問をした。

「一つだけ質問があるのですが」

三宅は、質問など受け付けないといった表情で直太朗を見つめていた。直太朗はお構いなしに尋ねた。

「どうして、どうして、『大日本帝国食菜全席』でなければいけなかったのですか？」

すると、三宅はウォッカの入ったグラスを揺らしながらこう答えた。

「これは、世間の注目を集める料理でなくてはいけなかったのです。そうでなければ、溥儀の犯罪が世間に広まらない。これは世界中に伝わらなくてはいけない犯罪なのです」

三宅の執務室の扉から出てきた直太朗の顔からは血の気が引いていた。全身に冷や汗をかき、視線は定まらず足がもつれている。

直太朗はやっとの思いで関東軍司令部の建物を後にし、夢遊病者のように新京の駅の方向に歩いていった。

二〇一四年、九月

山形直太朗が書き残した手紙。そこには七十三年前の真実が綴られていた。

幸が読み上げるその内容に、楊晴明は瞼を閉じたままじっと聞き入っている。歯を食いしばり、自分の感情を必死に抑え込もうとしているように見える。

幸は、手紙を読み続ける。


《三宅中将からの命令を受け、私の頭の中は混乱していました。

その中で私が思いついたことは、楊晴明を私の元から逃がすことだけでした。私が犠牲になることは仕方ない。しかし、私を慕い続ける楊を巻き添えにすることだけは避けなくてはいけなかったのです。

ハルビンの自宅に戻ると、楊晴明に対し、司令部でお前が共産党のスパイであると聞いたと嘘をつき、私の元から去るように命じました。嘘をつかなければ、楊は自分が犠牲になっても『大日本帝国食菜全席』を世に出すのだと言い出しかねないと思ったのです。

私の下手な芝居は功を奏し、楊晴明はその日のうちに去っていきました。

その後、楊晴明が逮捕されたという噂は耳にしていません。うまく逃げ延びてくれていると信じています。

二か月後、太平洋戦争が始まりました。そのような戦時下に、天皇陛下の行幸などあるはずがない。『大日本帝国食菜全席』の存在自体、意味のないものになっていったのです。

しかし、もし楊晴明が憲兵の虜《とりこ》となり、突然『大日本帝国食菜全席』を調理するように命じられた時の心構えはしていました。幸いにして、千鶴も娘の幸もこの満州の地を離れ本土に戻っていました。私は自分の命に代えても、料理を作ることを拒もうと決意しました。

それは何故なのか。世界には、キリスト教、イスラム教、仏教、ユダヤ教、神道など色々な宗教があります。みな自分の神を信じて生きています。

私にとっての神は料理です。いいえ、食べないと生きてはいけない人類にとって、料理はみんなの神といってもいいと思います。

その神を、人を殺《あや》める道具や人をおとしめる手段になど、決して使ってはならない。それは信者としての務めだと思ったのです。

三宅中将から謀略の内容を聞いてしまったことで、私の運命は決定づけられてしまいました。もう二度と生きて日本の地を踏めないと覚悟せざるをえませんでした。私が満州を訪れたのは十三年前でしたが、よく考えればその時から片道切符でここにやってきたようなものだったのです。

この処刑を待つ牢獄《ろうごく》のような場所で残りの時間をどう過ごせばいいのか。

私は真剣に考えました。そして出した結論は、悔いの残らないレシピーを書き上げることでした。

レシピーさえあれば、この狂気の時代が過ぎた後、私がこの世の中に存在しなくても誰かが料理へと姿を変えてくれる。私は、希望する食材などは手に入りにくい状態でしたが、日々料理を考え続けました。はたから見れば、それは不幸な姿だったかもしれませんが、私にとってはとても充実した日々でした。

私は、料理人人生の半分以上をこの満州で過ごしたことになります。その間、客をもてなす料理はほとんど作っていません。それは私にとってとても悔いの残ることです。しかし、自分の思いのままに生きられぬこの時代、好きな料理に没頭できただけで幸せなことだと思わなくてはいけません。

この手紙を受け取った方に、一つだけお願いがあります。それはとても難しいことだと予想していますが。

もし可能であるならば、この手紙を中国の料理人、楊晴明に渡してほしいのです。彼はこの手紙に書き記した事実を知らないで人生を送っています。

楊晴明、君は何歳になりましたか？　四十歳ですか？　五十歳ですか？

あの時、君の気持ちを裏切ってしまったこと、心から後悔しています。

しかし、あの時はそれしか手段を思いつかなかった。一つだけ気がかりなことは、あの時のことがきっかけになって料理のことが嫌いになっていないかということです。

料理は人を幸せにするもの。人を笑顔にするもの。

その料理を作る人間が、それを愛せなかったら元も子もない。

料理を今でも愛していますか？　一生嫌いにならないでほしい。

私の分まで長く生き、料理で人を喜ばせ続けてほしい。そう願っています。

昭和二十年　八月八日　山形直太朗》

幸が手紙を読み終えると、楊晴明は声を上げて泣き出した。

「直さん、対不起《トゥイプーチ》！」

同じ言葉を大声で繰り返した。楊の取り乱し方がひどかったので、劉がドアを少しだけ開けて中の様子を窺った。楊晴明のその姿は、天国の直太朗に謝罪を繰り返しているのだと、佐々木には思えた。

幸は、直太朗の手紙を手にしたまま楊に語り続けた。

「父は、楊さん、あなたのことが大好きだったんだと思います。父はとても嘘が苦手な人間でした。でも、あの日は精一杯の嘘をついた。あなたを守りたい一心で」

「対不起……」

佐々木は、手紙の内容から直太朗の人柄を感じつつも、レシピの「本当の目的」にもショックを受けていた。

佐々木の中では『大日本帝国食菜全席』は、バイブルのような存在になっていた。その偉大なレシピが、謀略の一つとして発案されたものだったとは。佐々木も、楊晴明ほどではなかったが元気なくうなだれていた。

幸が、それに気づいていたかどうかはわからないが、静かな声で話し続けた。

「父も楊さんも、関東軍の使い捨ての駒だったんだと思います。まあ、当時はどの戦線で戦う兵士も同じようなものだったのでしょうけど。軍上層部の思いつきや判断ミスで多くの日本兵が命を落としたと聞いていますし」

自分の意思ではなく渡った満州。そこで十三年の歳月を費やして作り上げたレシピ。そして待っていた死。現代を生きる佐々木には信じがたいことだったが、幸が言うように当時の兵士たちもまた、みんな同じような運命をたどっていたのだろう。

「楊さんは、さっき日本の憲兵が父を殺しレシピを奪おうとしていたと言ったわよね。それを聞いて似たようなことを思い出したの。

楊さんは、７３１部隊というのを聞いたことがあるかしら？」

楊は小さく頷いた。

「ハルビンはとても美しい街だったわよね。でも、その少し南に行った平房《へいぼう》というところで関東軍は恐ろしい兵器を作っていた。私もそれを、戦後の新聞で初めて知ったのだけど。それが７３１部隊。

父と母が満州に渡ったちょうど四年後、その部隊は作られ、陸軍軍医中将の石井四郎という人が部隊長だったことで、石井部隊とも呼ばれていた。

この部隊の目的は、生物兵器を作ること。人体実験などもやっていたみたい。

その部隊に、私と母がハルビンから引き揚げた翌日、撤収命令が出た。証拠隠滅のために施設を破壊して機密文書も焼かれた。ほとんどの隊員は日本に引き揚げたらしいけど、数名はソ連軍の捕虜になってハバロフスクで裁判にかけられ戦争犯罪人になった。それで日本軍が生物兵器を作っていたことが明るみに出たの。

私たちが眺めていたハルビンと、関東軍が見ていたハルビンは全く違う景色だったのね」

確かに直太朗の家に押し入って彼を亡き者とし、レシピを捜し証拠隠滅を図ろうとした憲兵たちの行動は、幸の言う、撤収時に施設の破壊や機密文書の焼却を行った731部隊のやり方と似ている。いずれも敗戦した軍の指導部にとっては不利な証拠は処分するしかなかったのだろう。

山形幸は読み終わった手紙を畳んで封筒に戻し、楊の方に差し出した。

「最初、この手紙を佐々木さんから渡された時、てっきり母か私に宛てた遺書のようなものだと思ったの。でも、残念ながら楊さん宛てのものだったのよ」

幸は穏やかに笑った。

「父は楊さんをクビにした日のことが、ずっと引っかかっていたのだと思うわ」

楊晴明は苦しそうに声を絞り出した。

「直さんがこれほど気にかけてくれていたのに……私は、直さんを襲おうとし、千鶴さんを死なせてしまった。どんなに謝っても許してもらえない」

「でも楊さんは長生きして料理を続けた。父は、それだけで喜んでいると思うのよ」

楊晴明は、目の前に置かれた封筒を手に取り自分の胸に強く押しあてた。

一九四五年の八月九日から、今日この日まで沈黙を保ってきた『大日本帝国食菜全席』にまつわる真実が次々と明かされた。

楊晴明のプライベートルームは初め緊張感に満たされ、その後告白される様々な真実によって熱を帯び、いまは沈黙の中にも穏やかな空気が流れ始めている。部屋の片隅に吊るされた鳥かごの中の九官鳥も、その空気を察したのか、のんびりと羽を伸ばしている。

「私たちの清算は、ここまでね」

そう言うと山形幸は、自分の脇に置いてあったカバンの中から袱紗に包まれた「秋」と「冬」のレシピを取り出した。

「これが、私の母が日本に持ち帰った『秋』のレシピと、佐々木さんがハルビンで見つけてくれた『冬』のレシピ」

テーブルの上に置かれた二つのレシピを、楊晴明は考え深げに眺めている。

「楊さんが想像したように、『夏』のレシピは地下の農園の土の中に埋まっていたのよ」

楊晴明も、少しだけ気持ちが落ち着いてきているようだった。

「ははは、それじゃ見つけ出すのはひと苦労ね。さすが直さんだ」

楊は手元にあった小さな呼び鈴をチリンチリンと鳴らした。その合図を待っていたかのように、秘書の劉がお盆の上に「春」と「夏」のレシピを載せ扉から入ってきた。楊は目の前に置かれたお盆から二冊のレシピを手に取り、幸の置いたレシピの横に並べた。

『大日本帝国食菜全席』の全てのレシピ。中には二百四の料理が詰まっている。様々な運命をたどり、六十九年の年月を超えて再び揃ったのである。いずれも二百ページを超す厚さを持ち、並んだ姿は壮観だった。

楊は、初めて見る「秋」と「冬」のレシピを開いた。ページを繰るうちに楊の顔に、微笑みが浮かんできた。

「幸ちゃんにはわからないと思うけど、ここに並んでいるレシピはどれも、直さんが私と作ったものとは全く違っている」

「どういうことかしら？」

「直さんは私が去った後、二百四の料理、全てのレシピを書き直した。ここを見て」

そう言うと、楊は幸も初めて目にする「春」のレシピを開き、その冒頭のところを指さした。そこにはこんな巻頭言が綴られていた。

包丁は父
鍋は母
食材は友

レシピーは哲学
湯気は生きる喜び
香りは生きる誇り
できた料理は、君そのもの
それを食すは、君想う人

「私と一緒にやっていた頃、こんな文章なかった。だって当時はお国のためにレシピ作っていたから、《それを食すは、君想う人》じゃ陛下に失礼ね。

つまり直さんはこのレシピ、最後はお国のためじゃなくて、家族に食べてもらいたいという気持ちで作り直したんだよ」

幸には、なかなか呑み込めないことのようだった。楊は、「春」の最後のページを開いて話し続ける。

「幸ちゃん、春のレシピの五十一番目を見て。

この春の最後の料理は、『ラズベリーと白味噌餡の饅頭』になっているでしょ。これは千鶴さんの大好物だった、ラズベリーを使ったデザートね。私も、直さんから妻の好物だからと言われ、春になるとよく買い出しに行かされたよ」

「確かに、母はラズベリーが大好きだった……」

幸がぽつりと言うと、楊は今度は、「夏」のレシピの最後のページを開けた。

「次にここを見て。『夏』の五十一品目は何と書いてある？」

「『枇杷プリン・黒砂糖ソース』……」

幸の表情が、さっと明るくなった。

「これは、私の好物？」

「そう幸ちゃんの大好物、枇杷が、『夏』のラスト。私、よく発見したでしょ」

すると、楊は初めて手にする「秋」と「冬」のレシピを見始める。

「あらあら、直さん、『秋』の最後は『マスカットと巨峰で彩った八宝飯《はっぽうはん》』にしてくれてる。これは私の好物ね。そして、『冬』のラストは、直さん本人の好物、雑炊。その他にも、千鶴さんや幸ちゃんの好きな料理がいっぱい入っていたよ」

それを聞いて佐々木も嬉しくなった。レシピが謀略のためにだけ存在したのなら、それはあまりに悲しい結末だと思っていたからだ。直太朗は、せめてもの抵抗として、最後は密《ひそ》かに家族のための料理に作り替えていた。

「私がいた頃は、どの季節に天皇陛下が満州に来ても、絶対揃う食材しか使っていなかった。でも、いまのこれは、その季節でなければ無理なものとか、日本でなくちゃ揃わないものも入っている。

直さん、最後は、もう天皇陛下の行幸のタイミングなんてどうでもよくなっていたね。きっと、三宅中将にアッカンベーして作っていたと思う」

楊晴明は、さらに解説を続けた。

「でもね、直さんの作ったレシピ、もう一つ罠《わな》が仕掛けられていたよ」

「罠？」

「もし、レシピが万が一、軍の手に渡っても悪用されないようにやったことと思うけど。私は、『春』のレシピを手に入れると、すぐにその再現をしてみた。だけど、どの料理も美味しくなかった」

佐々木は、その言葉にハッとした。自分も、幸から初めて「秋」のレシピを見せてもらったとき、直太朗が書いたその手順通りに作ったが、「味がぼけた」ものしかできなかった。

千鶴の夫・湯木壮一もレシピを再現する時、同じ経験をしていたはずだった。

そして、佐々木は楊が言うように、このレシピには何か仕掛けがあると思い続けていた。

「直さんは、誰でも簡単に再現できるようにしたくなかったんだろうね。だから、このレシピを四冊全て手に入れたとしても、たったの一品も料理を再現することは不可能なわけ」

すると、幸が不思議そうに尋ねた。

「でも、それではレシピの意味がないんじゃないかしら？」

「そう、凡人にはね。でも、直さんと同じくらいの才能ある人間ならば、料理作れる。このレシピ、きっと二百四品全部だと思うけど、基本調味料が書かれていないんだよ」

佐々木はなるほどと思った。レシピ通りに作っても「味がぼける」、その原因は、基本調味料にあったのだ。

「実は僕も、幸さんに内緒で、料理を再現してみたんです」

佐々木が、初めて会話に加わった。

「『鶉と松茸の春巻き』というのを作ってみたんですが、どうしても味がぼけている。これに醬油を足せば、簡単に成立するのにと思っていたんです」

楊は、佐々木の話を嬉しそうに聞いていた。

「直さんが、このレシピを書き直した頃は、食材が全然手に入らなかったはず。でも、直さんには絶対音感みたいな天才的な味覚があったから、食材なしでもレシピを作れた。私は、それを『麒麟の舌』と呼んでいたけど。

そして、直さんはあえて未完成のレシピを作った。それを完成させるのは、将来、自分みたいな才能持った人間、『麒麟の舌』持った人出てきた時。それは、ちょうど佐々木さんみたいな人のことね」

それは、佐々木にとって何よりの褒め言葉だった。もちろん、その才能があったがために、『最期の料理請負人』という妙な仕事をやり始めたわけだが。

「幸ちゃん、私は戦後すぐの時期は、『大日本帝国食菜全席』のレシピ集めに躍起になっていた。でも、次第に中国共産党も、それに興味を失い始め、私もこの『釣魚台国賓館』に雇われるようになった。

それが、なぜ六十年以上経った今年、再びレシピ捜しを始めたのか。それが、わかる？」

幸は首を振った。それは佐々木もずっと持ち続けていた、とても基本的な疑問だった。

「佐々木さん、四月の横浜で行われた周蔡宜さんのお葬式を覚えている？」

「ええ」

そこで、佐々木は楊晴明の姿を初めて目にしていた。

「そう私たちが初めて会ったのは、その時。

周は、私の親しい友人で、その死はとてもショックだった。自分にも死期が近づいていると思わざるをえなかった。周の死を知らされてから、ずっと残りの時間、何したらいいか考えていた。

そんな時だった。周の奥さんから、佐々木さんの『最期の料理』の話を聞かされた。最初、そんなことのできる料理人なんているのかと思った。しかし、くわしく話を聞くうちに、直さんと同じ、『麒麟の舌』を持つ男が、ここにもいたのかと思った。すぐにでも会ってみたかった」

佐々木は、楊晴明が自分のことを、そんな風に思っていたことが意外でならなかった。

「周の奥さんはこんな情報もくれた。佐々木さんは病室に、珍しい和菓子を残していったと」

佐々木は、その時の料理を思い返していた。作ったのは「『島津亭』のオムライス」。そして、楊が言うように周の妻のために丸柚餅子を残してきた。丸柚餅子は、孤児院にいた時、院長が柚子の穫れる冬の季節に大量に作り置きしていた、佐々木の思い出の味だった。

「それが全てのきっかけ。私は佐々木さんのこと、そして幸さんのことも、日本の同胞に頼んで改めて調べ直すことにした」

佐々木は、そんな流れで楊が自分のことを調べ始めたのかと思った。

しかし、自分を調査したことは理解できるが、なぜ幸のことも調べなくてはいけなかったのか。

当の幸も、楊晴明の話を不思議そうに聞いていた。

「幸ちゃんは、千鶴さんが亡くなった後、親類の間を転々として、三十五歳頃、料理とは関係ない公務員の旦那さんと結婚した」

「……………」

幸は肯定も否定もしなかった。佐々木は、幸のことをずっと独身だとばかり思っていた。

「そして、一人の男の子を出産した。

でも、私が作り出してしまった恐怖心は、ずっと癒えなかったんだよね。お母さんは死に追いやられ、幸ちゃん自身も何度も盗難騒ぎにあったから。

幸ちゃんはノイローゼになっていたよね。色々なこと全てトラウマになっていた。だから、ご主人とはうまくいかずに離婚した。ご主人は男の子を引き取ったけど不幸にも病気で早くに亡くなった。その頃、幸ちゃんも心の病が悪化して入院していた」

幸は、俯いたまま話を聞いている。

「幸ちゃんの子供は、仕方なく札幌の孤児院に預けられた。その名前、『すずらん園』で間違いないよね」

幸は、小さく頷いた。その横で佐々木は動揺していた。幸の方を見ることができない。心の中で「楊は何を言っているのか」「そんな偶然ありえない」、そんな言葉を繰り返した。

「佐々木さん、あなたのいた孤児院の名前は何ですか？」

佐々木は言葉を失っていた。その様子を見て楊は続けた。

「それも、『すずらん園』で間違いないですよね。佐々木さんの本名は、村田満さん。村田はお父さんの方の姓ね」

今度は、幸が驚いた表情で顔を上げた。そして、真横にいる佐々木の顔に恐る恐る視線を送った。佐々木は下を向いたままだった。

「まさか……まさか……み、みつるさんは……」

その言葉に、ようやく佐々木も幸の方を見た。

幸は、頭の中で赤子時代の満と、いま目の前にいる青年を必死に照合しようとしていた。

佐々木は、記憶にあるはずもない母親の顔を思い出そうとした。

佐々木は声を絞り出した。

「どういうことですか？　楊さんが言っていることは……本当のことなんですか？」

すると、幸の目からぼろぼろと涙がこぼれ始めた。佐々木は自分の身体の上に、何かどすんと大きなものが落ちてきたような衝撃を感じていた。

楊晴明は、幸の心を慰めるようにこう言った。

「全部、私のせいでこうなった。幸ちゃんは何も悪くない。幸ちゃんは、いつも満さんを捨てたことを後悔していたね。ずっと申し訳ないと思ってた。

幸ちゃん、身体の具合だいぶ悪いでしょ。

調査で、満さんが幸ちゃんの子供とわかった。そして、幸ちゃんの病気とても悪いと知った。その時、これが私の人生最後の仕事だと思った。

だから私は、満さんに『大日本帝国食菜全席』のレシピ集めを依頼した。全ては、二人を結びつけるために」

幸は、息子の顔をじっと見つめ続けた。湧き出てくる涙を止めることなどできなかった。

「長く……苦労をさせてしまって。本当に……ごめんなさい」

幸は、それだけ言うのが精一杯だった。佐々木は幸を抱きしめた。そして、一言……

「本当に会いたかったよ……母さん」

生まれて初めて口にした「母さん」という言葉。

修善寺に何度も通い続けるうちに、佐々木は自然な流れで、幸に対し自分の母親のように接し始めていた。

本音を漏らし相談もした。病気の具合も他人へのそれとは比べ物にならないくらい、気にかかった。感情と身体は、すでに母親と感知していたのかもしれない。

幸は痩せ細った手で、佐々木の顔を優しく撫でた。佐々木は、その母の手の上に自分の手を添えた。

幸は北京まで、直太朗と楊晴明の関係を「修復」しに来たはずだった。

しかし、いま、それとは全く別の「修復」が楊晴明によってもたらされた。

「満さん、陶芸家のお父さんの形見と言われて、土鍋と一緒に孤児院に預けられたでしょ。あれは、千鶴さんがハルビンから持ち帰ったものじゃないかと思ってる。私がいる時分から、直さんはあの土鍋とても大切にしていた。

他にもいっぱい高価な器があったのに、とても重かっただろうにその土鍋と直さんの包丁だけ、千鶴さんは引き揚げの時に日本に持ち帰った。幸ちゃん、当たってるでしょ？」

幸は頷いた。

「満さん、この『冬』のレシピの最後を見てみて。僕もさっき初めて見て、なるほどと思ったんだけど……」

佐々木の前に開かれた「冬」のレシピの最後には、「スッポン雑炊」という料理名が書かれていた。

「面白いのは、これだけ料理名しか書かれていない。レシピ、全く書かれていない。なぜなら、水を入れ火にかけるだけで土鍋が勝手に料理を作り上げてくれるから。

つまり、あの土鍋はレシピそのもの」

確かに、楊晴明の言っていることは間違っていない。

「成長した満さんは、いま『最期の料理』という離れ業をやっている。それは、絶対音感みたいな舌持ってないとできない仕事。直さんの末裔《まつえい》にしかできないことね。

そして、周の奥さんに残した丸柚餅子は、直さんの故郷・石川県の郷土料理。冬になると直さんの故郷から柚子がいっぱい送られてきて、直さんと私、千鶴さん、幸ちゃん、みんな手伝って丸柚餅子、たくさん作らされたよ。

直さんが、レシピから基本調味料を抜いたのは、簡単なこと。『大日本帝国食菜全席』は、自分と同じ舌を持つ末裔にレシピを完成させて、料理を再現させたかったということなんだね」

楊晴明は、テーブルに置いてあった『大日本帝国食菜全席』の四冊のレシピをひとまとめにすると、佐々木に手渡した。

「満さん、幸ちゃんに、この料理を作ってあげて」

すると、佐々木が苦笑いしながらこう言った。

「もう、すでに作ったことがあるんです。あの土鍋でスッポンのおじやを」

確かに一度作って修善寺に持ってきたことがある。幸は、あの味をもう一度思い返した。

「おじや……本当に嬉しかった」

佐々木は、車椅子を押しながら、『釣魚台国賓館』を後にした。

行きと帰り……車椅子を押す行為に変わりはなかったが、佐々木には全く違った意味を持っていた。

帰国すると、母のために、季節の「秋」のレシピをせっせと作り続けた。

そして、それは山形幸にとっての「最期の料理」となった。

二〇一五年、一月

雪の降りしきる新千歳空港に、満は降り立った。

その長く束ねていた髪はバッサリと切り落とされている。北海道を訪れた理由は、自分を育ててくれた孤児院『すずらん園』を訪問することだった。

札幌まで出ると、地下鉄の南北線に乗り北三十四条駅で降りた。

「やっちゃったなあ」

ぼそりとつぶやいた満の視線の先には黒い革靴があった。これは東京に出てから長い時間、故郷を顧みなかった罰かもしれないなと思った。しかも不幸なことに、満は玩具《おもちゃ》の詰まった大きな袋を抱えていた。

吹雪とまではいかないものの、雪はかなりの勢いで降り続いていた。

途中からはビニール傘を差すのも諦めて、何度も転びそうになりながら、どうにか孤児院に到着した。

約二十五年ぶりに見る『すずらん園』は、思った通り自分が過ごしていた頃よりも小さく感じられた。建物の造り自体は何も変わっていない。リフォームするような余裕がないのだろう。当時から貧乏な孤児院だった。

満や柳沢の面倒をみた大里三郎園長は十二年以上前に亡くなり、いまは娘のゆかりが継いでいた。

「本当に懐かしいわ。父も、満さんにすごく会いたがっていたのよ。中学の頃はすごく悪《わる》だったでしょ。満は東京でちゃんとやっていけてるのかって、いっつも心配していた」

満は、照れ笑いした。

今は二十人以上の孤児たちが生活していた。満の頃は十人程度。最近、入所してくる孤児が増え続けているという。

一か月遅れのサンタの登場に子供たちは大喜びだった。満は一人一人にプレゼントを渡しながら、自分のように複雑な背景を持ってここに来た子供もいっぱいいるのだろうと思った。

ゆかりは当時のアルバムを見せてくれた。満が写っている写真のほとんどが柳沢と一緒のものだった。

「そうだ。父から満さんが訪ねてくることがあったら、見せてやってほしいと言われていたものがあったわ」

ゆかりは、段ボール箱を一つ、満のところまで重そうに運んできた。

「これなんだけど」

段ボール箱を開けると、中にはＡ４のノートがいっぱい入っていた。

ゆかりが一番上のノートを取り出した。ノートは、中に色々な物が張り付けてあるのだろう、不格好に膨れ上がっていた。

ゆかりはそのノートを開いてみせた。

「これはレシピですか？」

「そう。孤児院で出した料理のね」

ここの食事はどれも美味しかった。料理好きだった園長は、子供たちの料理を全て自分の手で一から作ってくれていた。しかも、その料理は毎日違うもので同じ味に出会ったことはない。

満は毎朝、園長の鰹節を削る音で目を覚ましたものだった。そんな愛情いっぱいの料理は、満と柳沢が料理人の道を選んだ理由の一つにもなっている。

「園長、こんなレシピを残していたんですね。どの作り方もすごく細かく書かれている」

「そう思う？　でも、これって不思議じゃない。ノートに直《じか》に書けばいいのに、わざわざ一度Ｂ５の紙に書いて、それをノリで貼り付けているでしょ」

確かに、そのせいでノートはパンパンに膨れ上がっていた。

「これを書いたのは、満さんのお母さんよ」

「えっ?」

気をつけてみれば、紙に書かれた文字は女性のものだった。なぜ、幸は孤児院の食事のレシピを書いていたのか、満には理解できなかった。

「詳しいことはわからないんだけど、満さんのお母さんは、私の父に、自分はもう死んだことにしておいてほしいって頼んでいたみたい。

でも、良心の呵責《かしゃく》があったんでしょうね、一週間に一度、封筒で七日分のレシピを送ってきていた。父はそのレシピ通りに、みんなのご飯を作っていたのよ」

満は、ノートを一ページ一ページ捲りながら、その料理をイメージしてみた。一冊見終わると、二冊目、そして三冊目と見続けた。

「満さんがここに来たのは二歳の時でしょ。そして、東京に出ていったのが十五歳の時。レシピは十三年間届き続けたのよ」

その文字を目で追いながら驚いた。どれ一つとして、全く同じ料理はなかった。だから、園長の料理も同じものが出てこなかったのだ。そして、初期のものから、幸が書いた「丸柚餅子」の作り方も見つけることができた。

満は、レシピを書く幸を想像してみた。

その頃、幸は精神を病んで病院にいたはずだ。恐らくその病室で、幸は満を捨てた自分を責めながら、まるで写経のようにこれを書き続けていたのだろう。満の目から涙が溢れ始めた。

満は、幸の家で見せてもらった、祖父の直太朗が書いた「おみおつけ」のレシピを思い出した。それは、幸のために全て平仮名で書いたものだった。

父から娘へ、その娘から息子へ、レシピのリレーが続いていた。

そんなことを考えていると、満は思わず噴き出し、ゆかりに向かって言った。

「うちの家族は、どうしてレシピでしか愛情表現できないんですかね」

「そうね。遠くから、これで愛情を送り続けていた感じですものね。その気持ちがわかっていたから、父もレシピに忠実にお母さんの代わりにお料理を作っていたのだと思う」

もちろん、ゆかりには満の言葉の本当の意味まではわからなかった。

満は、その段ボール箱を恵比寿の自宅にそのまま送ってもらう約束をし、孤児院を後にした。

満は、東京に戻る機内で料理を考えていた。

それは、恵比寿に四月に出す予定の新しい店に使うものだった。満の傍らには、直太朗の「春」のレシピが置かれている。

満が抱えていた多額の借金は、楊晴明が「これは慰謝料」と言って負担してくれて全額返済できていた。

新店の名前は『食幸・むら多』。満は、幸の名前を一字入れるだけで何か落ち着いた気持ちになれた。

山形直太朗の遺伝子が、恵比寿の地にこれからも生き続ける。

大日本帝国食菜全席

春のレシピ

その一　苺と薔薇のカクテル
その二　春の息吹、柳の芽・ガレット仕立て
その三　北陸甘海老のタルタル・陳皮のシャーベットのせ
その四　鱒と蕪とカラスミのミルフィーユ菱餅
その五　ヤリ烏賊の桜燻製水菜サラダ・純米酒ドレッシング
その六　才巻き海老の天ぷら・メレンゲ天つゆ添え
その七　ふきと春菊のニョッキ・アラビアータ
その八　仔牛の胸腺肉・メロン和え
その九　揚げ蛤の中華風吸い物

その十　鯉のひれと松阪牛の牛タン入りオムライス
その十一　原種の苺入り葛餅・抹茶きな粉添え
その十二　桜花の塩漬け入り団子・翡翠クレープ包み
その十三　ワカメと京都物集女《もずめ》の筍・岩塩包み焼き
その十四　三十種類の山菜入り春巻き
その十五　花見重、菜の花と蛤のちらし寿司
その十六　炙った黒豚の皮目・ダブルコンソメ和がらし添え
その十七　シラスの天盛、揚げ筍
その十八　白魚とたらの芽のしんじょう入りレタスちゃんこ
その十九　明太子プリン・新じゃがムースの二層仕立て
その二十　黒胡麻と白胡麻と金胡麻・三色鯛茶漬け
その二十一　八朔のタルト・ポートワインジュレ
その二十二　桜鯛と薄造り筍・アンチョビソース
その二十三　江戸前穴子と木の芽・う巻き揚げ
その二十四　蛍烏賊・うどのスパゲティ仕立てクレソンの苦味
その二十五　細魚《サヨリ》の黄味寿司・伊予柑醬油

その二十六　鯛の七つ道具・酢味噌和え
その二十七　蒸した愛魚女《アイナメ》・ニョクマムソース
その二十八　ラム肉のはっかソース焼き・天蕪の春かすみベール
その二十九　栄螺《サザエ》のチャウダー
その三十　海老天・黒酢飯
その三十一　蜂蜜あん入り大福・チョコレートソース
その三十二　赤貝、ミル貝、北寄貝のしゃぶしゃぶ・中国薬膳だれ
その三十三　フォアグラと葉わさびの薄切りの昆布締め
その三十四　白アスパラと湯葉の葛仕立て・キャビアのせ
その三十五　北海海鮮の太巻き寿司
その三十六　鯛の兜揚げ・オマールソース
その三十七　広東ダックと筍のピクルス・八丁味噌だれ
その三十八　明石蛸の石焼・フランスバターソース
その三十九　カワハギの肝入りワンタンスープ
その四十　アサリと新牛蒡の炒飯
その四十一　グリーンピースの春団子・梅味

その四十二　鰆のワインの搾りかす漬け

その四十三　金目鯛の香草蒸し広東風

その四十四　焼き伊府麵《イーフーメン》・グリーンアスパラベシャメル餡

その四十五　軍鶏の軟骨を生かした焼売・酢味噌風味

その四十六　鱚と車海老の団子・枝豆のとろみソース

その四十七　帆立のパリパリ湯葉包み揚げ・桜塩

その四十八　沖縄アグー豚入り揚げ桜餅

その四十九　稚鮎の春キャベツロール・蓼スープ

その五十　ミミガーと青パパイヤの豆乳雑炊

その五十一　ラズベリーと白味噌餡の饅頭

夏のレシピ

その一　鮎のたたきすいかソース

その二　さくらんぼの唐辛子入り泡盛漬け

その三　生岩牡蠣の夏みかんドレッシング

その四　とうもろこしと合鴨焼き・青柚子風味

その五　但馬牛の蓮の葉包み蒸し

その六　アオリ烏賊刺し冷麺風・水キムチ

その七　古代豚とマンゴーの蒸し焼き

その八　渡り蟹のテキーラ漬け・ライム風味

その九　紋甲烏賊とじゃが芋の和風ブイヤベース

その十　鰻ひつまぶし・肝入りとろろがけ

その十一　夕張メロン入りカスタードシュークリーム

その十二　花ズッキーニで包んだ舌平目・豆鼓《トーチ》ソース

その十三　帆立出汁のペリメニー

その十四　アーティチョークと玉葱の天ぷら・コンソメ天つゆで

その十五　羽太《ハタ》の清蒸《チンジョン》・柚子胡椒

その十六　牛肉ソテーとたたき山葵のタコス

その十七　サマートリュフとトリ貝のトマトファルシー

その十八　焼きバナナの雲丹和え

その十九　水茄子と水牛チーズ・トマトジュレ

その二十　烏賊墨リゾット入り、烏賊めし

その二十一　小玉すいかと梨のジェラート
その二十二　じゅんさい入りガスパチョ・山葵風味
その二十三　太刀魚の軆切り・向日葵ハニービネガー
その二十四　パイナップルのロースハム射込み・ジンの香り
その二十五　もち米を詰めたナツメ・いちじくソース
その二十六　空豆のポレンタ・牛すじソース
その二十七　真蛸と芝海老の蛸壺蒸し上海風
その二十八　鰹出汁と上湯の合わせスープの軆しゃぶしゃぶ
その二十九　冬瓜と豆腐のコンソメスープ
その三十　コハダの笹巻寿司・棒茗荷
その三十一　宇治金時・桃のソース
その三十二　飛魚つみれと鮑入り冷たいトムヤムクン
その三十三　鱸《スズキ》の新茶蒸し
その三十四　伊勢海老カツ・トマトソース
その三十五　沖縄山羊のシシカバブーと青パパイヤフライ
その三十六　汲み上げ豆腐とオリーブオイル花山椒

その三十七　蛙のフリット・ゴーヤソース
その三十八　田鰻の辛い土鍋
その三十九　鯵・紫蘇・枝豆の冷や汁
その四十　夏穴子寿司・四川豆板醬
その四十一　葛きりとポンカンゼリー
その四十二　鮃の氷あらい・梅と花茗荷千切り
その四十三　白きくらげのブランマンジェ・フランボワーズ
その四十四　手長海老のヴェトナムフォー仕立て
その四十五　虎魚《オコゼ》と夏野菜の揚げ物・万願寺唐辛子ソース
その四十六　とうもろこしの皮で蒸し焼きにした軍鶏
その四十七　夏柚子味・トマトの冷やし茶碗蒸し
その四十八　蝦蛄《シャコ》の和風出汁パエリア
その四十九　賀茂茄子のコンポート・梅肉ソース
その五十　愛玉のアーモンドスープ
その五十一　枇杷プリン・黒砂糖ソース

秋のレシピ

その一　鶉と松茸の春巻き・松茸ソース
その二　栗と牛蒡の二色茶碗蒸し
その三　時知らずのタルタル・イクラと烏骨鶏の卵黄金ソース
その四　丹波大納言を射込んだ蓮根揚げ
その五　酔っ払い上海蟹・オクラとろろ添え
その六　ゆり根の月餅・黒トランペットのソース
その七　燻製秋刀魚・豆腐窯ソース
その八　九条葱と近江牛のシュラスコ・黒胡椒風味
その九　落ち鱧と魚の浮き袋の上湯スープ土瓶蒸し
その十　黒鮑のライスカレー
その十一　洋梨入り月見団子
その十二　椎茸ステーキ・オランデーズソース
その十三　生湯葉の上海蟹味噌ソース・黒酢かけ
その十四　牡蠣のワンスプーンお好み焼き
その十五　トコブシときのこ類のほお葉焼き
その十六　毛蟹のケークサレ・ピスタチオソース

その十七　霜降り神戸牛のピリ辛すき焼き
その十八　乳飲み仔豚のサルシッチャ・トマトみぞれ餡
その十九　手打ち新蕎麦・カルボナーラ風つけだれ
その二十　遊牧民風羊炊き込みご飯・万願寺唐辛子のせ
その二十一　さつまいものスフレ
その二十二　京人参とトリッパのモツ煮
その二十三　ポルチーニの天ぷらのせ油うどん
その二十四　イベリコ豚ベーコンと馬肉のハンバーガー
その二十五　じゃが芋、紅芋、南瓜、人参、四色のビシソワーズ
その二十六　若狭グジ酒焼き・舞茸ソース
その二十七　戻り鰹のたたき・アイオリソース
その二十八　名古屋コーチンのロースト白菜包み・トマトソース
その二十九　揚げ鮭の石狩鍋・バター風味
その三十　焼きリゾット・仔羊の脳味噌を包んだキャベツのせ
その三十一　花梨のザバイオーネ・ホワイトチョコレートがけ
その三十二　牛蒡と土のスープ・砕いた炙り銀杏をのせて

その三十三　白トリュフの卵プリン
その三十四　脱皮したての伊勢海老の素揚げ・春菊ソース
その三十五　鴨肉のソーセージのチーズフォンデュ
その三十六　新米のピッツァ・海賊風
その三十七　金華豚の小籠包・豚骨と魚介の濃厚スープ
その三十八　燻製シシャモのトルティーヤ
その三十九　牛内臓のハリハリ鍋
その四十　銀杏と栗の西洋炊き込みご飯
その四十一　くわいのモンブラン
その四十二　銀鱈と豆腐の重ね蒸し・檸檬と唐辛子の合わせだれ
その四十三　富貴鶏の西洋茸詰め
その四十四　豚アキレス腱と獅子頭の砂鍋《サーコー》煮込み
その四十五　里芋のサモサ
その四十六　エクルビスのエビチリ
その四十七　仏オマール海老バナナの葉包み焼き・南国ソース
その四十八　ラム肉と玉葱のきりたんぽ・ピリ辛風味

その四十九　茸尽くしの和風チャーハン・山芋がけ
その五十　赤飯で出来たショートケーキ
その五十一　マスカットと巨峰で彩った八宝飯

冬のレシピ

その一　ヤマシギの黒豆包み焼き
その二　蜂蜜風味の千枚漬けで巻いた本鮪
その三　白ミル貝と牡蠣といちごのゼリー寄せ
その四　野兎の水餃子・コンソメ風
その五　フカヒレと舞茸入り水炊き
その六　燕のステーキ・タラバと松葉の二色ソース
その七　仔羊のカレーうどん・カリカリ牛蒡
その八　乾物ナマコと冬野菜の炊き合わせ
その九　南禅寺豆腐と水菜の牛乳鍋
その十　寒ブリの上湯スープ天茶
その十一　南瓜団子入り温かい杏仁豆腐

解説

金光　修

この小説は、数多くの料理人と接してきた田中経一だからこそ書けた作品だと思う。彼でなければ、たとえ、世界中のレストラン巡りをして名だたる料理を食べ尽したとしても書けなかっただろう。

この小説の主役は料理ではなく料理人である。しかもただの料理人の話ではない。物語の底には、料理を作ることを職業とする人たち特有の心情が力強く流れている。だからこの小説の真髄はコミック誌でよくみられるような料理ネタの蘊蓄話《うんちくばなし》でも、情報誌で著名人が得意げに語るグルメ案内でもない。

リアルな料理人魂がストーリーの大事な幹となっている。その心情は、どんな時代、どんな場所でも共通する普遍的なもので、場合によっては、歴史的宿命に翻弄されることもあるだろう。そんな料理人と歴史を組み合わせた壮大なストーリーが描かれている。この目の付け所こそが新鮮であり、この小説のアイデンティティである。

戦前の我が国と中国の間では領土支配における国家間、民族間の争いがあった。その激動の時代のことを学校の授業や受験勉強で学ぶのは時に退屈極まりないものである。でも教科書では脚注にすら登場することのない料理人に焦点を当て、その生き様を紡いでいくことで、歴史的背景が俄然《がぜん》壮大な舞台設定となり、得体のしれない謎が生まれる。目の前で次々にことが起き、徐々に過去のいきさつも浮かび上がってくる。どのような結末が待っているか興味が喚起される。そんな小説である。

作者の田中経一は90年代のテレビ番組「料理の鉄人」のディレクターだった。

この番組は〈鉄人の称号を受けた御用料理人に、市井の名うての料理人が真剣勝負を挑む〉という設定で、実際に３００回に及ぶ料理対決がスタジオで繰り広げられた。その模様は45分番組としてほぼ毎週、６年間にわたって放送された。

田中経一はその番組の総合演出家であった。彼は、この番組制作活動を通して、料理人の人生の奥の奥まで入り込む数々の経験をした。それこそがこの小説の下敷きになっているのだろう。

本人も、この小説のほとんどのエキスは「料理の鉄人」で身につけたものと言っている。この番組の料理対決を行うに当たって、挑戦者のプロフィールを視聴者に提示することは大事な演出家としての役割である。ボクシングのタイトルマッチならば、ランキングや過去の戦績などで対決をより興味深くすることは容易である。

しかし料理人に公式ランキングも対決の戦績もない。挑戦者たりえる資格を表現するために、演出家である田中経一は料理人と徹底的に向かい合い、生い立ち、料理人になった動機、どこで何を修業したか、得意技や調理道具へのこだわり、料理の独自性などを取材によって探り出し、多くの視聴者が納得する料理人のプロフィールを短い映像とナレーションで提示していく作業を繰り返した。

鉄人と挑戦者には料理で対決するためのキッチンスタジアムが待っている。料理人は、制限時間内で与えられたテーマ食材を使って自分の得意な創作料理を作り上げる。そこには何でもかんでも美味しいと大袈裟に褒めてくれるレポーターはおらず、はっきりとものをいう料理批評家がいるだけだ。歯に衣を着せぬコメントを受け、勝ち負けまで判定されてしまう。そんな多大なリスクを背負う料理人たちは、自分のプロフィールだけでなく、料理する表情も道具を使いこなす技も出来上がった料理の見栄えも含め、自らの誇りと威厳のすべてを番組制作者に託すのである。そんな緊張関係を通して、番組制作者と料理人たちとの間には濃密な付き合いも生まれる。

そして料理人には様々な癖や行動パターンがあることを知ることになる。例えば、料理の文献など膨大な資料を集め読み漁り日夜研究に励む学究肌の料理人。自分の店で稼いだお金を無尽蔵に食べ歩きに使い果たす料理人。客として行った店で出された料理についてカウンター越しに厨房に向かって執拗《しつよう》に質問攻めする料理人。スケッチブックを取り出し、出された料理をベースに想像の世界でアレンジを施し料理の完成図を描く料理人。ひたすら包丁さばきなどの技を磨き続ける料理人。総じて言えることは成功した料理人はみな一様に研究熱心である。

料理人が、功成り名を遂げるまでに実際に体験したエピソードにもなかなか面白いものがある。有名な温泉宿であれ銀座であれ腕の立つ料理人には、政治家や財界人や実業家など権力と財を持つパトロン的存在がつくものらしい。お忍び旅行に随行することなど当たり前のことだが、早朝の市場の買出しから戻ったところに黒塗りの車で迎えに来られ、長靴のままゴルフ場に連れていかれたのが初めてのラウンドだったとの体験談をとある鉄人料理人から聞いたことがある。

そんな料理人たちの職業的な習性やパトロンの存在、料理人を取り巻く人たちとの関係などのリアルな実例が、この小説に登場する料理人のキャラクター設定やストーリーに反映されているのではないだろうか。たとえ私小説ではなくとも、大きな虚構の中には細かな真実の積み重ねがなければ話の説得力を持たない。仔細にわたる人物像を具体的に思い描ける経験は大事なことだ。

田中経一には料理人との深い交流だけではなく、真剣な料理対決を通して何百何千種類の料理が作られるプロセスを見届け続けた経験もある。従って、食材、組み合わせ、調理法、料理名のつけ方など料理全般に関する知識も十分すぎるほど身に備えているが、そんな食材や料理の薀蓄ネタを本文中で必要以上には使っていない。その素養は、巻末にある春夏秋冬の四季それぞれ51種類ずつ計２０４品もの圧巻の料理リストに込められている。そして、このリストは物語の重要な役割を担っている。これは彼の持つ知識をベースに食材辞典を片手に相当な時間を費やして考えたオリジナル創作物で、この小説に描かれている時代に手に入れられる食材だけで構成されているそうだ。２０４の料理を食べてみたいという思いとともに２０４種類の料理がずらっと並ぶ光景を映像で表現したいという映像クリエイター魂も揺さぶったのではないか。

テレビ番組や映画は一般的に団体作品で、小説は個人作品である。テレビ番組や映画には制作チームがあり、企画を考える人、お金の管理をする人、脚本・ナレーション原稿を書く人、出演者を決める人・交渉する人、大道具・小道具を作る人、演出する人、編集作業をする人、など様々に役割が分化されている。勿論《もちろん》、ひとりで何役もやるのが通例ではあるが。

　私はフジテレビの編成部員として番組企画を担当していた時代に、社内外の本当に多くのクリエイター的な才能と巡り合うチャンスに恵まれた。そして多くのテレビ番組を世に送り出すことが出来た。思惑通りの反響が得られる番組などごく一部であったが、その初期の段階で、フジテレビ系制作会社の社員ディレクターだった田中経一とフリーの構成作家・小山薫堂とチームを組んで作った番組はどれもそこそこ話題にもなったし一定の評価も得た。「マーケティング天国」「TVブックメーカー」「カノッサの屈辱」という深夜特有の30分のレギュラー番組など、私は30代半ば、彼らはまだ20代のころのものだ。未熟だけど彼らの才能は光っていた。アイデアと勢いがあり、その流れから「料理の鉄人」が生まれた。そこには得意分野を持つ専門的なスタッフもどんどん集まってきた。

　こうした共同での創作活動を繰り返し繰り返しやっていると、徐々に周りに気を遣わず自分だけのピュアな創作物を作りたくなるものだ。個としての表現意欲があればあるほどその思いの度合いは高まるはずだ。バンドを解散してソロ活動に走るミュージシャンが多いのも共通するメンタリティによるものだと思う。テレビ制作者では映画監督をやってみたいと思うものは多い。テレビ番組の数に比べれば映画の制作本数が圧倒的に少ない分、映画監督はテレビ演出家より存在感は強く目立つ。だけど映画も団体作品であることには変わりがない。

究極の個人創作活動は小説を書くことだ。作詞・作曲家や絵描きや彫刻家と同様に小説家は法的にも著作権者となり権利が保護される。とはいえ、小説を最後まで書き上げるためのエネルギーは並大抵のものではない。更に、世に出せる作品を完成させられる才能や経験を持つものは、ほんの一握りもいない。田中経一はその稀有な才能の持ち主だったということだ。テレビ番組制作を通じて、多くの料理人及びその関係者との知己を得たことが彼の財産であり、結果的に、この小説を書くための土台となった。

その中で、日本中いや世界中からあらゆるつてをたよって、個性あふれる有能な料理人を次々見つけ出し、田中経一の前に差し出す役割をずっと担っていた人がいた。彼の所属していた制作会社の先輩でありこの番組の制作プロデューサーであった松尾利彦氏である。田中経一の最大の理解者であり指導者であった。残念ながら病に伏し２０１４年に62歳の若さで他界してしまった。彼が生きていたら、この小説を我が子のように愛おしみ、胸を張り、はしゃぎ回っただろう。その姿が目に浮かぶ。そんな松尾さん、そしてすべての料理人の思いがこもった珠玉の作品である。

――㈱フジ・メディア・ホールディングス　専務取締役

この作品は二〇一四年六月小社より刊行された
『麒麟の舌を持つ男』を改題したものです。

幻冬舎文庫

●最新刊
レーン ランナー3
あさのあつこ

五千メートルのレースで貢に敗れた碧李。彼の心に、勝ちたいという衝動が芽生える一方、貢の知られざる過去が明らかになる。少年たちの苦悩と葛藤、ほとばしる情熱を描いた、青春小説の金字塔。

●最新刊
廉恥 警視庁強行犯係・樋口顕
今野 敏

ストーカーによる殺人は、警察が仕立てた冤罪ではないのか？ そして組織と家庭の間で揺れ動く刑事は、その時何を思うのか。傑作警察小説「警視庁強行犯係・樋口顕」シリーズ、新章開幕!!

●最新刊
仮面同窓会
雫井脩介

高校の同窓会で七年振りに再会した洋輔ら四人は、体罰教師への仕返しを計画。翌日、なぜか教師は溺死体で発見される。殺人犯は俺達の中にいる!? 衝撃のラストに二度騙される長編ミステリー。

●最新刊
土漠の花
月村了衛

ソマリアで一人の女性を保護した時、自衛官達の命を賭けた戦闘が始まった。絶え間なく降りかかる試練、極限状況での男達の確執と友情――。一気読み必至の日本推理作家協会賞受賞作！

●最新刊
山女日記
湊 かなえ

真面目に、正直に、懸命に生きてきた。なのに、なぜ？ 誰にも言えない思いを抱え、山を登る女たちは、やがて自分なりの小さな光を見いだす。新しい景色が背中を押してくれる、連作長篇。

ラストレシピ
麒麟《きりん》の舌《した》の記憶《きおく》

田中経一《たなかけいいち》

平成28年8月5日　初版発行
平成29年4月15日　5版発行

発行人――石原正康
編集人――袖山満一子
発行所――株式会社幻冬舎
〒151-0051東京都渋谷区千駄ヶ谷4-9-7
電話　03(5411)6222(営業)
　　　03(5411)6211(編集)
振替00120-8-767643
印刷・製本―株式会社 光邦
装丁者――高橋雅之

検印廃止

幻冬舎文庫

ISBN978-4-344-42498-2　C0193　た-59-1